MW00999851

Blue Label / Etiqueta Azul

New York, NY.

Colección Sudaquia

Blue Label / Etiqueta Azul

Eduardo J. Sánchez Rugeles

Sudaquia Editores.
New York, NY.

BLUE LABEL/ETIQUETA AZUL Copyright © 2013
by Eduardo J. Sánchez Rugeles. All rights reserved
Blue label/Etiqueta Azul
Autor representado por Silvia Bastos, S.L. Agencia literaria

Published by Sudaquia Editores
Cover and book design by Jean Pierre Felce
Author photo by Inírida Gómez-Castro

First Edition by Editorial CEC, S.A.
2010

First Edition Sudaquia Editores: May 2013
Sudaquia Editores Copyright © 2013 All rights reserved.

Printed in the United States of America

ISBN-10 1938978315
ISBN-13 978-1-938978-31-9
10 9 8 7 6 5 4 3 2 1

Sudaquia Group LLC
New York, NY 10016

For information or any inquires: central@sudaquia.net

www.sudaquia.net

The Sudaquia Editores logo is a registered trademark of Sudaquia Group, LLC

This book contains material protected under International and Federal Copyright Laws and Treaties. Any unauthorized reprint or use of this material is prohibited. No part of this book may be reproduced or transmitted in any form or by any means, electronic or mechanical, including photocopying, recording, or by any information storage and retrieval system without express written permission from the author / publisher. The only exception is by a reviewer, who may quote short excerpts in a review.

This book is a work of fiction. Names, characters, places, and incidents either are products of the author's imagination or are used fictitiously. Any resemblance to actual persons, living or dead, events, or locales is entirely coincidental.

Índice

A la 80(H).

– Y tú, ¿qué quieres ser cuando seas grande?

– Francesa.

U.E. Colegio S. ___________. Cuarto Grado, sección C. 2001. Alumna: Eugenia Blanc.

A Luis Tévez y Cristina Bárcenas.

Fragmentos de última página

(Cuadernos de Inglés, Psicología, Ciencias de la Tierra, etc.)

1

El plan, a primera vista, parece sencillo: si demuestro que por tercera generación soy descendiente de familia francesa es posible que pueda salvarme. Necesito encontrar a una persona que no conozco. Sólo sé que esa persona se llama Lauren y que, además, es mi abuelo.

2

Eugenia frustró mi expectativa trágica. No hubo bajas de azúcar ni laberintitis. «Necesito hablar con mi papá, ¿puedes darme su teléfono?», pregunté sin rodeos. Pensé que no me hablaría por semanas. Imaginé distintos episodios: clonazepam, vértigo, asma o cualquier otro drama costumbrista. Entró a su cuarto dándome la espalda. Al regresar a la sala me entregó un ejemplar de la revista *Todo en Domingo*; había escrito el número en un borde. «¿Para qué quieres hablar con él?», fue una pregunta tranquila, sin neurosis. «Necesito hablarle sobre un asunto». Fingió leer. «Si vas a verte con Alfonso trata de que sea en un lugar iluminado, público, no le des tus teléfonos, no le digas dónde vivimos. Sabes que tu papá está enfermo». Eugenia siempre fue una mujer *polite*, demasiado *polite*.

3

Jorge tiene cuerpo de niño. Su barba no llega a ser barba y su bigote no llega a ser bigote. Seis o siete pelos equidistantes, cada tres días, le salpican el mentón. Poco a poco, Jorge ha dejado de gustarme; su compañía me aburre. Jorge es cursi y sensiblero. Me gustaría que fuera más brusco e indiscreto, más inoportuno, menos detallista. Me gustaría poder hablar con Jorge, decirle que no soporto la rutina, decirle que extraño a Daniel, que no me gusta mi casa, contarle los infortunios de mi padre o el absurdo proyecto de encontrar al abuelo Lauren. Mi relación con Jorge no es muy dada a las palabras. El contenido, entre nosotros, muchas veces estorba.

No me gusta fumar, Jorge fuma. Se enorgullece de hacerlo desde los doce. Su boca sabe a humo; una película viscosa, de tacto amargo, le forra la lengua; su saliva sabe a salsa de soya. Dice que quiere verme, sé que miente. Sólo quiere tocarme y desvestirme con ansiedad de autista. Jorge es inteligente. Mi cuerpo, sin embargo, lo embrutece, le amarra el cerebro. Se comporta como un perro, lo odio. No habla, no pregunta. Sus ojos parecen salivar. Jorge —alguna vez— me gustó. Es el único muchacho que he besado. Desnudé mi pecho ante él sin asomo de ansiedad ni vergüenza. Fuimos —aún somos— amantes torpes. El sexo, más que una cuestión de placer, es sólo un pasatiempo. La piel, indistintamente, goza o duele. Internet es la mejor escuela de anatomía. Natalia envía con regularidad videos o fotos de varones ejemplares. Jorge es bastante simple, no se parece a los gigantes. El erotismo web es muy teatral. La realidad —con sus texturas, olores y sonidos— es mucho más rústica. Además, la vida cotidiana no tiene un *soundtrack*.

4

No me gusta mi casa. En el libro de Literatura encontré el poema de un hombre de apellido García que expresa una preocupación similar: *yo no soy yo, ni mi casa es mi casa*, algo así. Mi mamá defiende y valora una familia que no existe. Habla demasiado. Cree que me conoce porque compartimos el almuerzo y, algunas veces, la cena. Eugenia desapareció un mes de abril cuando Beto y Daniel —cada uno a su manera— decidieron irse de la casa. Mi mamá, sin decirlo, censura mi silencio. Piensa que he sido indiferente a nuestra tragedia. No soporto su hundimiento público ni su política exhibicionista de la lástima. La cortesía habitual entre nosotras terminó de escindirse. Pregunta cosas obvias: «¿Hiciste la tarea, Eugenia?»; «¿Tienes hambre, Eugenia?»; «¿Quieres algo del Excelsior, Eugenia?». Mi comunicación con ella se limita al intercambio de sonrisas forzosas, interrogantes simples y áridos monosílabos.

5

«Alfonso. Soy yo, Eugenia. Quiero hablar contigo. Llámame. Es importante». Respondió por mensaje de texto: *Juan Sebastián Bar, El Rosal. Ocho de la noche.* A golpe de seis, bajo un cielo gris tormenta, agarré un taxi. Alguna vez pensé que Alfonso era una persona importante. En primaria, yo tenía cierto orgullo al decir a mis compañeritos y a mis maestras que mi papá era artista. Alfonso Blanc fue una especie de actor de reparto o jefe de *casting* en los años noventa. Cuando era niña lo acompañé varias veces a los estudios de Venevisión. Explota el cielo: cae un extrovertido palo de agua. La avenida Libertador, como siempre, se inunda. El taxista me mira con cara de sádico y sugiere atajos tenebrosos. Jorge envía un mensaje cursi, muy cursi. El recuerdo de Alfonso arrastra olores combustibles. El hedor me marea. Maldigo, permanentemente, la vulgaridad de la memoria: Alfonso tenía una cinta de VHS sobre la mesa de la sala. A mi papá le gustaba decirle a la gente que era cantante profesional. Cuando teníamos visita, tras el segundo trago, encendía el televisor y colocaba aquella película. Vergüenza en abundancia. Daniel se tapaba los oídos y se escondía en el cuarto. Alfonso obligaba a los visitantes a ver su presentación en un programa de concursos llamado *Cuánto vale el show*. Luego, un hombre calvo, supuestamente sabio, le decía que tenía buen timbre pero que debía trabajar la afinación. También una vieja de pelo rojo elogiaba su camisa de bacterias y, tras una carcajada burlesca, le brindaba no sé cuánto dinero. Aquello era horrible. Sé que mi mamá sentía mucha pena. La gente no sabía qué hacer, el disimulo era imposible. Luego, tras el divorcio, Alfonso llamaba a la casa, pedía hablar conmigo y con voz de mongólico improvisaba ternura: «Eugenia, es tu papi —siempre odié sus diminutivos—. Mira, pasado mañana voy a salir en un *sketch* de un programa llamado *Viviana a la medianoche*. Te llamo para que me veas. Sabes que tu papá es artista». Lo peor de aquellos días era tener que ir al colegio. Tenía la certeza de que era la hija de un chiste.

«Me quiero ir de esta mierda, no soporto las ridiculeces de estos militaruchos. Estuve viendo la página web de la embajada de Francia y, si consigo al abuelo Lauren, puede que me reconozcan la nacionalidad francesa. Necesito encontrarlo, quiero hablar con él. Dime dónde está». Lo intimidé, mi falso aplomo funcionó. ¡Qué despreciable sitio! El lugar parece un cabaret en el que, permanentemente, se celebra el día de las secretarias. Una pancarta gigante anuncia el concierto de la noche: *Boleros con Elba Escobar*. ¡Dios! «¿Cómo estás?», me pregunta tras un balbuceo. Está más flaco que nunca, parece un gancho. Aunque es un hombre joven su tez se ha vuelto gris, parece un perro callejero de esos que, a tres patas, vagan por el hombrillo. Tiene el cabello largo y sucio, parece un recogelatas. Además, huele a Guaire. Su frente y sus manos sudan. «Has crecido, Eugenia. Ya eres toda una mujer». La papada le cuelga, es asqueroso. Tuve la impresión de que, cuando pronunció la palabra «mujer», me miró las tetas. «¿Cómo está tu mamá?», preguntó taciturno. «Hagamos algo, Alfonso, háblame de Lauren, ¿dónde puedo encontrarlo?». Prendió un cigarro y me ofreció. Rechacé su oferta. «No sé dónde está, Eugenia. La última vez que supe de él fue cuando ocurrió lo de Daniel. Llamó para...». «No quiero hablar de Daniel». Elba Escobar saludó a la afición y comenzó a cantar un bolero llamado "Delirio". Alfonso tardó en responder: «Lauren vivía en un pueblo de Barinas o Mérida, no sé, algo por allá. El lugar se llama Altamira de Cáceres. Debo tener alguna dirección o nombre en mi casa. Creo, sin embargo, que perderás el tiempo. Sabes que tu abuelo es una persona extraña». Recordé las historias de siempre. El nombre de mi abuelo, por alguna razón desconocida, siempre estuvo envuelto en la leyenda negra. «Creo que vivía en la casa de una mujer llamada Herminia. Buscaré sus datos y te los enviaré por mensaje de texto, ¿Irás a buscarlo?». «Puede ser, no lo sé». «¿Cómo está el colegio?». «Normal». «¿Cuándo te graduarás?». «Ahora, en julio». «¿Qué harás?¿Qué estudiarás?». «No sé. Todavía no sé». «¿Puedo hacer algo más por ti?». «No, no creo». «Eugenia». «¡Qué!». Elba Escobar terminó su lamento; dio las gracias al auditorio e hizo un chiste sin gracia. El público geriátrico aplaudió. «Nada, hija, nada». Mensaje de texto: Jorge —cursi, como siempre— dice que me extraña. Alfonso Blanc me da náuseas. Alrededor de él todo huele a gasolina.

6

Hay una idea que me genera cierto morbo: el suicidio. Me gusta llenar mi morral de explosivos imaginarios y contemplar mi cuerpo, bordado de nitroglicerina, haciéndose pedazos en los pasillos del colegio. Si tuviera que elegir un buen lugar para matarme creo que elegiría la casa de Natalia: piso diecisiete, Santa Fe Sur. El balcón del cuarto de sus padres tiene vista a la autopista del Este. Me atrae la caída libre, me pregunto qué se ha de pensar en el aire, en el último vuelo antes del golpe, antes de que alguna ama de casa, mientras habla por su teléfono celular, lance un grito de terror al ver un bulto de carne estrellarse sobre el techo del carro de adelante y salpicar su parabrisas con extremidades sin forma. El doctor Fragachán dice que es normal, a mi edad, tener instintos de violencia. Me gusta mentirle al doctor Fragachán. Cada semana exagero mis fobias y manías. A veces me da lástima. Él se pone nervioso, creo que le gusto. Natalia dice que le gusto. Todos estuvieron de acuerdo en que, tras la muerte de Daniel, la loca de Eugenia necesitaba terapia. Se supone que debía desahogarme, hablar, llorar, gritar y, de ser necesario, doparme. Cuando el doctor Fragachán me pidió que hablara de lo que quisiera le dije algo que, hasta el día de hoy, es motivo de juerga. Natalia se lo cuenta a todo el mundo por lo que se ha convertido —tristemente— en la más popular de todas mis anécdotas. «Mi único problema, doctor, es que me masturbo todos los días. Más allá de eso todo está bien».

El colegio es la inercia. Matemáticas, Literatura, Biología o Historia: todo es lo mismo. En los recreos huyo al fondo del patio a ver fumar a Natalia o a besarme con Jorge. La rutina escolar sugiere que la vida es y siempre será la misma. El futuro está lejos, el pasado y el presente son cuadros de costumbres: una sucesión de franelas, del blanco al azul y del azul al *beige*. El colegio es el único universo que conozco. Mi mamá siempre ha dicho que Caracas es peligrosa y por esa razón mi geografía urbana es bastante limitada. No conozco el centro ni me interesa conocerlo. Nunca he ido al Ávila. Ahora, como la mayoría de mis compañeros, Jorge habla de cursos propedéuticos y pruebas de admisión en universidades. Yo no quiero estudiar nada, no quiero hacer nada. Daniel decía que lejos de Caracas el mundo podía ser diferente. Me gustaría creerle. Si todo el planeta fuera como este lugar habría que reconocer que Dios es un arquitecto mediocre. Cristian, el profesor de Historia, siempre procura amedrentarnos con discursitos patrioteros; dice que hay que luchar y dar la cara. Le gusta improvisar arengas infelices. La palabra democracia es su más recurrente muletilla. Mis compañeros, por lo general, lo miran con expresión reflexiva —supuestamente reflexiva— mientras él nos invita a seguir el ejemplo de los héroes muertos. El último *speech* de Cristian fue diferente. No por él, él dijo lo mismo. La diferencia estuvo en la réplica, en la intervención del muchacho nuevo, de Luis Tévez. «¿Qué habla usted de luchar? ¿Qué lucha ni qué lucha? Hulk Hogan sí luchaba». Estallaron, entonces, las carcajadas lerdas. Él, sin embargo, no se reía. «Yoko Suna luchaba». El idiota de Cristian lo contemplaba absorto. «Evander Holyfield luchaba. ¿Qué va a estar luchando aquí nadie? El venezolano siempre ha sido un cobarde. Roberto *Mano'e piedra* Durán también luchaba». Todo el salón se ahogaba en risas ante aquellos comentarios. Cristian pidió orden y, como en las películas malas, su reacción fue salvada por el timbre de recreo.

7

Todo el mundo hablaba de las próximas vacaciones de Semana Santa. Natalia nos había invitado a su casa de Chichiriviche. Se iniciaría, entonces, el ciclo de lo mismo: piscina, parrilla, sexo, cerveza, marihuaneros foráneos y nada más. No tengo ganas de ir a Chichiriviche. La verdad, no quiero estar con Jorge. Jorge dice que esa casa es especial porque ahí, por primera vez, hicimos el amor. Él no pronuncia la palabra sexo, en lugar de tetas dice senos. No sé por qué razón concibe la sexualidad desde el eufemismo: una mamada, por ejemplo, es una felación. Cuando está con sus amigos es vulgar y ordinario. En ese contexto, llama las cosas por su nombre. El noviazgo, extrañamente, le impone cierto recato. Natalia me contó que con Gonzalo, a veces, le pasaba lo mismo. «Lo que pasa es que ellos a las putas se las cogen, a nosotras en cambio, que somos sus novias, nos hacen el amor».

Luis Tévez llegó en el mes de enero. Era una especie de repitiente. Él formaba parte de la promoción que se había graduado el año anterior —algo así—. No sé por qué razón tuvo que viajar a Bruselas. Se supone que había estudiado una especie de escolaridad europea que le permitiría revalidar las materias en Caracas y obtener, sin dificultad alguna, el título de bachiller. El Ministerio complicó los trámites y, por lo tanto, se vio obligado a cursar el quinto año desde el segundo lapso. Luis era más grande que nosotros —más hombre, más adulto—. Su barba parecía real. Al principio me pareció algo fofo y desproporcionado. La cabeza pequeña contrastaba con sus hombros anchos. No era gordo pero tampoco delgado, era pequeño pero no enano. —Jorge era más alto—. Lo que sí tenía, a diferencia de mis «amiguitos», era cara de hombre. Su aparición dio lugar a distintas mitologías. Luis Tévez, según las malas lenguas, estaba versado en sexualidad alternativa y drogas duras. En realidad, era tímido. No hablaba con nadie. Tenía una cicatriz en el hombro izquierdo que, supuestamente, era un agujero de bala. Natalia lo amó desde el principio. «¡Chama, qué bueno está, me encanta!», solía repetir mientras intentábamos hacer yoga. Luis nos trataba con indiferencia. Los chamos tenían actitudes encontradas: algunos lo admiraban, otros lo odiaban. Jorge pertenecía al primer grupo. No era una idolatría consciente; Luis Tévez se convirtió en un referente. Todos querían vestirse como él, escuchar la música que él escuchaba, usar su perfume, fumar su marca de cigarros. Luis tenía el hábito de usar media camisa por fuera. Ese detalle insignificante, repentinamente, se convirtió en uniforme. Nunca le hablé. Nunca me habló. El día que le dijo al profesor Cristian que un grupo de pugilistas desconocidos eran los verdaderos luchadores de la Historia fue diferente. Vi, quizás, los ojos más bonitos —aunque odio la palabra «bonito»— que había visto nunca. Era una especie de castaño tristeza, pardo melancolía, marrón nostalgia. —Los Berol Prismacolor solían tener ese tipo de adjetivo ilustrativo y ridículo—. Nunca imaginé que Luis Tévez sería la persona que me ayudaría a buscar a mi abuelo Lauren ni que lo acompañaría a la Universidad de Los Andes a entrevistarse con un poeta reaccionario. La rutina indicaba que aquella Semana Santa, como todas las anteriores, la pasaría en la casa de playa de Natalia practicando los rituales de siempre. Mi encuentro con Luis Tévez lo cambió todo. Cuando, a instancias de mi madre y de Natalia, me inscribí en el curso propedéutico John Doe —algo así, el nombre de un gringo—, pensé que me afiliaba a incontables jornadas de hastío y pérdida de tiempo. Ese curso fue horrible, sin embargo, fue allí donde por manías del azar ocurrió algo diferente.

8

Una vez más fuimos engañados: el propedéutico fue un *bluff*. La profesora Susana nos aturdió con publicidad falsa. Ella coordinaba un curso de capacitación que se dictaba los fines de semana. Las clases, supuestamente, serían impartidas por un grupo de especialistas instruidos en Ciencias Pedagógicas. Los peritos resultaron ser su hermano menor, estudiante de Matemáticas en el IUTIRLA, y un primo barquisimetano que estudiaba segundo semestre de Literatura en el IUPEL. Eugenia, mortificada por mi futuro, me obligó a inscribirme. Natalia, Jorge y los otros hicieron aquel curso por abulia. Todas las mañanas de todos los sábados la profesora Susana nos entregaba una resma de fotocopias: ejercicios tomados de Internet, listas de sinónimos, ecuaciones imposibles, etc. El hermano de Susana era un tipo muy gracioso cuyo nombre olvidé. El grupo lo ponía nervioso. Natalia, en particular, lo ponía muy nervioso. A ella le gustaba llevar faldas cortas e incomodarlo con movimientos sugerentes. Aquellas fueron las mañanas más inútiles de mi vida. Por suerte, disponía de mi iPod. Luis Tévez se inscribió a finales de enero. La rutina sufrió, entonces, un interesante sacudimiento.

El edificio en el que se dictaba el curso propedéutico era una auténtica ruina. Se trataba de un viejo caserón que había sido acondicionado para albergar un par de tiendas, una panadería y, en la noche, una especie de discoteca gay o, como decía Natalia, un sitio de «ambiente». El propedéutico John Doe se dictaba en una especie de galpón ubicado al fondo de una galería. Aquel pasillo olía a marihuana, vómito y orín. La discoteca quedaba en el segundo piso y los borrachos del viernes, inevitablemente, regresaban a su casa cuando nosotros entrábamos a perfeccionar nuestras habilidades verbales y numéricas. Muchas veces vimos al hermano de la profesora Susana interrumpir las clases y pedir prestada una manguera para fregar la podredumbre del suelo. En el segundo piso, al lado de la disco, había una tienda Kamasutra. Natalia quería curiosear pero el peso invisible de once años de colegio católico nos hacía sentir incómodas pulsiones de vergüenza —teníamos diecisiete años, éramos unas pendejas—. Solíamos pararnos en la vidriera y sufrir estúpidos ataques de risa. Aquella tienda era atendida por un muchacho precioso. Tenía el cabello negro y largo, enrulado y sucio. Aparentaba veintitantos. Natalia y yo lo veíamos con frecuencia en la panadería.

La llegada de Luis Tévez al propedéutico fue un acontecimiento. Luis causó una impresión imborrable cuando, una mañana cualquiera, apareció en moto. Los jalabolas de siempre rodearon la nave del héroe y expresaron interjecciones de asombro. Luis se quitó un casco de colores estridentes. Natalia tenía razón, tenía cierto atractivo. Jorge integró la comparsa de recepción. Todos adoraban a Luis. Incluso aquellos que decían despreciarlo se sentían aturdidos por su involuntario carisma. «¡Qué pasó, lacra!», gritó una voz que no reconocí. Natalia me apretó el hombro: era el administrador de Kamasutra. Se dieron un abrazo y se besaron las mejillas. Un círculo de idiotas los rodeaba y los veía como dioses de una galaxia lejana. El amigo de Luis se llamaba Mel Camacho.

La semana siguiente, en el *break* de las diez y media, decidimos entrar. «Tú pon cara de puta y no te sorprendas por nada. No te rías», dije. Cuando entramos a la tienda Luis Tévez y Mel conversaban en el mostrador. No sabíamos que él estaba ahí. Natalia me tomó por la cintura y me arrastró a una pared en la que se mostraba una secuencia de consoladores inmensos. Había cosas gigantes, prótesis amorfas, simulacros anatómicos extremos. Aunque se suponía que yo era la introvertida e impresionable, fue Natalia quien se intimidó. Ella, por lo general, ostentaba una sexualidad diletante. Le gustaba ser guarra y ordinaria. Tenía un gran talento para la vulgaridad y el insulto lascivo. Sin embargo, tras detallar un televisor con imágenes *hardcore* y recorrer un *stand* de lubricantes y perlas «intradiegéticas», su liberalidad se desplomó. Mel y Luis ni siquiera nos miraban. Natalia quería llamar su atención. Tomé, entonces, un tubo gigante de silicona con sabor a plátano —algo así— y me dirigí a la caja. «Hola, quiero llevar esto». Estoy convencida de que, por primera vez, Luis Tévez se fijó en mí. Mel Camacho tomó el producto, pasó el código de barras por el lector y lo introdujo en una bolsa oscura, sin distintivos. Recibí, entonces, una instrucción curiosa de parte del gerente: «Algunos clientes han expresado quejas con este tipo de silicón; al parecer, ha provocado alergias. Te recomiendo que lo uses con algún tipo de preservativo. Puedes llevar estos si quieres». Sin darme cuenta, colocó dentro de la bolsa un paquete de Durex. «¿Vas a querer llevarlos?». «Sí», le dije un poco atontada. «¿Tú estás en mi clase?», preguntó Luis Tévez. Asentí con el rostro. «¿Eres la novia de Jorge Ferrer?», dije que sí. Me sentí estúpida. «Ella es Natalia, mi amiga». Natalia se acercó y se presentó con expresión de severo *Down*. «¿Alguna otra cosa? —interrumpió Mel—, ¿algún lubricante, alguna película? Nos ha llegado nuevo material». «¿Qué tienes de Belladonna?», le pregunté con improvisada pero convincente sapiencia. Sacó una caja de un armario y la colocó sobre el mostrador. Natalia seguía con cara de idiota. Luis encendió un cigarro y nos ofreció. Yo lo rechacé. Natalia aceptó. «¿Sabes que Belladonna fundó una compañía personal, Evil Angel? —explicó Mel—. Tenemos cosas muy buenas. Te recomiendo *No Warning*, es un trabajo muy completo: hay escenas *gangbang*, *bukkake*, lésbicas, *squirt*». Fingí mirar con atención una carátula repleta de imágenes crudas. ¿Qué sabía yo de porno? No tenía idea. Sabía que existía una tal Belladonna porque Jorge y Gonzalo la nombraban con frecuencia mientras jugaban Playstation. Natalia, es verdad, tenía la costumbre de enviarme imágenes *soft* y algún tipo de erotismo conservador pero nunca había visto algo como aquello. Natalia tomó la caja y miró las fotos de la contraportada, su rostro se desencajó. «Pero esta tipa es una guarra», dijo con asco. Luis y Mel soltaron una carcajada graciosa, de final de comiquita ochentera. «¿Les gusta el pasticho?», preguntó Mel. Tenía la impresión —casi certeza— de que Natalia y yo les habíamos parecido una pareja de idiotas. Sin embargo, para mi sorpresa, nos invitaron a almorzar.

9

Inevitable melodrama: no quiero ir a Chichiriviche. Jorge –actor mediocre– hace el papel de amante ofendido. Noche de fiesta. Los padres de Gonzalo salieron de viaje. La casa está llena de humo y charcos de cerveza. *Reggaeton* estridente. Natalia perrea, todas perrean. Algunos idiotas de la B juegan truco; se insultan con entusiasmo macho. El dolor de cabeza me obliga a salir de la casa. Afuera, en el jardín, borrachos y borrachas intentan seducirse sin éxito. Jorge quiere hablar. Odio cuando Jorge quiere hablar. Querer hablar supone, inevitablemente, discutir. Sé que enumerará desplantes y disgustos. «Estás rara, Eugenia», esa suele ser la introducción. Mi silencio lo ablanda. Entonces, por lo general, apela a la patética. «¿Ya no me quieres, Eugenia?». «Sí, sí te quiero Jorge»: automatismo, réplica maquinal y necesaria. El libreto fue el mismo de siempre. Esta vez, antes de pactar a besos algún acuerdo transitorio, le dije que no tenía ganas de ir a Chichiriviche. Silencio y preguntas. Tensión. Luego, ante mi falta de argumentos, gritó. Yo grité. Me mandó a la mierda. Lo mandé a la mierda. En su universo simple y unidimensional trató de retarme a través de los celos: bailó una bachata balurda con una pendeja del Cristo Rey que, alguna vez –en primaria o en kinder– había sido su novia. Sí, es verdad, me piqué. Siempre me pico. No por él. Lo que duele, supongo, es el orgullo, el asalto a la propiedad privada. Mentiría si dijera que no tuve el deseo de agarrarla por los pelos, arrastrarla por el suelo y escupirle. Vainas de la cultura y el género... supongo.

Luis Tévez llegó a la medianoche. Tres payasos ebrios lo recibieron con cánticos ansiosos. Estacionó la moto frente a la casa y caminó hasta la entrada. El *soundtrack* de bachatas lo hizo detenerse y poner expresión de náusea. Su estado de *shock* me causó mucha gracia. No pude evitar reírme. Me miró y dijo: «Qué mierda». Todas las fiestas a las que yo había ido eran iguales: la misma música, el mismo volumen, las mismas historias, los mismos borrachos. «Sí —dije por decir algo—, es horrible». Hacía frío, aunque no me gusta fumar le acepté un Belmont. Luis sacó un Zippo negro del bolsillo de su chaqueta y acercó sus manos a mi rostro. Fumamos en silencio. Me miró con expresión infantil. Recordé nuestro almuerzo en Real Past al salir del propedéutico. Aquel fue un día raro. No hablamos de nada. Mel Camacho se pasó toda la comida hablando de películas porno y recitando argumentos desagradables. Luis, a mi parecer, había tratado de impresionar a Natalia con anécdotas lúdicas. Natalia es mucho más bonita que yo; lo sé y me jode. Natalia tiene las tetas más bonitas que las mías; lo sé y me jode. Sin embargo, también sé que es superficial y predecible. Estoy convencida de que, a segunda vista, debo resultar más interesante. Empezó a sonar un *reggaeton* llamado "Hablan mal de mí". Luis dio la vuelta de manera brusca y le mentó la madre al aire. «Me va a dar otitis esa mierda», dijo. Caminó hasta su moto. Se colocó el casco. Saltó y encendió el motor. «¿Vienes?», me preguntó. «¿A dónde?». «Debo pasar por mi casa buscando algo. Después no sé, por ahí». Me asomé a la puerta entreabierta. La infeliz del Cristo Rey estaba guindada de Jorge; Natalia y Gonzalo discutían al fondo. No lo pensé mucho. De repente, una brisa helada me golpeó la cara con furia inédita y violenta.

La madrugada

1

Todas las madrugadas eran idénticas: Ávila y techo. Mi mamá había impuesto un régimen totalitario de horarios de llegada. Transgredir esas normas imponía sanciones domésticas. Conozco la maldición del insomnio. Primero fue la oscuridad, luego la guerra. Durante los trasnochos infantiles me vi obligada a escuchar los enfrentamientos entre Eugenia y Alfonso. Fui testigo silente de batallas *freak*. Daniel, intimidado por la bulla, solía meterse en mi cama y apretarme contra su pecho. Supe, entonces, que Eugenia *mother* era una puta y que Alfonso Blanc era un güevón: una y otra vez, entre oraciones sin forma, intercambiaban los mismos epítetos. Daniel lloraba. Daniel siempre fue débil. Su debilidad me hizo improvisar una fortaleza que no tengo pero que todo el mundo reconoce. Natalia dice que nada me conmueve. Muchas veces he pensado que no sé celebrar la felicidad ni sufrir la desgracia. Soy ingestual, es verdad. Jorge dice que soy fría, que mis abrazos, en ocasiones, parecen los abrazos de un muerto. El insomnio hace posible la reflexión inútil. A veces chateo con Natalia o con algún admirador ocasional pero, últimamente, toda interacción humana me aburre.

Incluso antes de irse de la casa, Alfonso me tenía miedo. Aprendí a utilizarlo con mis miradas, a insultarlo a imitación de mamá, a burlarme de sus anhelos pobres, de sus aspiraciones insignificantes.

No es que tomara partido por Eugenia; ella era un espectro útil, una máquina dispensadora de dinero, meriendas y almuerzos. En las madrugadas infantiles, tras el cese sexual –y escandaloso– de hostilidades, imaginaba trágicos fallecimientos. A Alfonso lo maté y lo humillé de todas las formas posibles: lo ponía en interiores a correr por la autopista disfrazado de Dipsy –el teletubbie verde–. A Eugenia la violé y la golpeé con objetos contundentes. No tenía muy claro, entonces, qué significaba una violación pero la brutalidad de la palabra servía como herramienta de agravio a mis proyectos imaginarios.

Las madrugadas adolescentes fueron parecidas. Alfonso desapareció. Su lugar fue ocupado por Roberto –Beto–. La casa mejoró. Roberto era un tipo tranquilo, simple, transparente. No se molestaba por nada, no alzaba la voz, no procuraba comprarnos con falsos halagos. Al final, en un mes de abril, la paciencia de Beto se agotó. Recuerdo que, pausadamente, sin despeinarse ni alterarse, dijo en el umbral: «Eugenia, eres una loca; tú y tus hijos estarían mejor en un manicomio», cerró la puerta y se fue. La casa, entonces, volvió a ser un infierno. Luego, Daniel instaló su *performance* y Eugenia, definitivamente, perdió todo tipo de vínculo con el mundo.

Un insomnio reciente susurró el nombre de mi abuelo Lauren. Otra madrugada me mostró un inmenso mapamundi. Otro trasnocho me llevó al cuarto de Daniel y, en medio de sus cosas –de su cama sin hacer, de sus libros de Harry Potter– decidí que quería largarme de Venezuela. Las madrugadas –reflexión triste más, amargura menos–, solían ser parecidas: desde el balcón el Ávila, desde el colchón el techo. Una de las madrugadas más extrañas de mi vida fue aquella en la que me fugué con Luis Tévez. Fue diferente, excitante, rara, llena de personajes fantásticos y empresas pintorescas. Cuando Luis estacionó la moto llamé a Eugenia y le dije que no se preocupara, que me quedaría a dormir en casa de Natalia. Eran las doce y cincuenta y dos.

Paramos en una arepera. «Te diré lo que haremos: primero pasaremos por mi casa, debo buscar mi cámara; luego iremos a casa de Titina, creo que hoy hacían un recital y a las seis y media debo estar en casa de Floyd para completar la instalación. ¿Te parece?». Mi rostro sugirió un sí. Luis Tévez hablaba por la nariz, apenas modulaba, acompañaba sus palabras con movimientos bruscos; sus manos —siempre que no las tuviera entretenidas con cigarros— temblaban con una especie de Parkinson precoz. Compartimos una cachapa y tomamos Coca-cola. Hablamos de todo y no dijimos nada. Durante nuestros diálogos los ojos de Luis parecían seguir el vuelo de un insecto. Mi celular rebosaba llamadas perdidas y mensajes: cuatro de Jorge, tres de Natalia. «*Marica, llámame. Natalia*». Decidí apagar el teléfono.

2

Todos los padres se parecen. Las historias escolares eran simples y análogas: matrimonios perfectos, concubinatos disfuncionales, divorcios traumáticos, violencia de género, interracial, intergeneracional. Más allá de las diferencias formales estas parejas tenían en común el tópico del hogar, todas querían parecer una familia. La familia de Luis, aunque algo amorfa, no escapaba a este esquema prefabricado. Atravesamos la autopista del Este: Santa Fe, Santa Inés, Los Samanes, entramos a una montaña y luego perdí el rastro. Paramos en un edificio alto. Luis vivía en el piso veintidós.

Cuando el ascensor se abrió pude ver a un hombre mayor que sostenía un instrumento de cuerda. La mamá de Luis se llevó el dedo índice a los labios. Todos los integrantes de la reunión —nueves personas, más o menos— nos miraron con mala cara. Luis caminó de puntillas. Un círculo de viejos contemplaba con aburrida devoción al virtuoso bandolinero. Había una mesa con quesillo, pastas secas, una torta milhojas y un plato con tosticos. El ruido de nuestros zapatos sobre el parqué motivó a la mamá de Luis a que nos hiciera otra reprimenda. El bandolinero se masticaba el labio inferior, tenía expresión de orgasmo solitario, de lector de *Urbe Bikini*. En medio de la sala había botellas de *whisky*, cervezas importadas, un cuatro, unas maracas y una guitarra. Dos notas agudas anunciaron el fin de la pieza. Aplausos, dádivas, vivas, zambombas. No sé por qué pero el intérprete me resultó antipático. Tenía una calva lisa y pecosa quemada por el sol. El bigote era horrible, caía tapándole los labios y en las esquinas se le formaban pequeñas burbujas de saliva. Puso la bandola en el suelo y pidió *whisky*, luego mentó la madre al vacío y dijo varios «no jodas» entusiastas. La mamá de Luis se refería a él como el *Maestro*. Luis me contó que el *Maestro* formaba parte de una agrupación importante. No sé si era Serenata Guayanesa, Ensamble Gurrufío, el Terceto, el Cuarteto, algo de eso. Aquellos eran los compañeros de la coral del Banco no sé cuál a la que pertenecía la mamá de Luis. Ese día celebraban un cumpleaños. «Luis, saluda al *maestro*», dijo con ansiedad la curiosa doña. Era rara. Tenía la cara destruida por sucesivas cirugías. La piel parecía, en su totalidad, una única cicatriz. El cabello tenía tonalidades rojas. Me dio la mano con indiferencia, ni siquiera me miró el rostro; estaba embelesada por el *Maestro*. «¡Qué pasó, Enricote!», dijo Luis con hipocresía sugerente. El bandolinero le dijo delincuente juvenil y lo abrazó con obscenidad, luego le mentó la madre de manera cariñosa. Los aficionados, previo acuerdo, pidieron otra canción. El *Maestro* se hizo rogar y tras insoportables chistes y súplicas odiosas dijo que interpretaría una pieza de un tal Aldemaro Romero. Luis me pidió que lo esperara en la sala y se disculpó por obligarme a confrontar aquel círculo del terror. Dijo que buscaría su cámara e, inmediatamente, nos largaríamos a casa de Titina. El *Maestro* tocó una pieza «bonita». Sin embargo, su asqueroso bigote y su calva no me permitieron apreciarla. Además, las caras de tontos de los demás oyentes me recordaron las expresiones de los enfermos mentales del Sanatorio Altamira donde, durante tres meses, me tocó hacer la labor social.

Luis volvió rápido, por fortuna. Traía una cámara gigante guindada del cuello. «Listo –dijo–. *Let's go*». La señora Aurora –la mamá– nos dijo que no podíamos irnos hasta que picaran la torta. Luis dio explicaciones inútiles. El grupo se levantó y se acercó a la mesa grande. Apagaron las luces. *¡Qué desgracia!*, me dije, odio el "Cumpleaños feliz", es la canción más pavosa de la Historia Universal. Un enano agarró un cuatro y ensayó unos acordes. El cumpleañero era un gordito estrábico de quien Luis sospechaba que era hermafrodita. Sonó *cambur pintón*. Luis me tocó el hombro y, taimadamente, desaparecimos. Cantaron el "Cumpleaños" en su versión *long*-criolla: *Ay qué noche tan preciosa, es la noche de tu día...* Fue horrible. Antes de salir pude ver que el *Maestro* tenía su mano en el culo de la mamá de Luis. Me aferré a su cintura y arrancó. La máquina hizo un estruendo. La velocidad –lo supe ese día– despide cierto erotismo.

3

El bachillerato es una sociedad mitológica: hay figuras ejemplares en la historia de todos los colegios. Es famoso aquel hijo de un subdirector que, alguna vez, orinó la cantina junto con tres acompañantes anónimos; también es importante la leyenda de Longo, el eterno Longo quien, supuestamente, agraviado por haber reprobado Dibujo Técnico –materia que no tenía reparación– le cortó la cara al profesor con un exacto. Siempre corren rumores de gente que no existe, de anhelos rebeldes, travesuras insólitas y héroes con glorias ridículas. Tardé en asimilar que iría a la casa de Titina Barca. Ella era famosa en todos los colegios del Este. Era mayor que yo, había repetido varios años. De mi colegio la botaron en octavo. Luego de peregrinar por distintos centros de la ciudad capital –públicos y privados–, Titina terminó estudiando en un popular antro conocido como el Aula Abierta. La historia que la hizo famosa es algo grotesca, así que la enunciaré sin amagos retóricos: el año pasado –o hará dos, no recuerdo– corrió el rumor de que, durante el recreo, encontraron en un salón del Aula Abierta a una caraja mamándole el güevo al profesor de Educación Física; se trataba de Titina Barca. Se contaba también que Titina escribía poesía erótica y que había ganado algunos concursos literarios. Aunque había oído hablar de ella nunca la había visto. Fuimos a una casa por La Floresta. Luis pidió que le abrieran el estacionamiento ya que no quería dejar la moto en la calle. El portón lo abrió una melena conocida: Mel Camacho.

No lo podía creer. Todo era realmente diferente. Ahí estaba presente la élite de la rumorología. Además de Titina Barca estaba la negra Nairobi y *Pelolindo* Roque, aquel que había sido novio de Andreína Vargas y que le había partido la cara a un chamo de la sección B. Había gente extraña, auténtica en su diversidad y su rareza. Una tipa muy linda, blanca y delgada, se me acercó y me dio la bienvenida. Me presentó a un gordito llamado José Miguel y, gracias a ella, pude darle la mano a la negra Nairobi, figura de culto en prograduaciones y matinés. Luis dijo que subiría al cuarto de Titina a dejar la cámara. Antes de irse me recomendó que tuviera cuidado con Claire, mi entusiasta guía, ya que era lesbiana y feminista radical. Nunca había conocido a lesbianas. Aquello era algo foráneo, presente en el discurso escolar pero ausente en la práctica. Creo que, alguna vez, jugando a la botellita, Natalia tuvo que cumplir la penitencia de darse un piquito con Claudia Gutiérrez, pero había sido algo fortuito. Por Internet nos llegó un video de unas carajas del Champagnat dándose unos besos en un baño pero, más allá de eso, no sabíamos nada; éramos muy gallas.

Titina Barca hacía honor a su leyenda: es la mujer más hermosa que he visto en mi vida. Saludó a Luis con un beso en la boca y le dijo que había llegado a tiempo para el recital de *peomas*. Ya Roque y Nairobi habían leído sus obras pero, en cinco minutos, comenzaría la presentación del gordo José Miguel. Claire me sirvió un ron y me invitó a sentarme cerca de ella. Luis y Mel discutían sobre un asunto que no llegué a escuchar. Titina Barca empezó a bailar sola una canción que me gustó mucho: «Girl, You'll Be a Woman Soon». Fingí conocer el tema ya que, según comentaron, era parte esencial del *soundtrack* de una famosa película noventera. Tras el *performance* de Titina –que todos aplaudieron con efusión–, Nairobi pidió la palabra. Anunció la lectura de *peomas* de José Miguel. Sin embargo, el aedo fue interrumpido por el ruido agudo y repetitivo del timbre. «Es Vadier», dijeron. «Llegó Vadier», me dijo Luis en susurros. Supe, entonces, que el mito era cierto: Vadier Hernández existía.

Antonio Suárez había sido compañero de curso de mi hermano Daniel. Era un gallo, delegado, deportista, mejor promedio, campeón de Olimpiadas de Matemáticas, etc. Daniel me contó que, en su promoción, había estudiado un tipo muy peculiar llamado Vadier. A Vadier lo habían botado del colegio en noveno o en cuarto. El día que ellos celebraron el fin de curso –en quinto año– se reunieron en casa de Antonio. Aquel era uno de esos hogares perfectos, los señores Aurelio y Lidia Suárez eran el tipo de representante ocioso que carece de vicios, organizan almuerzos, juntas y son el referente moral de las enfermas sociedades de padres. En esa fiesta, a la medianoche, se apareció Vadier. Antonio Suárez supo que algo estaba mal cuando Vadier le preguntó el nombre de sus padres. Él respondió, sin titubear: «Lidia y Aurelio». Sin embargo, un presentimiento le anunció inevitables desgracias. Cuentan que Vadier se acercó a la mesa en la que los señores Suárez conversaban con otro grupo de padres y, pausadamente –coincidiendo además con el fin de una canción–, dijo: «¡Señor Aurelio, señora Lidia! ¿Ustedes se molestarían si yo fumo marihuana en su casa?». La señora Lidia, quien sufría del corazón, se desmayó. Recordé esa historia cuando Vadier entró a la casa de Titina. Pasó de largo, fue directamente al baño. Al salir, justo cuando José Miguel se prestaba a leer su *peoma*, dijo: «Titi, ¿podrías decirme, por favor, cómo llegar a la cocina?».

Cinco contra uno o canto al onanismo, era el nombre del *peoma* de José Miguel. Silencio absoluto. El grupo improvisó un semicírculo. Claire tomó mi mano derecha. No hizo presión, su piel tenía una textura muy leve y a pesar de la advertencia de Luis, su cercanía no me disgustó. La tipa me caía bien. No atendí a los primeros versos. Estaba borracha de circunstancias. No había tomado tanto. Mi ebriedad se sostenía en la diferencia, en el contraste de costumbres, en el choque audiovisual entre Natalia bailando *reggaeton*, Jorge jugando dominó, los idiotas de siempre hablando de fútbol y el irreverente grupo al que me había integrado esa madrugada. Hice un paneo feliz por los rostros de los extraños: Luis, Mel, *Pelolindo*, Titina y, además, la negra Nairobi. Increíble. Versos profundos golpeaban la impasibilidad de los oyentes; en el punto más álgido del recital logré prestar atención: *cinco contra uno, alucino / y mis pelos son tus pelos / y mis bolas son tus senos / y un breve trozo de papel* tualé */ es tu boca donde llegué*. José Miguel se puso a llorar. La negra Naroibi se levantó y pidió una ovación entusiasta. Sin embargo, los aplausos y vivas fueron interrumpidos por un olor horrible. Se me tapó la nariz. El sabor del aire era asqueroso. «¡Coño, es Vadier!», dijo alguien. Titina corrió a la cocina. Motivada por Claire, me levanté y seguí la ruta de la masa. Al llegar a un largo mesón pude ver a Luis y a Mel tirados en el piso ahogados por la risa. Los estantes superiores de la cocina estaban abiertos. Sobre la mesa estaban dispuestos distintos potes de especias: Adobo La Comadre, curry, orégano, canela, laurel, pimienta, un cubito Knorr y comino.

Vadier Hernández se había preparado una especie de porro casero. Cuando volvimos a la sala corrió el rumor que con el paso de los años se haría leyenda: Vadier se fumó un pote de curry. El azar es perverso: nunca imaginé que ese anormal se convertiría en uno de mis mejores amigos. En aquel momento me pareció un retrasado, un muñequito de palitos, una especie de *manga* ecuatoriano. «A las cuatro nos vamos —me dijo Luis—; a las cinco, a más tardar, debo estar en casa de Floyd».

No había oído hablar de Floyd. Luis le contó a Mel que para esa mañana tenía previsto hacer la instalación. «¿Floyd tiene el material?». «Sí, consiguió diez kilos», respondió Luis. «¿Qué harás en Semana Santa?», preguntó Mel. «Todavía no sé». «Una prima de Nairobi tiene una casa en San Carlos, quieren organizar un *happening*». Decidí pasear por la sala y participar como oyente en distintas tertulias. Claire me dijo que tenía la nariz más bonita que había visto en su vida y me comentó que le gustaría besarla. «¿Qué cosa, mi nariz?». «Sí, tu nariz». Mi cara de asco la espantó. Mi reacción fue más de sorpresa que de disgusto. *Pelolindo* Roque le contaba a José Miguel y a otros recién llegados cómo le había rayado el carro a un viejo artista de apellido Carrillo. «¿Carrillo, qué Carrillo?, pregunté en voz baja. «Carrillo — respondió *Pelolindo* sin verme a la cara—. Un actorcito de los ochenta que ahora anda embochinchado con los militares. Samuel consideró que había que joderlo». Brindaron y rieron. *¿Samuel?* —me pregunté en silencio—, *y éste quién será*. Alguien me sopló la oreja. Sentí cosquillas. Era Luis: «¿Cómo estás?». «Bien», respondí. «¿Te gusta la fiesta?». «Sí, está bien. Está mucho mejor que la de Gonzo». «Perdóname por llevarte a mi casa. Se me había olvidado que era el cumpleaños de uno de los novios de mi mamá». «No te preocupes. Esa fiesta también estaba mejor que la de Gonzo». «No te pareces a ellos». «¿A quienes?». Me puse nerviosa. No sabía qué hacer con mis manos. Tomé un ron *aguao* que estaba en un vaso plástico y fingí campanearlo. «A nuestros "compañeritos" —dijo—. Son muy carajitos, son muy chamos. No digo que nosotros seamos unos tipos arrechos; soy de la teoría de que todos somos unos pendejos, pero es que ellos son más pendejos». «¿Más pendejos?», parecía una idiota respondiéndole con preguntas, pero su manera de hablar me dejaba sin ningún tipo de iniciativa. «Sí, es la verdad, aunque hay una pequeña diferencia. Nosotros somos pendejos y lo sabemos. Ve, por ejemplo, a Mel, él sabe que es un pobre diablo que no estudió nada ni hará nada y que lo más lejos que puede llegar en la vida es a dirigir una película porno. Él es consciente de su inutilidad. Tus compañeros, en cambio, nuestros compañeros, son unos pendejos y no lo saben. Es horrible ser un pendejo y no saberlo. ¿No te parece?». No respondí. «¿Quién es Samuel?», pregunté por decir algo, por tratar de ser original. «¿Samuel?». «Sí —agregué—. Me pareció oírtelo nombrar cuando hablabas con Mel y después Roque contó que le rayó el carro a un carajo porque Samuel se lo pidió». Luis Tévez colocó sus manos sobre mis hombros. Me miró fijamente y acercó su rostro a mi rostro. Pensé que iba a besarme, sin embargo, lo único que dijo fue: «Samuel es un duro».

4

Floyd vivía en Los Dos Caminos. Desde su apartamento —un tercer piso— había una vista clara de la estación del Metro. Eran, aproximadamente, las cinco y quince minutos. El Metro, según informó Floyd, abriría a las seis de la mañana. Nunca había visto a un tipo tan amorfo: catire oxigenado, albino insolado, lipa cervecera. Cuando llegamos estaba aspirando una sustancia gaseosa que salía de un pote de Riko Malt. En el balcón de su casa había un trípode, algunos lentes grandes y otros accesorios fotográficos. Floyd tenía unos binoculares y, con tic impulsivo, observaba la calle. «Todo en orden, Luis. Pásame la cámara. Podemos hacer varias desde el trípode y otras en mano». «¿Dónde está el material?». Floyd aspiró el pote de Riko Malt e hizo un gesto con sus labios. «Hay tres bolsas de mierda en el baño», dijo.

«Haremos un *happening* —explicó Luis—. ¿Entiendes?». Afirmé. Floyd apareció en medio de la sala sosteniendo tres bolsas negras. Luis me contó que haría un experimento fotográfico inspirado en la reacción. Habló de la relación paradójica entre las personas y el excremento. Su plan era llenar de mierda la entrada del Metro. «Está todo previsto, mi plan es el siguiente —dijo con su encantador timbre nasal—. Cuando se abra la puerta podremos ver desde acá el pasillo que lleva a las escaleras mecánicas. Apenas levanten la santamaría, Floyd bajará y colocará pinceladas de excremento en el piso, en los bordes de la escalera y los pasamanos. Cuando aparezcan las personas haré las fotografías de sus reacciones y el mes que viene las expondremos en una galería *underground* que queda en Las Palmas. ¿Qué te parece?», me preguntó mientras se tragaba una caja de chicles. «Es asqueroso», le dije sin dramatizar. «¿Por qué?», preguntó. «Coño, porque es mierda. La mierda es asquerosa». «Eugenia —dijo con actitud pedagógica—, la gente sólo sabe confrontar su propia mierda, no hay nada más íntimo que la mierda. Queremos compartir. Somos altruistas, nuestra intención es compartir». Nunca antes había escuchado la palabra altruista. Un trazo de claridad apareció al fondo. Floyd bajó con la carga. Luis tomó la cámara e hizo algunas instantáneas. Se abrió la puerta del Metro. No fue sino hasta las seis y media o un cuarto para las siete cuando aparecieron los primeros andantes. El primero, un treintañero con aspecto gay, se paró en seco al tropezar con la alfombra. Luis apretó el botón de la cámara y, en primer plano, congeló su rostro. El tipo se quedó parado frente a la boca del subsuelo mirando, incrédulo, la curva sinuosa de la plasta. Trataba de avanzar pero, inmediatamente, retrocedía. Parecía que violentos golpes de olor se le clavaran en el vientre. Entre un usuario y otro Luis me contó muchas cosas. Hablamos tonterías agradables. Si paso por escrito todo lo que él dijo, esas historias perderían su gracia. Luis fascinaba por su manera de hablar, por su gestualidad desesperada. Una de las series más hermosas que registró aquella mañana fue la de un perro callejero. El animal pegó el hocico a la masa y se puso a dar vueltas felices alrededor de la estación. Una viejita se persigno y trató de saltar hasta las escaleras. Al apoyarse sobre el pasamanos dio un brinco que por poco la tumba. La cámara hizo clic. La silueta de la señora —con expresión desolada y triste— desapareció en dirección al centro de la tierra. La última foto mostraba una imagen cómica y dramática: una mujer hundió sus sandalias en el pupú. Al caer en cuenta de la situación se colocó en cuclillas y se puso a llorar con estruendo. Floyd se durmió. Luis siguió contándome historias. Me habló de Bruselas, habló de Francia y la República Checa. Trasnochada, amanecida y algo borracha le dije que tenía un abuelo francés que vivía en algún lugar de los Andes. Le conté lo de la embajada, la cuestión de la tercera generación. «Siempre nos quedará París», recordé la frase de una de las películas favoritas de Daniel, una cosa empalagosa en blanco y negro que él acostumbraba ver en las madrugadas. *Casablanca*, dijo Luis inmediatamente. «¿Cómo?». «*Casablanca*, la película. Esa frase es de esa película». Muchos años después, Vadier me diría que la gente suele enamorarse por ese tipo de detalles o, sin eufemismos, por decir esa clase de pendejadas.

A las ocho de la mañana me acompañó a la avenida Rómulo Gallegos. Llamó a un amigo taxista y esperamos en una esquina. Se despidió con tres besos: uno en cada mejilla y otro en la frente. «La pasé muy bien contigo. Nos vemos el lunes en el cole». «Sí, yo también. *Bye*». Desde la estación del Metro podíamos escuchar cómo un grupo de limpieza mentaba madres y lanzaba maldiciones a los terroristas anónimos. El taxi arrancó. Luis, rápidamente, me dio la espalda. Con vago remordimiento encendí el celular. Tenía treinta y dos llamadas perdidas de Jorge. Los primeros mensajes de texto mostraban cierta preocupación; a partir del sexto me decía puta. *«Marica, a la hora que sea llámame, Jorge se volvió loco. Nata»*. Tenía sueño. Dejaría el melodrama para otro momento. Al llegar a la casa entré a mi cuarto y sin cepillarme ni quitarme la ropa me lancé sobre la cama.

Plan de viaje

1

Luis Tévez no tenía el más mínimo sentido para la vida práctica. Una semana después del *happening*, al salir del propedéutico, almorzamos en el McDonald's de El Rosal. Me pidió por favor que me encargara de la compra ya que la cajera, una pelirroja de cara grasosa, lo intimidaba. Según, su fealdad lo dejaba sin palabras. «No tienes que decir nada —le dije—. Sólo pides unos *nuggets* y un combo de hamburguesa de pollo». «No, no puedo. Los McDonald's me ponen nervioso». «¿Quieres ir a un Burger King? «No, no. Es todo esto. Las cadenas de comida rápida me ponen nervioso. Pídela tú, por favor». Parecía un niño intimidado por el rumor del coco.

Jorge, Gonzalo y todos aquellos que querían estudiar ingeniería comenzaron un curso propedéutico en la UCV los días sábados, por lo que debían sacrificar las dos últimas horas de nuestro inútil taller de aptitudes verbales y numéricas. Por esa razón no tuve que inventar historias para ir a almorzar con Luis. Al final, sobre mi fuga de la semana previa, manipulé a Jorge sin conflicto. Modelé la situación a conveniencia y procuré que él fuera quien terminara pidiéndome perdón. Le dije que, efectivamente, me había ido con Luis Tévez en su moto. Sin embargo, él sólo me dio la cola hasta mi casa. Antes de la una —conté— apagué el celular y me quedé dormida. Jorge en principio dudó pero luego, tras caricias traviesas, pareció creerme. Le dije, además, que me había partido el corazón bailando con aquella infeliz del Cristo Rey. Su baile de bachata había motivado mi fuga. Me mantuve arisca por un par de horas hasta que, desesperado, se disculpó usando parlamentos de novela mexicana de Televén.

Natalia se entusiasmó cuando le conté lo que había ocurrido. «¿Te lo cogiste?», me preguntó. «No», le dije con disgusto. Últimamente Natalia sólo pensaba en sexo. Incluso el comentario más ingenuo ella lo interpretaba desde el doble sentido. Sus aspiraciones en la vida parecían tener la forma erecta y grácil de un pipí. Sólo hablaba de sexo, todos sus adjetivos, metáforas y símiles tenían un referente genital. A veces, para incomodar a las gallas o a los desconocidos atractivos decía cosas como «huele a taco'e leche». A mí, la verdad, sus excesos hormonales me daban algo de vergüenza. Me parecía provinciana, balurda. Ella no concebía el que yo hubiera pasado una madrugada entera en compañía de Luis Tévez sin que, ni siquiera, nos hubiéramos dado un beso. Natalia cambió mucho. Antes no era así. Cuando éramos niñas resultaba más fácil tratarla. Desde que Gonzalo le reventó el himen se había vuelto insoportable. Ahora se creía más mujer que todas las demás; más adulta, más experimentada. Una vez cometí el error de comentarle que no entendía el rigor rutinario de las pastillas anticonceptivas. Le dije que nunca me acostumbraría a tomarme una pepa diaria. Ella, entonces, con jerga ginecológica me explicó los beneficios de la píldora. Habló de marcas y casas farmacéuticas, habló de amigas comunes que tenían tales o cuales tratamientos. Lo que más me molestaba era su pedagogía, su sobrevalorado conocimiento del mundo. Cuando Luis Tévez me invitó al McDonald's, Natalia estaba a mi lado. Él ni siquiera la miró.

Acepté. Dijo que me esperaría en el estacionamiento. Natalia, una vez más, dio rienda suelta a su imaginario birriondo: «Marica, si no te lo coges me arrecho. Es demasiado bello. Tranquila, le diré a Jorge que te sentías mal, que te dio diarrea y te fuiste para tu casa». Me dio un beso en la mejilla y se fue feliz, muy feliz.

«¿Has sabido algo de tu abuelo?», la pregunta me tomó por sorpresa. Casi había olvidado el estúpido plan de seguirle la pista a mi familia. «No», le dije. Era la verdad, Alfonso me envió el nombre de una señora y una dirección en un pueblo llamado Altamira de Cáceres pero más allá de eso no sabía nada. «Háblame de tu abuelo», me dijo mientras le quitaba la lechuga a su hamburguesa de pollo. «No sé qué decirte sobre mi abuelo, no lo conozco. Supuestamente, según mis viejos, lo vi una vez o dos». «¿Y es francés?». «Sí, es francés». «¿De qué parte?». «No lo sé. Sólo sé que es francés. De ahí mi apellido, Blanc. Él se llama Lauren Blanc». «¡Lauren Blanc!, como el futbolista». «¿Qué futbolista?». «Blanc, mujer, Lauren. ¡Francia 98! Campeón del Mundo: Henry, Zidane. ¿Te suena algo?». «No». «Los venezolanos son los únicos idiotas que dicen que ese mundial Francia lo compró, que Brasil se dejó ganar. Hay que ser retrasado mental». «No sé de qué estás hablando». «Del Mundial de Francia 98». «Luis, en Francia 98 yo tendría, no sé, nueve años, no me interesaba el fútbol. Supongo que el primer mundial que vi fue el de Japón en el dos mil algo». «Una mierda de mundial». «No sé, no me gusta el fútbol». «Tu novio es delantero, ¿no?». «Sí, creo que sí». Logró quitar todos los fragmentos de lechuga; luego, usando una papa frita como removedor, se dedicó a quitar los excesos de mayonesa. «Volvamos a tu abuelo, ¿qué hace tu abuelo?». «Era antropólogo». «¡Antropólogo!

¡Qué *cool*! Nunca conocí a un antropólogo». «Vino a Venezuela como parte de una expedición científica, se enamoró y se quedó. Eso fue lo que me contaron». Terminó de retirar la mayonesa con una servilleta. «Es asqueroso». «¿Qué cosa?». «Lo que estás haciendo es asqueroso». «No me gusta la lechuga ni la mayonesa». «¿Y por qué no la pediste sin lechuga y sin mayonesa?». Se limitó a alzar los hombros. «Soy alérgico a la mayonesa». No pude evitar soltarle la carcajada en la cara. «¡Tú estás mal de la cabeza! Yo pensaba que estaba loca pero después de conocerte entendí que soy bastante normalita». «Entonces, ¿tú eres la hermana de Daniel Blanc?», dijo. Golpe bajo. Se interrumpió la risa. No me esperaba el comentario. Asentí. Mastiqué el *nugget* como mecanismo de defensa. «Yo conocí a Daniel Blanc. Supe lo que pasó. De verdad, lo siento, chama. Daniel era un buen tipo». *Gracias*, pensé en decir. No dije nada. Odio el concepto del pésame, no sé darlos ni recibirlos. La muerte es una mierda. Daniel no tenía muchos amigos. Él nunca habló de Luis Tévez ni fue aficionado al grupo de los botados legendarios. «Daniel era gay, ¿verdad?». «¿Y a ti qué coño te importa?», me reventó, sus preguntas me hicieron daño. Sobre Daniel sólo hablaba conmigo misma. Nadie lo conocía, nadie tenía derecho a criticarlo. La pregunta de Luis, sin embargo, no parecía cruel. No tenía tono de burla ni de tribunal. Tras mi reacción explosiva tomé algo de refresco y respondí. Curiosamente, al hacerlo me sentí cómoda. Él permaneció masticando su pitillo. Un empleado que pasaba coleto me golpeó la rodilla por accidente y me pidió disculpas. «Ese chamo me caía bien. En este país no se puede ser gay. Venezuela es una especie de Edad Media alternativa sin Padres de la Iglesia ni proyectos imperiales. Pura barbarie». Ignoré sus referencias eruditas. Además, no entendí nada.

«¿Te acuerdas de un tipo de apellido Albín?», le pregunté. «Creo que sí, ¿no era un bicho flaco, con cara de portugués?». Asentí. «Él era el único amigo de Daniel. Me costaba mucho hablar con Daniel sobre su vida privada. Nosotros hablábamos de otras cosas. Albín tuvo que irse del país porque su papá firmó no sé qué decreto. A su familia tuvieron que sacarla por Carenero. Eso a Daniel lo puso muy triste. Luego Beto, mi padrastro, se fue de la casa y mi mamá se volvió loca. Una mierda —aún no tenía suficiente confianza con Luis para hablarle del piromaniaco—. Fue una cosa tras otra. No lo aguantó». «¿Cómo fue?». Lo vi con una extraña mezcla de necesidad y odio. Me sentía rara. Estaba en un terreno personal e íntimo, demasiado íntimo. «Se tomó unas pepas». Pensé que me pondría a llorar como una pendeja pero, extrañamente, me controlé. Humedecí mi garganta con Coca-Cola y salsa BBQ. «¡Qué chimbo! Yo una vez me puse una pistola en la cabeza —masticó y luego tapándose la boca con la mano derecha terminó su relato—. Me cagué, no pude». Vino el silencio. Terminó su Coca-Cola *light* y, sin embargo, siguió sorbiendo. El agua del fondo hizo un sonido desagradable. Luego quitó la tapa del vaso y se puso a masticar hielo. «¿Y qué harás entonces con lo de tu abuelo? ¿Lo buscarás?». «No sé. No sabría por dónde empezar. No sé, ni siquiera, si el viejo existe». «Las vacaciones serán la semana que viene, ¿qué planes tienes?». «Supongo que terminaré yendo a Chichiriviche con Natalia, qué carajo. Siempre es lo mismo». «Pídete dos *sundaes* de mantecado con chocolate —se levantó y se sacó un billete muy arrugado del bolsillo—. Pídelo tú, sabes que me cuesta. Te invito, anda». Me levanté con placer y con disgusto. Había dos personas en la cola. Repasé mis sensaciones de los últimos minutos. Me sentí cómoda hablando sobre

Daniel. Ni siquiera al doctor Fragachán le había hablado de Daniel, no así. Cuando regresé a la mesa Luis parecía estar esperándome, parecía haber inventado una frase genial y haberla estado practicando durante mi breve ausencia. «El martes de Semana Santa saldré para Mérida. En alguna residencia de la Universidad de los Andes vive Samuel Lauro, necesito hablar con él. Acompáñame y buscaremos a tu abuelo. No sé dónde queda Altamira de Cáceres pero si es en el Páramo podríamos intentarlo, puede ser *cool*, ¿qué dices?, ¿vienes?». No respondí.

2

Iniciaríamos el viaje dentro de una caja: Fiorino blanco, año 1988. Aquella carcacha tenía un volante animado que temblaba al pasar los cuarenta kilómetros por hora. Ruidos y golpes de metal sugerían que el motor tenía varias piezas sueltas. El polvo sobre el cristal había dejado huellas indelebles; la mugre daba a las ventanas un efecto de papel ahumado. El interior del carro olía a combo de pollos Arturo's abandonado al sol. Una cobija ochentera, de rectángulos rojos, marrones y amarillos, cubría el asiento delantero. Del retrovisor colgaba un móvil de motivos zoológicos: caimancitos, monitos, chupacabras y una especie de foca sin cabeza. El tablero, casi en su totalidad, mostraba su piel de corcho. Sobre la guantera, cuya cerradura había sido sustituida por un alambre, había una calcomanía de la Rosa Mística. En el amplio maletero redundaba el sopor; allí el aire de pollo se mezclaba con el tufo a gasolina. Una caja de herramientas estaba empotrada en la esquina izquierda, justo detrás de mi asiento. Si me movía con descuido un destornillador de estría dejaba su marca en mi espalda. Hay que tener diecisiete años, ningún propósito en la vida, una familia disfuncional y un hastío desnaturalizado para aceptar viajar a los Andes en las condiciones en las que yo lo hice. Creo que Luis nunca se dio cuenta de que nuestro vehículo era un pote. Él parecía feliz, conforme. «Visions of Johanna» lo abstraía por completo.

3

Yo no quería ir a Desgracia de Cáceres o Altamira de Cáceres o a Los Palos Grandes de Cáceres a buscar al abuelo Lauren. Esa idea no era más que una ilusión de insomne. Nunca había visto a ese viejo. Según Eugenia él sólo había visitado la casa dos o tres veces. La nacionalidad francesa era una fantasía muy burda, algo con qué soñar, un delirio sensiblero. Sólo cuando Caracas me llenaba de mierda –cosa que ocurría con frecuencia– recordaba el programa infantil de encontrar a esa figura lejana que podría dar fe de mi abolengo.

Hasta entonces, yo sólo había ido a Chichiriviche, a Puerto La Cruz y a Margarita. Más allá de eso, Venezuela sólo era un mapa de libro de colegio con forma de pistola. Aún considerando mis anhelos apátridas siempre supe –en el fondo– que nunca saldría de Caracas; tenía la convicción de que ese lugar sería mi cadena perpetua. Cuando Luis Tévez me dijo que lo acompañara a la ciudad de Mérida y que en el trayecto ubicaríamos el pueblo de Lauren no supe qué responder. Creo que dije un «estás loco» procaz y sin intención. Él habló de no sé qué recitales poéticos, citó a su fetiche Samuel Lauro y comentó algo sobre ciertos *performances*. Aquella madrugada tuve una insípida discusión con el techo y el Ávila.

En aquel tiempo, Jorge parecía tener una única motivación: Chichiriviche. *¡Qué ladilla!* Consciente de su error en la fiesta de Gonzalo, toleraba todos mis desaires con patético estoicismo. Era horrible, no alzaba la voz, me regalaba chocolates y con argumentos rebuscados trataba de convencerme de que me integrara al operativo escolar Semana Santa. Llegó a decir, incluso, que la señora Carmen —la mamá de Natalia— había comentado que las vacaciones sin mí no serían lo mismo. Un hombre desesperado es capaz de inventar cualquier estupidez. Varias veces tuve deseos honestos de mandarlo a la mierda, pero su cara de huelepega sin potes cercanos de Hércules me inspiraba un profundo sentimiento de lástima.

Natalia se puso a saltar como una loca cuando le conté que Luis Tévez me había invitado a viajar con él. Fue *disgusting*: se puso como un perro que, tras un fin de semana de encierro, ve que el dueño toma las llaves de la casa y el collar de paseo. «Chama, tienes que ir, vete, qué de pinga...», en esa línea enumeró un conjunto de trivialidades y bienaventuranzas. Le pedí que me ayudara con Jorge; aún no sabía qué haría con mi vida en aquellas vacaciones pero sí tenía la convicción de que no iría con ellos a Chichiriviche. La estrategia sirvió para esquivar, al mismo tiempo, la preguntadera de Natalia y el melodrama de Jorge. Creo que Nata habló con él y le dijo que yo estaba algo deprimida. «Debes darle tiempo, Jorgito. Ella te quiere *full*. Ahora necesita estar sola», le dijo lagrimosa. La infeliz sabía mentir.

Luis llamó por teléfono a mi casa y me contó que encontró la ruta hacia Altamira de Cáceres, dijo que era en la frontera entre

Barinas y Mérida, en una especie de Andes barinés. No respondí. No me gusta –nunca me gustó– tomar decisiones. Siempre he tenido más confianza en el instinto que en la lógica. Salí a caminar buscando inspiración; un afán consumista me picó en el vientre: de El Tolón pasé al Sambil y del Sambil al San Ignacio. En algún lugar me compré un collar y unas sandalias horribles –gastar por gastar es la más eficaz de todas las terapias–. Perdí el tiempo en Esperanto, Tecniciencias, Nacho, Zara y otros agujeros. Confronté, incluso, la vidriera de una tienda especializada en topes de cocinas. Finalmente, sin nada que hacer, decidí comer algo en Evana's, el restaurante chino del Centro Comercial San Ignacio.

Al llegar a la escalera comenzó el espectáculo: la rebelión de las amas de casa. Al parecer, una persona del gobierno –por lo que pude escuchar, una diputada de la Asamblea– se encontraba de paseo. Un equipo SWAT de vecinas la había reconocido y, armadas de rodillos, rallos, ollas, vasos de licuadora y palos de escoba, decidió darle un escarmiento. La pendeja de Eugenia quedó varada en medio de aquel enfrentamiento. Los guardaespaldas de la asambleísta, armados hasta los dientes, lanzaron improperios y empujaron con violencia a algunas doñitas. Empezó, entonces, una especie de cacerolazo. Nunca escuché tantas maldiciones. Aquello era desprecio real, el paroxismo de las arrecheras. Entré en una especie de trance, mis oídos se bloquearon, la realidad cambió de registro y comenzó a narrarse en cámara lenta. Al leer los labios de una mujer treinteañera que arrastraba un coche, descifré un «puta» realmente sentido, un odio platónico. Una señora gorda, quien sostenía un paquete de Don Perro y otra bolsa marrón de la que sobresalían dos canillas pasó el punto de no retorno. Avanzó como un kamikaze, esquivó a los distraídos guardias y agarró por el cuello a la diputada enfurecida cuyo nombre, según escuché, era algo así como Dilia. Fue impresionante, la señora le golpeó la cara con las canillas y después le apretó el cuello con la determinación de un maniático. «Te voy a matar, maldita... Mu-e-re co-ño'e tu ma-dre!», le dijo. Un Guardia Nacional la golpeó en el vientre con un fusil inmenso y la señora no sintió el impacto. Tuvieron que intervenir varios oficiales, incluida la seguridad del centro comercial, para poder quitársela de encima. Debo reconocer que me causó gracia ver a la otra infeliz asfixiada en el piso con su asquerosa pelambre roja tratando de agarrar el aire y comérselo como si fuera un pasapalo. La multitud creció. Los insultos salían de todas partes. Logré hacerme espacio entre la masa para escapar de aquel barullo. Al alejarme pensé en el abuelo Lauren. *Es la verdad, tengo que irme de esta mierda*, me dije. Mi bolsillo, entonces, sintió una vibración. Mensaje de texto: «*Llámame. Luis*». Hablamos rápido. «Iré contigo», le dije antes de que insistiera y tratara de convencerme con sus argumentos rebuscados. «*Cool*», dijo. Tras un prolongado silencio agregó: «Eugenia, sólo hay un problema pero creo que puedo resolverlo». «¿Qué?». «No tenemos carro».

4

No me gustan las carreteras de Venezuela. Todas ellas –incluso las que dicen ser autopistas– parecen arrastrar pleitos legendarios con la miseria y la muerte. Cada curva es dueña de una historia triste: familias decapitadas, hombres calcinados, autobuses sin frenos o *teenagers* borrachos cuya camioneta –último modelo– se desintegró tras el coñazo. Las ánimas inconscientes se confunden con los vendedores ambulantes; la voz de la chama asfixiada por un *airbag* se mezcla con el grito del niño buhonero que sostiene sobre su cabeza una caja de Cocosetes. En Venezuela el infortunio no es tal. Allí el azar tiene malicia, la suerte está amañada. Todos los días en todos los diarios aparece la noticia de algún desafortunado cuyo vehículo saltó por un barranco, se metió debajo de una gandola o, dormido, saltó las defensas de piedra e impactó contra una familia que, en sentido contrario, volvía de una primera comunión. El viaje por carretera —la tentación de la muerte— no me daba miedo. Atravesar esos caminos de tierra sólo me transmitía cierta conciencia de la inutilidad, del para qué, de la desgracia inevitable.

El cinturón de seguridad del Fiorino no funcionaba. El gancho que debía amarrarme al asiento estaba envuelto en Celotex pero la cinta plástica hacía mucho tiempo que había perdido su fuerza. La Rosa Mística me miraba con displicencia, parecía burlarse. Luis —el conductor— tenía complexión de caricatura. Se abrazaba al volante con ansiedad disimulada. El espejo retrovisor del lado del copiloto no existía. Yo era la encargada de decirle *dale* o avisarle cuando algún infeliz pretendía rebasarnos por la diestra. Antes del túnel de Los Ocumitos encontramos el primer accidente. Vimos a dos Guardias Nacionales, una ambulancia, una furgoneta, una cobija negra tapando un bulto del que se escurría una mano con cuatro dedos y, metros más adelante, un Corsa volteado en el hombrillo. Luis golpeó la casetera del carro y, una vez más, la cancioncita volvió a sonar. La armónica anunció la introducción de algo que se llamaba «Visions of Johanna».

5

Todos los desayunos son repugnantes. Entre las seis y las once de la mañana mi cuerpo sólo asimila agua o café. Nunca me acostumbré a la ética del cereal: vitaminas, hierro, calcio, Zucaritas; es probable que mi organismo, por el tema de las defensas, rechace todas esas porquerías. El doctor Fragachán decía que debía cuidar mi alimentación; decía que mi rutina nutricional era insuficiente e, incluso, cancerígena. Triglicéridos y colesterol sugerían que renunciara de manera temporal a McDonald's. Muchas veces olvido que tengo que comer. Sin embargo, cuando lo hago lo disfruto. Acostumbro tragar sin masticar. Natalia siempre dijo que yo debía ser gorda, que mi cara debía estar repleta de espinillas y que mi piel, por alguna parte, debía transpirar toda la grasa que tragaba con delicia. Siempre, desde niña, la más difícil de todas las comidas ha sido el desayuno: el yogur no me pasa, el olor del huevo revuelto me da náuseas, el jugo de naranja sabe a pipí de gato. El día que salimos a Mérida, Luis me invitó a su casa; no sabía que se trataba de un desayuno. La señora Aurora y el *Maestro* habían preparado pabellón.

Luis me explicó que el Yaris de su mamá pasaría la Semana Santa en el taller. La señora Aurora, aparentemente, se había accidentado en la Cota Mil y había tratado de resolver por sí misma un problema de recalentamiento. La mamá de Luis le compró varias botellas de agua a un buhonero y, como mecánica ilustrada, levantó el capó. La señora Aurora confundió el radiador con el motor y vertió las tres botellitas de Minalba donde, borrosamente —en relieve—, podía leerse *oil*. El carro, por supuesto, no encendió. Aquel accidente alteró el plan vacacional. Luis estaba frustrado. Hacía más de dos meses —me contó— había negociado con ella el préstamo del Yaris. Fue, curiosamente, el *Maestro* quien le dijo que se pasara por la fábrica y hablara con Garay, quien pasaría las vacaciones con su familia. Dos días antes del viaje, Luis me pidió que lo acompañara a Los Ruices. Allí se entrevistaría con Garay, el *guachimán* de la empresa de sus viejos.

Garay era un *utility* —me contó Luis—. Era, según, el hombre orquesta de la fábrica: chofer, recepcionista, jefe de protocolo, secretario, *guachimán* y gestor. Los padres de Luis tenían una fábrica de telas. Vendían, al parecer, cortinas, manteles y cubrecamas industriales. El propietario, por lo que pude entender, era el papá de Luis pero quien administraba el negocio era la señora Aurora. Me resultó algo curioso que fuese el chulo del *Maestro* quien sugiriese la alternativa de Garay, pero la familia de Luis era un espectro tan raro que preferí no preguntar ni tomar posición. Nos encontramos en la estación del Metro de Los Ruices. Luis estaba de buen humor. Hablamos tonterías, criticamos todo lo que veíamos y nos burlamos del mundo. Llegamos a una especie de galpón cuya santamaría estaba abierta hasta la mitad. Al entrar, vimos un pote blanco —ocre de polvo— con el capó abierto y sostenido por un paraguas. Un hombre moreno, de baja estatura, estaba quitándole kilos de sulfato a una oxidada batería. «¿Qué pasó, Garay? ¿Cómo está la vaina?». «¡Mi helmanito; de pinga, machete! Me dijo tu mamá que te vas a llevar la nave; te la tengo lista en un rato». Aquel Fiorino parecía recién salido de una chivera.

Carne mechada, caraotas, tajadas, arepas y malta. Eran las nueve de la mañana: asco. La hediondez perforaba mis cornetes, pensé que me iba a desmayar. Aquello parecía un episodio de *True Blood, made in Venezuela*. El *Maestro* estaba en interiores. Era una persona muy desagradable. Después de vaciarle el vientre a su arepa la llenaba de mantequilla; la señora Aurora por su parte, ingestual y discreta, tomaba la suya con cubiertos. Los bigotes del *Maestro* estaban salpicados de malta. Luis hablaba con su mamá. Ella preguntaba y él respondía. El entorno –sórdido, demasiado sórdido– hacía que pasara por alto esas palabras. Luis balbuceó varias veces un «pero mamá» que la señora Aurora cortó en seco. «No seas así, Luis, sólo te estoy pidiendo un favor; además, Jacky es tu tía, los morochos son tus primos».

«¿No vas a comer, Eugenia?», me preguntó la señora al apreciar mis vanos intentos por masticar una rodaja de pan con ajo. «No me siento bien –le respondí–. Tengo algo de acidez. Además, esta mañana me comí un cachito». Recuerdo por *flashes* aquel encuentro: fragmentos de conversación, hilos de salsa que goteaban de la arepa del Maestro, olor a tajadas, arepas quemadas. «Luis, ¿tú te vas a llevar ese carro para Mérida? ¿Ese carro está bien, le revisaste el aceite, el aire a los cauchos?». Luis le respondía con la boca llena: «Garay dijo que todo estaba bien». «Ten cuidado, Luis. No corras mucho, mira que esa carretera es muy peligrosa. Acuérdate, por favor, de lo que te pedí». El desayuno fue eterno. El trasnocho dificultaba mi comprensión del mundo. Recordé los avatares de mi mañana y le pedí a un dios cualquiera –católico, musulmán, judío, griego o indígena– que me sacara, lo más rápido posible, de aquella película.

Resultó fácil escapar de mi casa. Le dije a mi mamá que Natalia me pasaría buscando temprano por la esquina del edificio. Nata, efectivamente, me hizo un repique a un cuarto para las ocho y, sin exagerar, abracé a Eugenia y le pedí la bendición. «Pórtate bien», fue lo único que me dijo. Un taxi me llevó a casa de Luis. El nivel de la náusea se elevó a rojo cuando vino el dulce: la señora Aurora puso sobre la mesa una jalea de mango.

«¿Casetes? —respondió la mamá de Luis con incrédula pregunta—, la verdad no sé. Enrique —le preguntó al *Maestro*—, ¿tú no sabes dónde pueda haber algunos casetes?». El *Maestro* negó con el rostro. El Fiorino, naturalmente, no tenía reproductor de CD. Una discusión sobre preferencias musicales pudo haber puesto fin a nuestro viaje. Luis estaba deprimido ya que no podría escuchar música por la carretera. Él no tenía casetes ni sabía dónde conseguirlos. Al explorar el carro descubrimos en la guantera algunas cintas de Garay: Eddie Santiago, Las Chicas del Can, Wilfrido Vargas, José José, El Binomio de oro, *Salsa III*, *Variadas en español 5* y Chayanne. «Me niego a escuchar esta mierda», dijo poniéndose las manos en la cabeza y asimilando la situación como una irreparable tragedia. Esa noche, cuando hablamos por teléfono, le dije: «No le pares, yo me llevaré mi iPod y las cornetas». «*Cool*», respondió. Hubo, sin embargo, un silencio prolongado. «¿Qué tienes en tu iPod?». «De todo un poco, lo que quieras». «*Cool*. ¿Tienes algo de Nirvana?». «Creo que tengo una canción, no sé. Déjame ver». Como una pendeja, procurando complacerlo, revisé los contenidos y le confirmé que tenía algo llamado «The Man Who Sold the World». «¿Qué más tienes?». «No sé, de todo: El Canto del Loco, Camila, La oreja de Van Gogh, Voz Veis, Nena Daconte, Juanes, Paulina Rubio». El infeliz me trancó el teléfono. Volví a llamarlo varias veces pero me atendía la contestadora.

Media hora más tarde me devolvió la llamada. Estaba histérico. Al principio pensé que bromeaba, que armaba una escena romántica parodiando mis discusiones con Jorge. Me costó darme cuenta de que estaba, realmente, molesto: «Tengo media hora vomitando. ¿Cómo pretendes que escuche esa mierda?». Me obstiné. Él se obstinó. Me insultó. Lo insulté. «No joda, chico, jódete, vete a la mierda, caga leche», cité como invectiva de cierre. Esta última retahíla lo intimidó. Cambió el tono, su respiración volvió a ser natural. «¿No tienes nada de los Rolling Stones? «No sé quiénes son esos pendejos. No, no tengo nada de ellos». «*Cool.* ¿Y The Doors?». «Tampoco». «¿Aerosmith, Guns, Metallica?» «No sé. Sé que tengo algunos clásicos gringos pero ni puta idea de quién los canta. Tengo ésta, por ejemplo». Di un giro a la rueda, busqué la canción etiquetada *Gritico* y apreté el botón. *Twenty five years of my life and still, I'm trying to get up that great big hill of hope, for a destination...* (0:44). «*Cool*, eso es *4 Non Blondes*. ¿Te suena Leonard Cohen?». «No, Luis, no me suena Leonard Cohen». Hubo otro silencio. «Mi iPod me lo robaron», agregó. «¿Y entonces?». «Nada, tráete las cornetas; yo resolveré el tema de la música. Ni se te ocurra llevarte esa mierda; si escucho a Paulina Rubio en una carretera, seguramente, nos clavaremos de frente contra una gandola». «Púdrete». «Nos vemos mañana». Tranqué sin despedirme.

«Mi mamá quiere que pasemos por casa de mi tía Jacqueline en Maracay, qué ladilla. Quiere que le lleve una bolsa con jalea de mango y un majarete», me contó mientras buscábamos casetes en el cuarto de servicio. En ese momento, la parada maracayera me dio igual. El hecho de no tener que respirar caraotas ni delicias criollas en horas de la mañana me hacía ver las vicisitudes de la vida con tranquilidad y optimismo. «Mis primos son unos pendejos, los odio. Son *güevones* con ojos», agregó. «Bueno, qué carajo –le dije–. ¿Está en la ruta, no?». Luis no respondió, siguió revisando gavetas. Al terminar de comer la señora Aurora le había dicho que, probablemente, en el cuarto de servicio podía haber algunos casetes de Armando –supe, entonces, que el papá de Luis se llamaba Armando–. Estuvimos, por lo menos, quince minutos removiendo cajones y hurgando clósets repletos de chatarra. «Luisito ven acá», dijo una voz agria desde el pasillo, era el *Maestro*. Tuvo, al menos, la decencia de ponerse una bata de baño que le tapara la barriga y el *boxer*. Luis salió del cuarto y yo permanecí registrando una caja de zapatos de Calzados Laura. El viejo habló en murmullos, su risita me sugirió que decía algunas cochinadas. Afiné el oído: «Si se va a coger a la carajita fórrese –le entregó algo–. ¡Bien bonita la muchacha, Luis!; cójasela hasta por las orejas, pues. Que tenga buen viaje. Dios lo bendiga». *¡Maldito!*, lo odié con todo mi corazón, quise salir a la sala, agarrar un cuatro que había en el pasillo y partírselo en la cabeza. *¡Viejo infeliz!* Luis entró al cuarto con un paquete de condones en la mano. Me palpó la espalda con cariño y con expresión cómplice me dijo: «No le hagas caso, es un cretino. Qué te puedo decir, llevo más de dos meses viviendo con este aspirante al condado del Guácharo». Parecía avergonzado, estaba rojo. *Pobrecito*, me dije. No era su culpa el que tuviera que convivir con ese fantoche. La incomodidad del momento fue removida por un hallazgo. Al fondo de la caja de zapatos que sostenía entre mis manos una sombra naranja llamó su atención, era un casete. Luis tomó el rectángulo entre sus manos y su cara dibujó una expresión de placer. En la foto de portada aparecía un *greñúo*, un tipo joven pero –

claramente— viejo, algo *vintage*. Pude leer sobre la imagen la expresión *Blonde on Blonde*. «¿Quién es?». «Bob Dylan», dijo pausadamente. Al leer el índice de canciones hiperventiló. «¿Qué te pasa?», pregunté un poco aburrida. «Nada, "Visions of Johanna"», repitió el nombre de la pieza dos o tres veces: «"Visions of Johanna", "Visions of Johanna". ¡Qué *cool*!». Salimos de Caracas a diez para las diez.

6

No estoy acostumbrada a improvisar. Las contadas veces que desarmo la rutina un cosquilleo incómodo me recorre el vientre. Mentir, por otro lado, no me crea conflicto, siempre he mentido. Cuando le dije a mi mamá que me iría a Chichiriviche con Natalia lo hice para evitar sus preguntas y su curiosidad impertinente. Muchas de esas preguntas ni siquiera yo era capaz de contestarlas. Una voz interior sugiere con argumentos sólidos que en aquella Semana Santa, simplemente, me volví loca. Luis Tévez era un extraño, un aparecido, un comediante que permanecía abrazado al volante y, una y otra vez, apretaba el botón *rewind* de la radiocasetera para escuchar —casi en trance— la canción «Visions of Johanna»; se comportaba como un carajito de primaria entusiasmado con un juego de Wii. Sin embargo, a pesar de su autismo, me inspiraba el tipo de confianza que sólo había logrado tener con mi hermano. Esa confianza indefinible fue la que me hizo estar ahí. Salí de Caracas ignorando la ruta y los motivos reales de nuestra aventura. Se suponía, por mi parte, que debía encontrar a mi abuelo aunque siempre tuve presente que mi búsqueda era un desatino. *Hola Lauren, soy tu nieta, la hija de Alfonso. Mira, necesito una fotocopia de tu pasaporte y un libro de familia en el que se haga constar nuestro vínculo*, imaginaba esa interpelación con escepticismo. En un mundo ideal –probablemente– el viejo cumpliría mi solicitud, pondría firma y sello a todas mis inquietudes y, además, no haría preguntas difíciles. Durante la primera parte del viaje por carretera preferí no pensar en Lauren; sospechaba que la realidad, como era su costumbre, una vez más me daría la espalda. Luis, por su parte, buscaba al poeta Samuel Lauro. El tema lo incomodaba, mis preguntas sobre el enigmático bardo parecían arrinconarlo. Cambiaba de conversación con soltura. Cada vez que le preguntaba por Samuel me explicaba, con insoportable didáctica, los distintos altibajos en la discografía de Bob Dylan.

«Te diré, entonces, lo que haremos –dijo Luis al pasar el túnel de Los Ocumitos–. Al llegar a Maracay pararemos en casa de mi tía. Espero que sea rápido, no quiero tener que ver a los infelices de Dustin y Maikol». «¿Dustin y Maikol?». «Sí, mis primos. Son tan ridículos como sus nombres. Son los tipos más perdedores que he conocido en mi vida, y créeme que conozco perdedores». «¿Y por qué se llaman así, qué padre desnaturalizado pone ese tipo de nombre?» .«El malandro de mi tío Germán y, bueno, mi tía Jacqueline, que es una pendeja». Empezó a sonar el tema «*Just Like A Woman*». Luis quiso subir el volumen pero al apoyar el dedo sobre la rueda del reproductor la única corneta viva soltó una estridente distorsión. «¡Maldita sea!», dijo. Luego dio dos golpes al equipo y, rápidamente, la áspera voz de Bob Dylan regresó al Fiorino. «Mi tío Germán es un militar –continuó–. Hace cinco o seis años estaba pelando bolas, era un limpio. Todos los fines de semana mi tía Jacqueline llegaba a mi casa, en Caracas, con un ojo *morao* o con un diente roto. Germán era un coronel que estaba en el CORE no sé qué mierda, estaba en la zona del centro por Valencia o Maracay. Antes, cuando éramos chamos, yo me acuerdo de que mi tía era la que trabajaba. Germán era un borracho que no hacía un coño. ¿Viste *Carmen, la que contaba dieciséis años?*». «¿Qué?», pregunté mientras intentaba abrir la ventana. La palanca estaba rota. Para bajar el vidrio había que darle golpecitos con un destornillador. «*Carmen*, una película venezolana». «No, qué voy a estar yo viendo esa mierda. No sé de qué hablas». «Bueno, en esa película aparece un Guardia Nacional que es un borracho, un coge putas que no sirve pa'un coño, mi tío Germán es igualito a ese carajo». Una llovizna tenue envolvió la montaña. Había mucho tráfico. Un Malibú setentoso llevaba varias colchonetas amarradas del techo. En el cristal, más negro que la noche, había una pinta de *griffin*: *de Barcelona pa'Nirgua*. Luis me pidió el favor de que le encendiera un cigarro. Cuando me quitó el Marlboro de la boca sus dedos rozaron mis labios. Fue un roce ligero, un simulacro. Él no sintió el corrientazo —ni se inmutó—, seguía hablando de su familia y escuchando a Bob. «Ahora resulta —dijo luego de botar el humo— que el cabrón de Germán es general de no sé qué división. Creo que hace poco lo nombraron viceministro. El otro día salió en *Aló Presidente* aplaudiendo como una foca y cagado de la risa. Los peores son Dustin y Maikol, cada uno tiene una Hummer y ahora se la pasan en Los Roques con unos culos y un poco'e curda. Unos bichos a los que, hace unos años, no les paraba bolas ni Dios. —Comenzó «Temporary Like Achilles»—. Pero mi mamá, que es una pajúa, hizo majarete y jalea de mango y quiere mandarle a su hermanita Jacqueline». No sé por qué tuve un ataque de risa. Luis también se rio. La estupidez y la felicidad eran instancias afines. «¿Y luego qué?, ¿cuál es el plan?». «Cierto –me dijo–, no te conté. Luego seguimos para San Carlos, pararemos ahí una noche, esta noche. Habrá una rumba y un *happening* en casa de una prima de la negra Nairobi. Estarán todas estas ratas: Mel, Vadier, Titina, Claire; y para mañana, no sé, cuando nos despertemos vemos. Podríamos darle directo hasta Mérida o pasar una noche en Barinas, a mí me da lo mismo».

La inutilidad de Luis Tévez no dejaba de sorprenderme. Su fascinación y su torpeza tenían una relación directamente proporcional. No sabía hacer nada. La gente lo asustaba. Todo aquello que implicara interactuar con otras personas –o, incluso, máquinas– lo hacía colapsar. No sabía, por ejemplo, echar gasolina. Se quedaba parado frente a la máquina mirando los contadores. Al salir de su casa paramos en la Texaco de Las Mercedes. Su estatismo me obligó a bajarme del carro, abrir la tapa de combustible, agarrar la manguera y poner el tanque *full*. Cuando me vio hacerlo permaneció absortó. Tras unos segundos, premió mi iniciativa con la muletilla «¡*Cool*!». En esos momentos lo odiaba, me provocaba escupirle. En la bomba, mientras esperaba que se llenara el tanque, le pedí que fuera a la tienda a comprar unos Tosticos, un pan Bimbo y un Diablito por si acaso nos agarraba el hambre. No supo hacerlo. Entró y se devolvió, me dijo que aquello le resultaba muy difícil. Lo peor es que se ponía nervioso, la frente le sudaba, le temblaban las manos. «Nairobi me pidió que llevara dos cajas de birras y una bolsa de hielo», me comentó con angustia. «Si compramos el hielo ahora va a llegar derretido, preferiría que lo compráramos por allá», dije. La sugerencia de que sería necesario hacer otra parada le deformó el rostro. «¿Lo compras tú?», me pidió con miedo. No sabía si reír o ponerme a llorar.

Durante las primeras horas del viaje tuve varios indicios de la inutilidad de Luis. Uno de los más significativos ocurrió al pasar el peaje. Además de Bob Dylan, algo sonaba mal en la parte delantera del carro. En cada curva el motor iniciaba un martilleo incesante que sólo se calmaba al bajar la velocidad y mantener el rumbo en línea recta. Era insoportable. Luis decía que él no escuchaba nada y que se trataba de un estruendo imaginario. Cuando no pudo disimular el escándalo me dijo que Garay le había hecho una advertencia: el carro tenía un ruidito. «Eso no es un ruidito, Luis. ¡Coño! Esta mierda así no va a llegar ni a cómo se llama... La Victoria. ¡Párate después de la curva!». Perdió el control del volante, se puso muy nervioso. «¡Luis, párate! Vamos a ver qué es». Tras ofensivas insistencias decidió orillarse. Le pedí que abriera el capó y me dijo que no sabía hacerlo. Yo, por supuesto, tampoco sabía; sin embargo, intuía que ese tipo de práctica exigía más sentido común que conocimiento automotor. Por suerte, fue sencillo. Metí la mano debajo del asiento del piloto y halé una palanca. La vara que habría de sostener la cubierta estaba rota. Le pedí a Luis, entonces, que aguantara el techo mientras yo jugaba a la empleada de taller. Lo sostuvo con expresión animal, con ojos nerviosos, desorbitados y cianóticos. Hice un paneo por la polvorienta caja y no vi nada extraño. No tenía por qué ver algo extraño, no sabía absolutamente nada de carros. Sin embargo, el ruido era tan insoportable que pensé que la causa sería claramente visible. En una segunda revisión encontré el problema: sobre una caja de agua —que me imaginé que era el radiador— había un alicate. Agarré la herramienta y se la mostré a Luis. Recordé que el día que recogimos el carro, mientras el *guachimán* de los Tévez limpiaba el sulfato de la batería, había varios destornilladores, martillos y demás periquitos dispersos sobre la caja. «Al guevón de Garay se le olvidó este alicate encima del motor. Dale, Luis, vamos, no creo que haya más problemas», le dije. Cerró con torpeza. Para sí mismo, repitió varias veces la palabreja «*cool*».

A Luis le gustaba hacer fotos. En su casa, después del desayuno, me obligó a posar al lado de su mamá y el *Maestro*. Por el camino, en la cola antes del túnel, me apuntó con el lente e hizo varias fotos en primer plano. Tenía tres cámaras: una digital —pequeña— y las otras dos grandes y más complicadas. Tras nuestra parada accidental me retrató sosteniendo el alicate de Garay. Era insoportable, hacía un disparo tras otro; el golpe fotográfico sonaba, intermitentemente, segundo tras segundo. «Una sonrisa, Eugenia», decía y yo sonreía. «Cara de culo, Eugenia» y yo ponía cara de culo. «Cara de puta, Eugenia», levantaba mi mano, entonces, y —sin quitar la cara de culo— le mostraba el dedo medio en erección. Luis hacía fotos atractivas. Al lado de su habitación había un anexo donde tenía instalado una especie de cuarto oscuro. Era un pasillo pequeño repleto de potes, máquinas e imágenes colgantes. Aquella mañana, tras lanzar varias medias y franelas dentro un de un morral Jansport, me lo mostró. Entre las fotografías expuestas reconocí algunos cuadros: un perro desnutrido daba vueltas alrededor de una alfombra de mierda; una mujer acuclillada, con las manos en la cabeza, observaba una línea marrón que le ensuciaba las sandalias. Una imagen, en particular, llamó mi atención: estábamos sentados, recostados en la baranda del balcón. Yo estaba dormida sobre el hombro de Luis, él parecía mirar un horizonte personal e imposible –seguramente la tomó Floyd–. No suelo ser narcisa pero, la verdad, estaba bella. No sé por qué pero las fotos me ayudan. «¿Te gusta?», me preguntó mientras registraba una caja llena de películas quemadas. «¿Qué cosa?». «La foto». «Sí, es *cute*». «Es tuya, te la regalo. Cuando regrese haré una ampliación y te la daré». «Gracias», le dije por costumbre cortés y sin verle la cara. Parecía un retrato profesional y artístico; podía ser el póster de una película, una de esas comedias románticas que, de la manera más crédula, apuestan por los finales felices. «¿Qué estás haciendo?», le pregunté. Abrió una bolsa negra y lanzó dentro, uno por uno, distintos DVDs piratas. «Busco películas venezolanas», me respondió. «¿Películas venezolanas?». «Sí, con Vadier y Floyd haremos un *happening*, una quema de judas». Recordaba todos los avatares de aquella mañana eterna mientras avanzábamos por la autopista. Un letrero verde, inmenso, anunció nuestra llegada a Maracay. Algo me decía que la entrevista con la tía Jacqueline y el tío Germán exigiría grandes dotes de tolerancia. Luis mentó la madre con efusión cuando llegamos a la casa y nos dimos cuenta de que había una fiesta.

Blue Label / Etiqueta Azul

Etiqueta Azul

Hay dos tipos de vulgaridad, la artificial y la espontánea. El mundo —mi pequeño mundo— estaba saturado de mamarrachos congénitos y, al mismo tiempo, de falsos chabacanos. Una cosa es ser grosero por naturaleza y otra aparentar serlo. El *Maestro*, por ejemplo, era el típico caso del aspirante a ordinario —una parodia de malandro—. Luis me contó algunas anécdotas en las que la marginalidad de este personaje se presentaba como una cualidad irrefutable. Natalia —aquella Natalia— podría ser otro caso de chabacanería improvisada. Era, probablemente, la *teenager* más sifrina de todo el Este de Caracas pero, por razones oscuras, le gustaba disfrazar su sifrinería con adjetivos soeces —genitales, en su mayoría—. Un ordinario espontáneo, por otro lado, era José Miguel, el gordo que recitó la oda al onanismo en casa de Titina. Él era, simplemente, gracioso. José Miguel ha de ser, sin duda, uno de los tipos más ordinarios que he conocido en mi vida pero su vulgaridad, explícita y escatológica, nunca resultó chocante; él era un creacionista del insulto. Tenía una notable habilidad para integrar, en una misma oración, mentadas de madre, excrementos, glandes y demás derivados del imaginario ofensivo-fálico. El tío Germán y los primos de Luis eran, por su parte, una especie de híbrido. Si bien la chabacanería estaba arraigada en sus espíritus simples eran, al mismo tiempo, un tipo muy particular de balurdos *ready-made*.

Los ecos de merengue llegaban a la calle. Dos Guardias Nacionales, armados de fal y metralletas, custodiaban el portón. Luis se identificó y el más alto de los orangutanes balbuceó algo por un *walkie-talkie*. Minutos más tarde abrieron la puerta. El patio estaba repleto de Hummers, Audis y camionetas Explorer. Nos dijeron que giráramos a la izquierda y estacionáramos por los lados de la cocina. El Fiorino atravesó aquel paraíso automotor con humildad y prepotencia. Al alejarnos de la entrada pude ver por el espejo retrovisor cómo los guardias se burlaban de nuestro transporte. Dustin o Maikol salieron a recibirnos. Primero llegó Maikol y luego Dustin, o viceversa. Su condición de gemelos no calcaba, únicamente, fisionomías; también la idiotez era idéntica. Los primeros comentarios de los payasos estuvieron referidos al Fiorino. Se burlaron con simpatía —supuesta simpatía— de nuestro carrito de helados. Luis agarró la bolsa de dulces y los saludó con estoicismo. Cuando me presentó, uno de ellos, Maikol o Dustin, no conforme con darme su sudorosa mano, me dio un beso en la mejilla dejando grabada una desagradable estela de saliva. «Ten paciencia, nos iremos pronto», dijo Luis en susurros. Entramos a la casa por la puerta de atrás.

La casa del tío Germán proyectaba el arquetipo del nuevo rico. Era horrible, sin gusto. En el salón principal había una cabeza de chivo —o venado, o lapa o no sé qué— clavada en la pared. El suelo era de parqué mal pulido. Sobre la madera, integradas al barniz, podían verse huellas de perro y siluetas de zapatos Nike. El juego de mesa, en conjunto, era de mármol y fórmica naranja. Al lado de la cabeza de chivo había un retrato del presidente. Lo más marginal era el *home theather*. Una de las paredes estaba ocupada, casi en su totalidad, por un televisor pantalla plana. Cada mesa, mesilla y taburete de la sala sostenía juegos de cornetas cuyos cables enredados estaban mal tapados por una alfombra de lunares. *Ver los programuchos de VTV en Alta Definición tiene que ser el colmo de la indecencia*, me dije. Un militar gordo, echado sobre una mecedora de mimbre, estaba dormido frente al televisor. Afuera, en el patio, se escuchaban cánticos entusiastas.

La tía Jacqueline era una mujer delgada, de ojeras tristes; su rostro parecía recién salido de una lavadora sin suavizante. Tenía un perfume piche, dulzón, una especie de durazno Frica. Saludó a Luis con cariño, le puso las manos en las mejillas y lo besó con efusión honesta. Luis, por su parte, le entregó la bolsita azul de jalea de mango y majarete. Había diez o doce personas en la casa. Hombres, en su mayoría. Los más jóvenes vestían uniforme verde oliva pero los viejos y panzones estaban en bermudas. La tía Jacqueline, para nuestra desgracia, sugirió que nos reuniéramos con los muchachos que estaban por los lados de la piscina. Conocimos, entonces, a los amigos de los morochos. La novia de Dustin –o de Maikol– parecía ser modelo. Era, plásticamente, perfecta: rubia oxigenada, tetas inmensas, culo simétrico. En el borde de la piscina había, por lo menos, seis carajas formato ACME y dos marihuaneros felices. «¡Sobrino!, ¡sobrino! ¿Cómo le va?», gritó una voz gruesa desde la mesa de dominó. Cholas, gorra de Misión Ribas, *short* floreado, franela de PDVSA: Luis tenía razón, el tío Germán era un impresentable. El anfitrión, visiblemente ebrio, se levantó y se acercó a nosotros, tomó a Luis por los hombros y lo arrastró al interior de la casa. Por diez o quince minutos me quedé sola con los morochos y sus amigos.

«Así que tú eres la novia de Luis», dijo Dustin o Maikol. «No. Somos amigos». Risitas. «¿Amigos?». Ji, ji, ja, ja, je, je: vocecillas ridículas. Una de los modelos se dio una lata asquerosa con Maikol o, quizás, con Dustin. «¿Y a dónde van los amiguitos a pasar la Semana Santa?». «A Chichiriviche», mentí. «Oye, chama, yo a ti te conozco, tú te la pasas en *One*, yo a ti te he visto en la cola», dijo uno de los marihuaneros quien, impulsivamente, se levantó y trató de maraquearme. *¡Maldito!* Saturada de vulgaridad, apelé entonces a una estrategia clásica: pregunté por el baño. Al entrar a la casa me di cuenta de que otra persona había llegado a la fiesta. Era un viejo alto, normal, vestido de *jean* y camisa sin marca. La señora Jacqueline lo saludó con cariño. Por lo que pude entender el visitante había pasado algunos años en Bogotá haciendo un postgrado y hacía apenas dos semanas había regresado a Venezuela. El tío Germán, al notar su presencia, se olvidó de Luis y brindó un extrovertido agasajo al recién llegado. «Ricardito querido, ¿como está la vaina?». «¿Qué hubo, Germán? —respondió el otro, evidentemente incómodo—. Vine a saludar nada más», concluyó. Me llamó la atención su gestualidad displicente, su cara de asco ante la estética roja. Un cabo llamó al tío German desde la mesa de dominó y éste hizo el amago de regresar al juego. La tía Jacqueline, entonces, preguntó al visitante qué quería beber. El señor Ricardo dijo con timidez que le gustaría tomar un *whiskicito*, un Buchanan's en las rocas. En ese momento sucedió algo extraño: el tío Germán, que aún no se había retirado de la sala, dio una vuelta brusca. «¿Qué?». La tía Jacqueline tuvo un ataque de hilaridad. El invitado tardó en caer en cuenta de que la pregunta era para él. «Un *whiskicito*, Germán, un Buchanan's», repitió. «¡Buchanan's!», dijo el otro indignado y luego soltó una carcajada, un grupo de cabos entusiastas le hizo eco. «Aquí en esta casa no tomamos esa mierda, aquí se bebe Etiqueta Azul». «¡Dios!», susurró Luis, hacía un par de segundos que se había colocado detrás de mí. El señor Ricardo permaneció sin expresión. «Así es, Ricardito —continuó Germán— nada de andar tomando *charichari* ni *whisky* barato, en esta casa se bebe Etiqueta Azul». Luego, imperativo, ordenó: «Jaque, sírvale un trago de Etiqueta al amigo Ricardo». La tía Jacqueline, con sonrisa servil, se dispuso a seguir la orden. Sin embargo, en la botella que estaba sobre la mesa sólo quedaba un pequeño fondo amarillo. Dustin —o, probablemente, Maikol—, por casualidad entró a la sala. Germán vio la botella vacía y mentó la madre. Llamó, entonces, al morocho paseante: «Morocho, mijo, vaya al maletero y tráigase dos botellitas de *whisky*». La tía Jacqueline le pidió a Luis que acompañara a su primo. «Por favor, hagas lo que hagas o vayas donde vayas, no me dejes sola», le dije con retórica trágica.

El maletero quedaba en la parte de atrás de la cocina. La puerta, bloqueada por el Fiorino, apenas podía abrirse. Al entrar al depósito vimos, al menos, veintidós cajas de *whisky* apiladas una sobre otra —Johnny Walker, Blue Label—. Había también cajas de Wii, Playstation, televisores, motores de lancha y cerveza Heineken. «Bicho, si te quieres quedar, esta noche vamos a tener senda rumba, los viejos se van pa'La Orchila y nos quedará la casa a nosotros solos. Vienen DJs, vienen culos, todo va estar bien de pinga, deberías anotarte». Sentí presión en mis nudillos. «De pinga, Dustin, déjame llamar a unos panas a ver qué cuadramos». «Tráete a tus panas, no le pares», respondió Dustin. El morocho agarró tres botellas y salimos al patio. Cuando regresamos a la sala tropezamos con la dulce tía. «Tía Jackie, ya nos vamos, nos están esperando unos amigos», dijo Luis con expresión infantil. «Ay, Luisito, pero no te puedes ir sin comer. Acabo de hablar con tu mamá y le dije que almorzarían acá, en veinte minutos estará lista la parrilla».

«¡Maldita sea!, ¡maldita sea!, ¡maldita sea!», recitaba Luis en voz baja. Estábamos sentados en una mesa solitaria. Le dije que no se preocupara, traté de distraerlo con historias escolares pero aquella exhibición de esperpentos hacía inútiles todos mis esfuerzos. El militar que estaba sentado en la mecedora viendo VTV, dormido y sin inmutarse, se vomitó. Luego, al despertar y respirar su podredumbre, ordenó a un par de cabos que le limpiaran las charreteras con jabón Las Llaves. La tía Jacqueline nos trajo polvorosas e interrogó a Luis sobre asuntos internos. «Luisito, cuéntame, ¿cómo está Armando?, ¿qué has sabido de él?». «Bien, bien», respondió sin entusiasmo. «Tan bella Aurora que me manda sus dulces. ¿Por qué no van a la piscina y se divierten con los muchachos?», Luis, ingestual, le dijo que yo me sentía mal. La señora Jacqueline me vio con lástima. «La ciática», dije con resignado disgusto. Luego le preguntó por el *Maestro*, por el yoga, por los cursos de repostería y por otros asuntos que olvidé. Dustin y Maikol gritaron, entonces, que la parrilla estaba lista.

Por fortuna, nos ubicaron al lado del señor Ricardo. Dustin, Maikol y su banda se sentaron al frente. A la cabeza de la mesa estaba el tío Germán. Los cabos hacían las veces de mesoneros. Luis y Ricardo hablaron en voz baja, pude entender que él conocía a sus padres desde hacía tiempo. El tío Germán estaba muy borracho. Los morochos conversaban con estruendo. De repente, el silencio. Con una sonrisa impostada Germán engulló un vaso de *whisky* y, dándole dos coñazos a la mesa, preguntó: «¿Mira, Luisito, y el conspirador de tu papá dónde está *enconchao*? ¿En qué cloaca se escondió Armando Tévez?». Los otros militares rieron el chiste. Los morochos permanecieron en silencio. Solté los cubiertos, no sabía a dónde mirar ni qué hacer, pensé que Luis reaccionaría de manera explosiva. Curiosamente, permaneció tranquilo. «En Costa Rica, Germán –respondió sin inmutarse–, ni modo, lo pillaron y tuvo que irse». Carcajadas incómodas. «Mire Luis, espero que le quede claro que en esta casa estamos con la Revolución». «Sí, lo sé, tío, cero peo, no te preocupes». Germán perdió la sonrisa falsa, los ojos se le llenaron de sangre. La señora Jacqueline –aterrada– trató de romper el hielo y comentó las bondades de la guasacaca. Volvió el silencio. Luis, sin disimulo, dejó escapar una risa sardónica: «Quédate tranquilo, tío, tengo muy claro que este país está en manos de la chusma». *Coño'e la madre*, me dije. *Nos van a matar acá, me van a meter presa*. Luis continuó: «Mi papá ha seguido la política de Florinda Meza. ¿Sabes de qué hablo? ¿La vecindad del Chavo, la has visto?». El tío Germán clavó los puños en el mantel. El señor Ricardo se reía en silencio. «Hay una escena muy famosa en esta serie que no sé si recuerdas». Luis cortó un trozo de yuca, lo ensartó con el tenedor y lo engulló. Con la boca llena continuó su descripción. «Doña Florinda no soporta a Don Ramón a quien considera un impresentable, cada vez que puede trata de humillarlo. Cuando Don Ramón molesta a su hijo ella se acerca y le da dos bofetadas. Entonces, dice: "Vámonos Kiko, no te juntes con esta chusma"». Pausadamente y deteniéndose en cada sílaba, agregó: «A lo que Kiko responde: "Chusma, chusma"», finalmente hizo un ruido de trompetilla. El tío Germán se levantó y tiró los platos al suelo.

«¡Mi familia se respeta, no joda! ¡Se me van de esta mierda, carajitos!». Cortésmente abandonamos la mesa. El tío Germán nos acusó de agresión a la autoridad y le ordenó a un impávido Cabo que nos metiera presos. La tía Jacqueline gritó y dio la contraorden. El señor Ricardo pidió calma y trató de apaciguar los ánimos de los morochos quienes, altivamente, nos ofrecieron coñazos. Cuando llegamos a la cocina, para evitar cualquier tipo de asalto, salimos corriendo. «¡Golpista, chico, eso es lo que es tu papá, un golpista!». «¡Sifrinos de mierda, malditos oligarcas!». «Germán, cálmate, por favor», decía una voz de mujer. Salimos al patio sin poder controlar las arcadas de risa. El escándalo persistía dentro de la sala, pero afuera sólo se escuchaban invectivas aisladas y mentadas de madre. Nos subimos al Fiorino. Luis arrancó inmediatamente. No había avanzado más de tres metros cuando frenó en seco. «¡Espérame acá!», dijo con entusiasmo. Abrió la puerta y corrió hacia la parte de atrás. Pude ver por el retrovisor que entró al depósito de *whisky*. Como socios criminales que han compartido años de cárcel y oficio, interpreté la seña. Salté el asiento y, desde adentro, abrí la maleta del carro. Primer viaje: una caja; segundo viaje: otra caja; tercer viaje: otra caja. Escuchamos, a distancia imprudente, las voces agresivas de los morochos. Luis entró al cajón del Fiorino con un salto torpe, cerró la puerta y me lanzó las llaves. «*Drive*», dijo eufórico. Todo sucedió muy rápido. De repente, tenía en mis manos el volante. Pise el acelerador y atravesé el estacionamiento. Durante la fuga le volé el *stopper* a una Explorer. La garita, por fortuna, estaba vacía —Luis me contó después que vio a uno de los Guardias Nacionales orinando detrás de una palmera. El otro no estaba—. Aceleré y, tres cuadras más adelante, tuve que parar por la asfixia. En la bomba que está antes del peaje de Tapa Tapa sacamos la cuenta. Nos habíamos robado veinticuatro botellas de *whisky*.

San Carlos

1

La risa y el silencio, en contrapunto, se hicieron autopista. El camino estaba rodeado de cerros verdes y chimeneas de fábricas. La banda sonora del paisaje era interpretada por Bob Dylan. El lago de Valencia, por ejemplo, —aquella mancha séptica y distante— es un recuerdo que pulsa *play* sobre «Rainy Day Women». La memoria se construye por trozos: la brisa en la cara, el insufrible olor a pollos Arturo's, el canto grave y desafinado de Luis. Los letreros verdes anunciaban lugares sobre los que nunca había oído hablar. Sabía que existía Valencia. También había oído hablar de Barquisimeto; los demás nombres eran remotos jeroglíficos. La última carcajada inspirada por nuestro acto de vandalismo trajo como efecto un largo trecho de silencio. «¿Dónde queda San Carlos?», pregunté. «En Cojedes, es la capital». «¿Y qué hay en San Carlos?». «Nada», respondió. «¿Y qué hay en Cojedes?». «Nada». «Nunca he ido a Cojedes». «Yo tampoco». «¡Qué lugar tan nulo!», le dije mientras observaba el horizonte montuno. El cabello me golpeaba la frente. Empezó a sonar la canción «Pledging My Time». «Es una de esas ciudades fantasma que, seguramente, tiene un pasado legendario». «¿Pasado legendario?». No perdía la absurda costumbre de responderle con preguntas. En nuestro entorno escolar, Luis era algo más que un anormal. Tenía un vocabulario culto; usaba palabras que, aunque familiares, nunca se me hubiera ocurrido pronunciar. Además, sabía cosas: Geografía, Historia, Literatura. Todo aquello que, se supone, debíamos aprender para exámenes desechables él parecía conocerlo y, más extraño aún, lo interpretaba como algo placentero. «El pendejo de Bolívar», me dijo. «¿Qué?». «Creo que Bolívar pasó por San Carlos y se dio unos coñazos. Esa es la gloria de la ciudad». «No sé, ni idea». «Bolívar era un sinvergüenza», continuó. Hablaba solo. Yo no sabía nada de Historia; el nombre de Bolívar me provocaba urticaria. «El bicho paró en San Carlos y volvió mierda a los españoles. Monteverde, que era el duro, huyó a Puerto Cabello; el peo de la Independencia pudo haberse resuelto ese día. Bolívar sólo tenía que atacar el puerto y machacar a ese pendejo. Monteverde estaba acabado, no tenía ejército, no tenía armas, todo el mundo le botaba el culo. La historia sería distinta si Bolívar hubiera atacado Puerto Cabello pero no... el muy pajúo se fue pa'Caracas; dejó que el enemigo se reuniera, se armara, que le llegaran refuerzos de España, que ficharan al chulo de Boves y ganara territorios sólo porque quería cogerse unos culos, caerse a curda y que le jalaran bolas. ¿Sabes quién es Santiago Mariño?». La pregunta trajo a mi memoria fragmentos de vacaciones viejas. «Creo que Santiago Mariño es una calle en Margarita», respondí aburrida e insegura. «Era, cómo decirlo, el Bolívar de Oriente; era un tipo arrecho allá por los lados de Carúpano, Cumaná, Maturín, esa mierda; se dio los coñazos, jodió a los malos —que seguramente no eran tan malos— y se propuso ir pa'Caracas. Si Mariño hubiera llegado primero a la capital, es probable que fuera él, incluso hoy día, quien ostentara el ridículo título de Libertador. A Bolívar le fueron con el chisme. —Dramatizaba con gestualidad de cuentacuentos, era gracioso—: *Mira, Simón que la rata de Santiago quiere irse pa'Caracas y cogerse los culos, dice que eres un pendejo* —pausa, carrasposo—, y el güevón de Bolívar se cagó, se olvidó del enemigo y metió la chola pa'Caracas. Llegó primero, se cogió los culos, se tomó una curda y después lo hicieron llamar Libertador. Mariño llegó unos días después y peló bolas. Por esa razón ese pana sólo quedó para ser una calle en Margarita». Un letrero inmenso mostraba el nombre de San Carlos. Había que cruzar a la izquierda. Luis pidió silencio y aspiró una bocanada de aire caliente; por enésima vez comenzaba a sonar «Visions of Johanna».

2

«*Whisky* pa'to'el mundo», gritó al llegar. La casa era vieja, de bahareque falso —casa de pueblo—. La fachada estaba cubierta por moribundos chaguaramos. Llegamos rápido. En aquel pueblucho ocre y de calles rotas, extrañamente, logramos ubicarnos. Estacionamos detrás del Volkswagen de *Pelolindo*. Luis identificó, en la parte de atrás de la casa, el Fiat Uno de Mel y el Zehfir de la mamá de Nairobi. Un grupo jugaba bolas criollas; Titina y Claire picaban verduras. José Miguel sostenía un cucharón de madera mientras vigilaba, con gesto melancólico, la temperatura del sancocho. Nairobi, acompañada de una gordita trigueña —la dueña de la casa—, arrastraba una gavera de Polar *Light*. Luis me presentó a grupos de borrachos simpáticos; parecían mayores —veinteañeros, incluso había alguno de treinta—. Me sentí cómoda en aquella cabaña de extraños. Por lo general, no me gusta conocer gente. Cuando estoy rodeada de desconocidos suelo desarrollar una timidez invasiva. En aquella casa de San Carlos, conversando trivialidades, no sentí la presión de los otros. Natalia escribió preguntando cochinadas, lo que me motivó a apagar el teléfono. Luis estaba espléndido. Atravesó la casa obsequiando a todos los presentes una botella de *whisky*. Hubo aplausos y agradecimientos sensibleros. José Miguel se puso a llorar; acunó la botella como si fuese un bebé al tiempo que besaba la etiqueta y susurraba canciones de cuna. Mel, inmediatamente, abrió su regalo; luego engulló un trago caliente que lo regañó. Nairobi trajo un paquete de vasos plásticos y lo repartió entre la multitud festiva. El último en aparecer fue Floyd. ¡Qué amorfo era Floyd! Luis le entregó la botella. Floyd comentó que tenía todo preparado para el *happening*.

«¿Por qué sabes esas cosas?¿Qué clase de bicho raro eres?», había preguntado en la carretera luego de que expusiera sus consideraciones históricas. «¿Qué cosa?¿De qué hablas?». «¡Eso!: Historia, Bolívar, Mariño, qué importa». «No sé, supongo que lo leí en mi casa alguna vez en alguna parte». «¿No te da ladilla?». «No, es divertido. La Historia de Venezuela es muy divertida». «No sé, a mí nunca me gustó la Historia». «La Historia como la dan en el colegio es una mierda pero créeme que si le entras por tu cuenta es un tripeo. Todos esos héroes eran unos mamarrachos. –Canción: "I want you"–. Mi papá tenía una biblioteca inmensa con muchos libros de Historia». «¿Tu papá, Armando?». Su expresión cambió, alejó el rostro del camino y me miró con curiosidad. Luego, tras unos segundos, sus ojos volvieron a la vía. «Sí, Armando». «¿Y de dónde salió el *Maestro*, es tu padrastro?». «No, el *Maestro* es el mejor amigo de mi viejo y de mi mamá». «Es un poco raro». «Sí, mi familia es rara. Armando está en Costa Rica porque, supuestamente, lo pillaron financiando un atentado. El día antes de que se fuera, Floyd y yo tuvimos que ayudarlo a botar un poco de discos duros y *laptops*. Esto te causará gracia: mi mamá ha sido el primero, el segundo y el tercer matrimonio de mi viejo. Es una locura, no se soportan pero no saben vivir separados. Se reencuentran, se casan, se divorcian y luego vuelven. Creen, además, que tienen veinte años, se las dan de *hippies*; ahora aceptan la promiscuidad y se acuestan con sus panas, fuman monte y escuchan Led Zeppelin. Desde hace unos meses, mientras estuve en Bélgica, a mi mamá le dio por hacer cursos de yoga y de repostería criolla. Armando es un buen tipo, está un poco loco pero muchas de las cosas que sé se las debo a él; cuando era niño me leía cuentos de terror y novelas policiales. ¿Y tus viejos, qué tal?», preguntó repentinamente. Respondí con una carcajada entrecortada. Tardé en hablar. No esperaba esa difícil pregunta. «Mi mamá está loca, mi papá está más loco». «¿Quién es el hijo de Lauren, él o ella?». «Él». «Debe ser un tipo de pinga». «No, créeme que no lo es. No vale una mierda». «Coño, Eugenia, los viejos la cagan, es verdad, pero en el fondo son gente; de alguna forma siempre han estado ahí». «Alfonso nunca ha estado ahí». Estaba tranquila, perdida en el paisaje. Mis palabras carecían de emoción y textura. Un letrero de Llanopetrol trajo recuerdos tristes. El nombre de Alfonso, una vez más, se envolvió en combustible. «¿Alguna vez tu papá quiso matarte?», le pregunté. Luis alzó los hombros. «Supongo que cuando estaba carajito quiso darme unos coñazos pero creo que es normal», respondió. Si lo hubiera pensado no lo habría dicho, fue una pregunta instintiva. Nunca antes había hablado sobre ese asunto. «No. Hablo en serio. ¿Tu papá nunca quiso matarte?».

Floyd arrastraba un muñeco gigante. Era una figura de cartón con flecos de piñata que parecía representar a un hombre mayor, bajito y gordo. El muñeco llevaba unos lentes de pasta y tenía puesta una camisa roja con propaganda a favor del gobierno. Luis y Mel cargaban bolsas negras. «Hola», me dijo una voz clara y afable. Era Vadier Hernández. «Hola, ¿cómo estás?», respondí sonreída. «¿Tú eres?». «Eugenia», le dije. «¿La novia de Luis?». «No, bueno, no sé». Nos reímos juntos como dos idiotas. Luego de abrir las bolsas, Mel empezó a sacar, una por una, distintas películas quemadas. «¿Qué hacen?», pregunté. Vadier se sirvió un trago de Etiqueta Azul y comentó: «Haremos un *happening*». Floyd arrastró el pelele hasta el centro del patio y lo guindó de un árbol. Luego, colocó varios ladrillos debajo del improvisado Judas. Nairobi, sosteniendo un hacha, picaba madera al lado de una mata de nísperos. «Haremos una hoguera de películas venezolanas, vamos a quemar esa mierda como símbolo de protesta», explicó Vadier. «¿Quién es el muñeco?». «Es Román Chalbaud».

«Mi mamá le pidió que se fuera de la casa, ella ya estaba saliendo con Beto —le conté en la carretera—. Alfonso, mi papá, estaba viviendo en La California, en el apartamento de un amigo suyo que, supuestamente, pasaba vacaciones en Miami. Tenía muchos problemas con mi vieja. Se perdió por tres o cuatro meses. De repente, tras un ataque de culpa, pidió vernos. Dijo que quería conversar conmigo y con Daniel. A disgusto, entusiasmados por un discursito de Eugenia, fuimos al salir del colegio. Era patético, Luis. Nos recibió con arroz chino, costillas y lumpias frías. Luego de darnos una terapia sobre los efectos negativos del divorcio nos mostró sus películas malas y apariciones en propagandas noventeras». «¿Tu papá era actor?». «Nunca fue actor. Era una especie de extra, un extra de extras. Pasamos la tarde en su casa. Nos decía que nos quería, que nos extrañaba, que Eugenia era una mierda. A las seis, más o menos, decidimos irnos. El melodrama de aquella despedida fue atroz. A una cuadra de su edificio me di cuenta de que se me había olvidado la carpeta. Necesitaba la puta carpeta porque ahí tenía un trabajo que debía entregar la mañana siguiente. Daniel me armó un peo, me dijo que qué bolas tenía, se picó burda. Le dije que dejara la histeria y que me esperara. Regresaría sola a la casa de Alfonso y la buscaría. Daniel odiaba a mi papá, se llevaban *full* mal. Alfonso era muy cruel con Dani. Todo sucedió cuando regresé al apartamento».

Por primera vez en mi vida jugué bolas criollas. Era divertido. Formé el equipo verde con Claire. Las bolas vinotinto correspondían a Titina y a José Miguel. Yo arrimaba y Claire bochaba —era la jerga con la que Luis describía nuestras actitudes—. Nunca antes había tomado *whisky*. Aquel *whisky* caro y de etiqueta azul era fuerte, el paladar ardía como quemado por ácido. Había, por lo menos, doce botellas dispersas por las mesas del patio. Haber desfalcado el depósito del tío Germán exculpó a Luis de la obligación de pararse a comprar hielo y cerveza. Vadier, en un instante de simpatía explosiva, me contó que Román Chalbaud era un director mediocre; con aquella muestra querían denunciar su falso talento. El fogón sería atizado con sus películas y las lamentables producciones de otros directores. «Si en este país se quiere hacer buen cine —me dijo con amable tutela—, debemos suprimir el modelo de Chalbaud. Chalbaud es horrible y debe ser olvidado». Mi equipo perdió las tres primeras rondas; si ellos sacaban un punto más, estaríamos eliminadas. El tiro de gracia estaba en mis manos. Claire, que había perdido su turno lanzando sus bolas a la cerca, se acercó y, muy bajito, me habló en el oído: «Bocha esa mierda, carajita». Antes de retirarse me pellizcó una nalga. Lancé. La bola hizo una parábola simétrica y, por fortuna, se estrelló sobre el mingo. Fue Luis quien me explicó que el lanzamiento había sido perfecto. Metimos tres. Habíamos ganado. Floyd hizo varias fotos de la celebración.

«Daniel esperó. Se preocupó burda porque yo no regresaba. A los veinte minutos volvió al edificio. Alfonso nos había dado una copia de la llave por si, alguna vez, necesitábamos algo». Silencio. No podía continuar. Describir aquello era difícil. Falsamente había decidido olvidarlo. El doctor Fragachán, en una oportunidad, dio vueltas curiosas alrededor de esa historia, lo que motivó algunas amenazas. Le dije que si seguía haciendo preguntas sobre lo que pasó esa tarde nunca regresaría a la terapia. Instintivamente, busqué la mano de Luis que, entonces, palpaba la radiocasetera. Él volteó la palma y nuestros dedos se entrelazaron. Bob Dylan hacía los coros de aquella escena *tutti*-trágica. La saliva picaba. La garganta simulaba cerrarse y tapar las palabras. «Cuando regresé a la casa Alfonso se había vaciado encima un pote de gasolina. Tenía un yesquero en la mano y estaba a punto de prenderse. Me dijo que su vida era una mierda y que quería matarse. No le paré. Pensé que sería otro de sus números malos, de sus *sketchs* de *Qué locura*. Sólo quería agarrar mi carpeta y largarme. Sin darme cuenta avanzó hasta donde yo estaba y me abrazó con mucha fuerza. Me dijo que se iría al infierno y que quería que me fuera con él. Agarró un bidón de esa mierda. Me bañó en gasolina desde la cabeza hasta los tobillos. Me volví loca, tiré coñazos, le menté la madre y, al final, logré morderle la muñeca. La boca se me llenó de ese asqueroso jarabe pero, por fortuna, logré que soltara el yesquero. Si Daniel no hubiera regresado no sé qué habría pasado. Alfonso estaba loco. Se puso a decir insensateces, a insultar a mi mamá, a decir que su papá era un desgraciado, su hijo un marico y su mujer una puta. Dani se transformó. Nunca lo había visto tan arrecho. Sacó fuerzas no sé de dónde y lo confrontó. Se cayeron a coñazos a mis pies. Se dieron duro. Daniel lo agarró por el cuello. Pensé que iba a matarlo. "Daniel, vámonos", le dije. "Daniel, vámonos", dije más fuerte. "¡Daniel!", grité. Finalmente, lo soltó. Alfonso se puso a llorar. "No quiero que te metan preso por culpa de esta mierda", le dije. Agarré a mi hermano y nos fuimos. Nunca le contamos nada a Eugenia. No volví a ver a mi padre hasta hace un mes, más o menos, cuando me citó en un bar de putas para decirme que mi abuelo, Lauren Blanc, vivía en un pueblo llamado Altamira de Cáceres».

Llegaron nuevos invitados. Cada uno de ellos fue agasajado con una botella de Etiqueta Azul. «Coño, qué ladilla, llegó el *Patriota* —me dijo Luis señalando a uno de los recién llegados—. Mantente alejada, este tipo es insoportable». Para mi sorpresa, antes de retirarse, me dio un beso en la cabeza. Llegó la hora del *happening*. Vadier era el moderador. Estaba radiante, altivo. No se parecía en nada al indigente que, hacía unas semanas, se había fumado un porro de adobo en casa de Titina. Luis me explicó que Vadier era tetrapolar. Sus amigos, en referencia a una película vieja, lo llamaban *Sybil*; decían que tenía múltiples personalidades y que éstas se alternaban según las fases de la luna. Titina leyó en voz alta un manifiesto en el que invitaba a los presentes a participar en la quema de películas venezolanas. «Román Chalbaud arderá en el círculo de la mediocridad», dijo como cierre a su discurso. «Toma —me dijo Luis y me entregó una copia de *Secuestro Express*—. Me imagino que ésta la viste». «Sí, sí la vi. ¿Qué hago con esto», le pregunté en voz baja. Nairobi pidió silencio. «Ya te explicaré». Vadier fue el gran inquisidor. Agarró una carátula negra con letras rojas e inició un *speech*: «Lanzo al fuego esta sobrevalorada basura llamada *Cangrejo*. Que desaparezca de la Tierra este despropósito». La película ardió debajo del muñeco. Luego saltó al ruedo Titina. Floyd corría de un lado a otro y hacía fotografías de todos los detalles. Titina quemó *Cuchillos de fuego*. Sacó un papel de su bolsillo y leyó: «Que desaparezca para siempre este metraje inservible. Chalbaud debe ser condenado por crímenes contra la humanidad. Cuando perdí dos horas de mi tiempo viendo esta basura se violaron mis derechos humanos. Que Dios te perdone, Román». Y así, uno tras otro, quemaron todas las películas de ese señor: Pelolindo, *La Gata Borracha*; José Miguel, *Pandemonium*, etcétera. La hoguera se avivó. El muñeco cogió candela. También ardieron películas de fulanos como Diego Rísquez, Solveig Hoogesteijn, Carlos Oteyza y Óscar Lucien. La intervención de la negra Nairobi fue, particularmente, divertida: «Yo lanzo al fuego las películas de Clemente de la Cerda —dijo—. ¡No queremos más apología del rancho, no joda! ¿Acaso las pasiones de los malandros son las únicas que cuentan en esta mierda? Clemente, maldigo tus películas». Aplausos y gritos. Se inició un protocolo en el que participaron todos los presentes. Todo el mundo debía lanzar al fogón una película y decir unas palabras. El muñeco despedía un humo negro y naranja. El llamado *Patriota* quemó *Elipsis*; un viejo medio calvo, conocido como el *Profesor*, quemó dos CDs de un tal Carlos Azpúrua. Cuando llegó mi turno me acerqué a la hoguera.

Tenía entre mis manos *Secuestro Express*. Luis, minutos antes, me había soplado la arenga: «Yo quemo esta mierda de moraleja balurda y malandros de buen corazón», olvidé el resto del parlamento. Lancé el DVD al pozo de candela.

Luis estacionó frente a una venta de chivo. Me miró sin expresión. Mi confesión anhelaba su ternura o su lástima pero su rostro permaneció impasible. «¡Qué chimbo!», fue lo único que dijo. Apretó mi mano y luego la soltó. Pensé, siguiendo un libreto de tradiciones románticas, que me abrazaría y luego, motivados por las circunstancias, nos daríamos el primer beso pero nada de eso ocurrió. «Tengo hambre –me dijo tras álgidos instantes de silencio–. Con el peo que formó Germán de vaina y me dio tiempo de masticar media yuca. Sácate ese Diablito y ese Bimbo que compramos en Caracas». Entonces, sonrío. Quise bajarme, tirarle la puerta e insultarlo como una carajita, pero no pude hacerlo. Tomó mi mano, la conservó por segundos, jugó con sus dedos sobre mi palma. «¡Esas vainas pasan, princesa, la vida es una mierda». «¿Qué dijiste? –pregunté indignada–. ¿Cómo me llamaste?», repliqué. Él se rio. «¡Princesa! –dijo–. Así te bautizaron mis panas. Claire o Titina, no sé quién, decidieron llamarte *princesa*». «Qué lamentable apodo, preferiría que me dijeran, no sé, el nombre de algún animal o cualquier otra cosa menos ridícula». «Causaste buena impresión. Creo que se discutió que te bautizaran *muñequita'e torta* pero al final fueron compasivos y prefirieron ponerte *princesa*». «¡Qué horrible!», comenté. Silencio. De nuevo Bob Dylan. «Coño, Luis, de verdad, este pana Dylan es de pinga pero ya no lo soporto». «No te preocupes. En menos de media hora llegaremos a San Carlos».

3

No sé tratar con mujeres. Entiendo la amistad femenina según la lógica del negocio. No soporto la competitividad ni la envidia silente. Los mejores amigos que he tenido, por lo general, han sido hombres. Con las mujeres suelo firmar un contrato; contrato leguleyo con períodos de carencia y letras pequeñas, muy pequeñas. Todas mis amistades escolares desaparecieron. Algunas, eventualmente, aparecen por redes sociales de Internet ostentando carajitos y maridos en fotos de perfil. Padezco el estigma de lo foráneo: todas piensan que soy una extraterrestre. La tipa más de pinga que he conocido en mi vida ha sido Titina Barca. Fue realmente poco lo que pude compartir con ella, pero nuestras contadas conversaciones siempre mostraron una honesta comodidad sin censura.

El sancocho no tenía sabor. Hilos quebradizos de pimentón y cebolla flotaban sobre el agua sucia. La yuca estaba dura y las papas —o el apio, o el ocumo, todas esas cosas se parecen— tenían sombras verdes. A pesar del asco me comí dos platos. Tenía el estómago flojo y el esófago ardiente. La candela del *whisky* inutilizó mi organismo. Bimbo y Diablito, encaletados en el Fiorino, sirvieron de contorno. La comida trajo cansancio. José Miguel se quedó dormido sobre la mesa. Vadier sufrió una metamorfosis e, intempestivamente, comenzó a correr por la casa gritando que la vida era una repetición. El llamado *Patriota* cantaba arengas cursis, invitaba a los jugadores de truco a integrarse al centro de estudiantes de la Católica en el cual él era el delegado de deportes. Muchos de los borrachos de San Carlos eran estudiantes universitarios, casi todos —alguna vez— habían sido alumnos del colegio. Claire, por ejemplo, estudiaba Turismo en la Nueva Esparta; *Pelolindo*, segundo año de Derecho en la Santa María. La negra Nairobi, según me contaron, estudiaba Artes Plásticas en la Armando Reverón. Tras el sancocho, confrontando el sopor, Titina sacó una caja de birras. Los muchachos permanecieron dentro de la casa. Algunos jugaban dominó, otros veían porno, jugaban la Ouija o discutían futuros *performances*. Salí al patio a dar una vuelta. La negra Nairobi estaba tirada en el suelo sosteniendo una guitarra. Su prima, la gordita trigueña, estaba recostada sobre su espalda. Titina, acuclillada, se fumaba un porro. Con un gesto cariñoso me invitó a sentarme.

«Yo no hago un coño —me respondió cuando le pregunté qué estudiaba—. No hago un carajo», completó con una sonrisa. Nunca me había sentido tan identificada con alguien. Carecía de proyectos y no le importaba. Titina fue un reflejo simpático, una copia en alta resolución de mis aspiraciones. Nairobi rasgó la guitarra. Cantamos algunos versos de la Shakira vieja. Dejábamos las canciones a medias, cambiábamos las letras y los tonos. Dentro de la casa, a la distancia, pude entrever a Luis en una férrea discusión con el *Patriota*. Su gestualidad hostil llamó mi atención. «¿Te gusta?», me preguntó Titina y soltó el humo cerca de mi cara. «Sí —alcé los hombros—, qué carajo». La réplica de Titina fue interrumpida por un haz de luz. «¡Coño'e la madre!», gritó la negra. Floyd acababa de descargarnos dos golpes de *flashes*. «Floyd, deja la ladilla, vete de aquí, no jodas tanto». El albino, indiferente al reclamo, hizo otra foto. Nos invitó a sonreír y, enceguecidas, sonreímos como unas pendejas. Nos dio las gracias y se fue. «¡Qué carajo tan amorfo!», dijo la prima de Nairobi. «Ese bicho es un fantasma, nadie sabe de dónde salió», replicó la negra. «¡La verdad es que es feo el coño'e madre!», dije. «Coño, Titina, ¿de dónde salió este pana? Es vecino de Luis, ¿no?», preguntó la negra. Titina aspiró el porro y no respondió. Nairobi contó una historia pintoresca: «El otro día me lo encontré en el San Ignacio. Yo estaba con una gente de la escuela y el bicho llegó y me saludó. El pana con el que estaba me invitó pa'una rumba por la Miranda. Floyd llegó cuando me estaba dando la dirección. Lo saludé y le boté el culo. Bueno, marica, al día siguiente cuando estaba en casa de este chamo, el fantasma apareció. Dijo por el intercomunicador que yo lo había invitado. ¡Qué bolas tiene!». Un grito estridente interrumpió el relato.

«¡Hay que hacerse la paja, hay que hacerse la paja!», gritó José Miguel. El gordo, con restos de verdura en su incipiente candado, corría por la casa invitando al onanismo. Mel, que se servía hielo, nos contó que José había discutido con Claire. Claire le echó en cara el carácter machista de su poética. Le dijo que sus *peomas* eran ordinarios y misóginos. José Miguel, entonces, le respondió que ella nunca podría entender el sublime significado de un pajazo. Claire replicó, dictó un *speech*. José Miguel, como un loco, se puso a correr por el patio. Repentinamente, una seguidilla de insultos se escuchó desde la cocina. Mel nos explicó que *Pelolindo*, Luis y otras ratas estaban jugando a la Ouija. «¿Y por qué coño se insultan?», preguntó Nairobi mientras se rascaba la barriga. «Están invocando espíritus de poetas malos para insultarlos —dijo Mel—. Hace rato invocamos a Francisco Lazo Martí y le dijimos de todo —Mel, entonces, hizo una pantomima—. "Es tiempo de que vuelvas, es tiempo de que tornes, no más de insano amor en los festines, con mirto y rosa y pálidos jazmines, tu pecho varonil, tu pecho exornes". ¡Qué mierda, por Dios! Interpelamos al espíritu de ese coño'e madre y le pedimos una explicación. No respondió. Luis, entonces, se puso a gritarle "maldito poetastro"».

«¿Por qué hacen estas vainas?», le pregunté a Titina cuando Mel se fue. La prima de la negra se quedó dormida en el suelo. Nairobi había ido al baño. Titina jugaba con mi cabello y embuchaba Soleras verdes. «¿Qué cosa?». Tenía la voz dulce, simpática, provocaba escucharla. «Esas güevonadas —dije—, *performances, happenings*, quemar películas, llenar de mierda el Metro». Titina soltó una carcajada gutural pero breve. «Son vainas de Luis, vainas de Mel, vainas de Samuel». «¿Tú conoces al tal Samuel?». Me miró a los ojos con expresión indefinible. Movió la cabeza en gesto afirmativo. «Un pendejo», agregó. «Luis lo admira», le dije en voz baja. «Luis no lo conoce. Samuel Lauro es un pobre diablo que tiene como treinta años y saca fotocopias en una facultad de la Universidad de Los Andes. Lo demás es paja».

«El *Patriota* se vomitó», dijo Nairobi. «¡Coño'e su madre!», gritó la prima desde el sueño y el suelo. Nairobi regresó al patio citando, reiterativamente, mentadas de madre. «Todo el baño está vomitado, maldita sea, el lavamanos, la poceta, las toallas, el cabrón se quedó dormido en la ducha». Los espiritistas, espantados por el hedor patrio, salieron corriendo y se instalaron en la mesa de truco. Titina se levantó y puso un CD de los Beatles.

No he presentado con suficiente rigor a la negra Nairobi. Esta tipa es —era— increíble. He conocido pocas mujeres con una feminidad tan *macha*, arraigada, atrayente y auténtica. Las primeras noticias sobre la negra Nairobi tenían la estructura del rumor. Para nosotras, las niñas del colegio, era una heroína. Natalia acostumbraba citar sus anécdotas y exponerlas como preceptos ejemplares. En una oportunidad, contaba el *underground* escolar, Nairobi tuvo un novio. Era, supuestamente, un tipo retraído y agresivo, compañero de colegio desde la escuela primaria. El carajo era un chinche, insoportable, celópata y además —decía la negra—, tenía el *plus* de ser mal polvo. El noviecito de Nairobi se había hecho muy amigo de su mamá. Visitaba su casa por las tardes y los fines de semana acostumbraba aparecerse en horas de la mañana con bolsas de cachitos. La negra decidió terminar. El tipo consideró que merecían darse otra oportunidad. La perseguía al salir del colegio y pasaba las tardes hablando paja con su vieja. Natalia, hacía algunos meses, me había contado el desenlace. Titina y Nairobi jugaban Wii en casa de la negra. Afuera, en la sala, el pendejo del novio hablaba mal del gobierno con la mamá. Antes de medianoche, el noviecito decidió largarse. Fue al cuarto a despedirse. Puso cara de bolsa y voz de sordomudo. «Chao, Titina, que estés bien. Chao, mi negra». Cuentan que Nairobi, sin soltar el control y sin quitar la mirada del televisor, levantó el culo y le echó un peo en la cara. El ex, indeciso, pidió una explicación. «Mi negrita, ¿por qué me tratas así?» Supuestamente, imitando el movimiento previo, la negra respondió: «Te dije que...» y cerró la frase con otra flatulencia.

La conversación, intempestivamente, cobró visos de mundo y política. Era extraño. Mis amigos de siempre sólo hablaban pendejadas: los culos, los carros, la curda. No sé cómo Mel, Nairobi y algún otro espectador ocasional comenzaron a hablar del calentamiento global, la crisis de Honduras y Palestina. Yo, por supuesto, me perdía. Nunca supe cómo era el mundo. En ese tiempo pensaba que Capitalismo y

Comunismo eran, más o menos, lo mismo. Mi mundo era mi casa. La realidad era algo que no me interesaba. «¡Los judíos son arrechos! —gritaba la negra, visiblemente ebria—. A esos carajos les entregaron un pedazo de tierra baldía en medio del desierto y sacaron agua, construyeron industria y desarrollaron tecnología. ¿Cuándo un árabe hizo eso? ¡A mí que no me jodan! —Mel intentaba replicar pero la negra lo interrumpía—. ¡Ahí hay progreso! Esa vaina nunca la entenderá un árabe. Ahora te vienen a decir que esa gente es de pinga, que la tolerancia y la güevonada, ¡no me jodan! Unos carajos que obligan a las mujeres a salir con un velo, no las dejan ir a la universidad y les caen a coñazos son de pinga. ¡Qué bolas! Pura hipocresía». El *Patriota* se despertó y quiso participar en la tertulia. Se enfrentó a la negra con argumentos engañosos y Nairobi, implacable, lo *cayapeó*. Se decían de todo. Luis me abrazó desde atrás, me puso las manos en la cintura y me besó en el cuello. «¿Qué tal?», me preguntó. «Bien». Su cercanía me intimidaba. Olía a mierda, tenía aliento a *whisky encebollao* y sendas arepas en su franela pero, inevitablemente, su contacto me fascinaba. «¿Cómo te tratan estos malandros?». «Bien», reiteré sin exagerar. «¿Te arreglo el trago?», preguntó mientras acercaba una botella de Etiqueta Azul. «Coño, no quiero más *whisky*. Esa vaina me escoñeta, tengo el esófago inflamado. Prefiero birras». El *Patriota* se entusiasmó; tras un prefacio de lugares comunes empezó a hablar mal del Vaticano y la inevitable perdición de la Iglesia. «Cállate ya, güevón, no te soporto —le dijo la negra—, anda a limpiar tu vomito. El mundo estaba mejor cuando la iglesia católica tenía el monopolio. Yo te digo una vaina, *Patriota*, yo no tengo peo en mandar a Dios a mamarse un *güevo*, Dios es un pendejo, pero la Iglesia Católica es arrecha, esos tipos inventaron una cultura, unas reglas de convivencia, una vaina, qué vas a estar entendiendo tú... No me jodas, anda, ve y sírveme un trago». Floyd hacía fotos de los distintos escenarios. Mel firmó el armisticio anunciando que se habían acabado las cervezas.

El Fiorino trancaba los demás carros del estacionamiento. Luis estaba muy borracho y no quería manejar. Le dio las llaves a Mel y le dijo que fuera a comprar lo que hiciera falta. Apareció Vadier, el Vadier sombrío, taciturno, poeta maldito. «Yo te acompaño, Mel. Necesito confrontar a la noche y a la naturaleza», dijo con voz de espectro. El grupo se dispersó. Pasé mucho rato hablando con Titina. Supe que ella también había conocido a Daniel. Habían estudiado juntos hasta octavo, antes de que la botaran. Me dijo que le tenía mucho cariño. Caminamos por el patio y nos contamos cosas sin importancia. «Tengo un peo, chama», le dije al llegar a la cancha de bolas. «¿Qué?». «Hace rato, cuando te pregunté qué estudiabas, me dijiste que tú no hacías un coño. Me impresionó que no te causara conflicto. Yo me voy a graduar ahora y, la verdad, no quiero hacer un coño, no sé qué quiero hacer, no me gusta nada pero no puedo dormir pensando en eso. Se supone que uno tiene que hacer algo, no sé». Lancé ramas rotas al monte. «Es jodido, es la verdad. Exageré cuando te dije que no hacía nada, sí he hecho un par de vainas. Terminé el parasistemas el año pasado. Entré por palanca a la Santa María pero me ladillé. El Derecho me parece una mierda. Después me puse a estudiar Administración en la Universidad Humboldt y ese sitio es la peor mierda que debe haber en este planeta. Conocí a muchos pendejos. Tú crees que has conocido pendejos en la vida hasta que entras a la Humboldt. Pero, qué carajo, a veces ayudo a los chamos de la Reverón con algunos eventos. Mi viejo se murió hace como cuatro años y me dejó un poco'e plata. ¡Qué se supone que hay que hacer!» Eran asuntos que ni en un universo paralelo se me habría ocurrido comentar con Natalia. Mi mejor amiga ostentaba ese título sólo por tradición e inevitable convivencia. «No le pares bola, Eugenia, quédate tranquila. Las cosas se van dando solas. Tú sólo debes tener la convicción de que todo irá bien. No es una paja *New Age*, no me mal interpretes, es sólo saber que las cosas se irán dando. ¿Te cuento algo? —nos pusimos a ordenar las bolas y a guardarlas en un saco—. Hace como dos años este poco de pendejos se puso a decir que me operé las tetas, que me puse tetas. La gente habla mucha paja. ¿La verdad? Tengo que estar muy *rascá* pa'contarte esta vaina, nunca lo he hablado con nadie, ni con la negra. Luis es el único que, más o menos, sabe algo —soltó el saco, se alejó unos pasos y encendió un cigarro—. Meses antes me habían diagnosticado cáncer. Me salió una pelota aquí —se puso la mano en el pecho— y tuvieron que operarme. Estaba en quinto año. Por ese peo tuve que retirarme del colegio. Algún infeliz inventó el cuento de que yo y que le mamé el güevo a un profesor, pura paja. La gente habla pura paja». No sabía qué decir. La noticia era fuerte e inesperada. Mi primera pregunta estuvo articulada por una política de lo correcto: «¿Y ahora cómo estás, cómo sigues de eso?». *¡Qué pregunta tan idiota!*, me dije. «Bien —respondió tranquila—. Mi teta izquierda es falsa. Ninguno de estos pendejos lo sabe. Bueno, Luis sí, por supuesto. Pero estoy bien. Yo sólo te digo una vaina: yo no me voy a dar mala vida por las güevonadas. Cuando la vida quiere, te jode; mientras no te joda, lo mejor es disfrutarla y estar tranquila». El sonido rudo de un frenazo interrumpió la plática.

Mel, a toda velocidad, entró al estacionamiento. El vidrio trasero del Fiorino estaba roto.

«Coño, ¡qué bolas! ¿Qué pasó? Verga, escoñetaste el carro», dijo Luis entre angustiado y risueño. Mel se bajó pálido. Los más sobrios corrimos al estacionamiento. «Marico, casi me matan. Güevón, estoy vivo de vaina». «¿Qué pasó? —preguntó la negra—, ¿dónde está Vadier?». Mel, entonces, nos contó lo sucedido: llegaron a la licorería del pueblo. El lugar estaba repleto de locos, pedigüeños y borrachos. Muchos de ellos tenían camisas rojas y por un radio ochentero, a todo volumen, escuchaban una cadena. «Yo no le paré bolas —dijo Mel—. Entré, pedí mi bolsa de hielo y mis dos cajas de birras. Vadier, de repente, se me perdió». Cuando Mel regresó al Fiorino trató de buscar a su amigo. Encontró a Vadier parado frente al grupo de chavistas mirándolos con profundo desprecio. «Uno de los mamarrachos pilló la vaina y empezó a ofrecer coñazos». Mel le pidió a Vadier que se quedara tranquilo, que se fueran. Palpó, incluso, el hombro de uno de los *camisarojas* diciéndole que no le hicieran caso, que su amigo estaba *rascao*. «¡CHAVISTAS MALDITOS, los odio!», gritó Vadier. Mel salió corriendo. Contó que, entre empujones e insultos, logró llegar hasta el Fiorino. Llamó a gritos a Vadier pero no apareció. Al final, antes de arrancar, le lanzaron una botella que se estrelló contra el carro. «Me vine como un peo para acá pero no sé dónde quedó el pana. Vadier está desparecido». Floyd hizo una foto del vidrio roto.

4

No, no intentes disculparte, no juegues a insistir, las excusas ya existían antes de ti (0:26). Su voz era fina y preciosa. Sostenía la guitarra con pericia. *No, no me mires como antes, no hables en plural. La retórica es tu arma más letal* (0:40). Nairobi era la única que sabía cantar. Las otras gritábamos. Malográbamos los versos de Shakira con afonías y ronqueras. *Voy a pedirte que no vuelvas más. Siento que me dueles todavía aquí... Adentro* (0:58). Durante el coro, al que se incorporaron el *Patriota* y José Miguel, me levanté para ir al baño. Fue difícil pararse. Al intentar caminar caí en cuenta de que estaba muy borracha. Di algunos pasos curdos con la impresión de que andaba sobre suelo falso. La voz de la negra hacía grato el complicado ejercicio. *No... se puede vivir con tanto veneno. La esperanza que me da tu amor, no me la dio más nadie. Te juro, no miento* (1:26). Entré a la casa y me llevé por delante una cava. Mi vejiga, desde hacía rato, estaba inflada. Al empujar la puerta del baño una estela pútrida me golpeó el vientre. Había vómito hasta en el techo. Los bordes de la poceta tenían restos de pimentón y tomate. *Maldito Patriota*, me dije. Recordé que en el patio, detrás de la cancha de bolas, había un baño pequeño. Soy profundamente urbana, necesito orinar en poceta. Nunca en la vida me he acuclillado en el monte. La cuestión del retrete es un asunto psicológico, una herencia de clase. Comenzaron a cantar un tema de Juanes. Nairobi sostenía la guitarra. Los borrachos y borrachas que aún no se habían dormido formaron un círculo alrededor de la intérprete. *Me meo, me meo*. Caminaba con pasos cortos. Llegué al cuartucho, abrí la puerta e, inmediatamente, la cerré. Luis y Titina estaban adentro cayéndose a latas. «Perdón», dije por reflejo. Regresé a la cocina y, un poco aturdida, me escondí en una especie de lavandero. Al fondo, detrás de unas cobijas guindadas, había una lavadora vieja, un aparato setentoso, General Electric, que se abría por la parte de arriba. Cuando era carajita, en casa de mi abuela Leticia —la mamá de Eugenia— había una máquina igualita donde solía encerrarme a jugar. Levanté la tapa, me bajé los pantalones y me senté. Tres minutos después sentí un inmenso alivio.

Mi reacción impasible fue una sorpresa: no me arreché. Jorge me había acostumbrado a la política de los celos y la discusión bruta. En mi relación de pareja era natural molestarse por todo. Luis, a fin de cuentas, no era nada mío. Sospechaba por distintas actitudes y comentarios que yo le gustaba pero no existía ningún acuerdo previo. No habíamos firmado tratados de exclusividad. Recordé el día que fuimos a casa de Titina. Ellos se saludaron y se despidieron con sendos besos. Repasé algunas frases y escenas de la noche. Cierta aritmética de primer grado dio lugar a verosímiles inferencias: *¿será que estos carajos son novios?*, me dije. *¡Qué bolas tengo! Y yo diciéndole a esta tipa que el carajo me gusta.* La sensación fue extraña, brusca. Titina me caía demasiado bien. Cuando regresé al patio ellos habían salido del bañito y discutían en la cancha de bolas. Me senté a cantar temas de Camila sin perder de vista la incendiaria entrevista. Luis alzaba los brazos y hacía gestos horribles. Titina replicaba con actitud febril, casi maternal. Nairobi rasgaba la guitarra. José Miguel se había quedado dormido en el piso.

El sueño cayó de repente. En uno de tantos intermedios, mientras Nairobi gritaba ofensas ordinarias y trataba de hacer uso del baño donde el *Patriota* había vaciado sus entrañas, pude ver un sofá. No sé cómo ni cuándo llegué a él. Me tapé la cara con una franela y no volví a saber de mí hasta que la luz del sol me dio un par de correazos. Sentí, tímidamente, que un hombro extraño me servía de almohada. Cuando me quité la tela de los ojos vi que se trataba de Floyd quien dormía con la boca abierta. Las muchachas tenían razón, era espantoso. Claire, por su parte, apoyaba la cabeza sobre mi rodilla. Botellas vacías y vasos sucios se mostraban dispersos en el piso. Estaba aturdida. El estómago hacía ruidos, el mundo giraba con frenesí. Creo que tuve taquicardia. Luis me palpó el hombro. Estaba tranquilo, risueño. Parecía que hubiera descansado más de diez horas. «Princesa, es tarde, levántate. Es hora de partir».

5

El sudor se empozaba en mi espalda; la parte de atrás del sostén parecía una bolsita de Farmatodo enredada en una alcantarilla. El sol, filtrado por la mugre del vidrio, dejaba mi cuerpo sin agua. Me dolían los ojos, los codos, las muñecas, las rodillas y los tobillos. Un temblor implosivo, en la escala de Richter, tuvo su epicentro en mi hombro izquierdo. Gases de *whisky* —ardientes— rebotaban contra el paladar. Golpes de calor intimidaban mis esfínteres. Tenía sed, mucha sed. Obligué a Luis a que parara en una bomba a comprar Gatorade. Tenía caspa, lagañas y tufo. Quise ducharme antes de salir de San Carlos pero la única regadera de la casa estaba salpicada de vómito. Tras pasar un peaje, en una carretera que se volvió autopista, me dormí. Cuando desperté, el ratón, en parte, había desaparecido. Bob Dylan cantaba «Stuck Inside Of Mobile».

«¿Qué tienes tú con Titina?», le pregunté tranquila. Él alzó los hombros. «Nada, Titi es mi amiga». Silencio. Luego, tras tararear el coro de la canción, agregó: «Odio la expresión "mejor amiga", pero si tuviese que describir a Titi con alguna frase sería esa: es mi mejor amiga». Soltó el volante y, en el aire, improvisó unas comillas. «¿Por qué se pelearon?», pregunté con la vista perdida en el monte. El horizonte, poco a poco, se poblaba de vacas. «No nos peleamos». «No me jodas, Luis. Ayer, en la cancha de bolas, se estaban mentando la madre». Alzó los hombros otra vez. Quiso decir algo y se censuró. Lanzó una sonrisa despiadada y, finalmente, dijo: «Lo que yo hable con Titina no es peo tuyo». Apretó el botón *rewind*. La música retomó su curso en «Pledging My Time». La mujercita que, a mi pesar, llevo por dentro despertó tras su antipatía. El infeliz logró sacarme la piedra. En largos trechos de camino sólo escuchamos a Dylan. «¿Y ahora qué carajo? ¿Cuál es el plan?», le pregunté con cara de culo. «Es tarde —dijo—, creo que lo mejor será que pasemos esta noche en Barinas y mañana a primera hora salgamos para Altamira de Cáceres —silencio—. ¿Qué te pasa? ¿Estás arrecha?», preguntó impasible. Comenzó «Visions of Johanna». Escuché la armónica y exploté. Apreté el botón *eject* del reproductor y lancé al casete al maletero. «¡Qué ladilla con este pana, Luis! Ya no lo soporto». Abrí mi morral, saqué las cornetas y encendí el iPod. Se quedó pálido y silente. Su expresión de niño castigado me causó gracia; su estupidez estimuló mi furia. Quería incomodarlo, sacarle sangre. Palpé la rueda digital y busqué, a conciencia, algo que le resultara verdaderamente *disgusting*. Al final de la lista la encontré: Música> Artista> Paulina Rubio> *Border Girl*> «Todo mi amor».

Creo que tuvo un ataque de ostiocondritis. Se aferró al volante. Su boca improvisó un círculo de asco y sus ojos se arrugaron como dos orzuelos. Acordes ligeros, guitarra, melodía *soft*. Con esperpéntico erotismo levanté una pierna y la coloqué sobre el tapete. Me recosté de la puerta y, apoyada sobre mi rodilla, hice un par de movimientos sugerentes. Moví las manos como gitana de circo mexicano y, tras el timbre chillón de Paulina, hice la segunda voz: *Cuando tú sientas calor, sin saber por qué, es que alguien desde lejos piensa en ti, créeme... Cuando duermes en tu cama y una llama te quema, alguien te busca...* (0:32). Sentí ruidos extraños en la parte de atrás del carro. La cara de dolor de Luis, sin embargo, me hizo ignorar el escándalo. Puso el dedo índice dentro de su boca y simuló provocarse el vómito. La melodía pop-mexicana golpeó sus ojos con efecto de cebolla. En murmullos, pude entrever que mentaba la madre. La extraña percusión se escuchaba desde la maleta. Paulina continuó: *Yo te quiero en la distancia, colgada del estrés, entre mares y ciudades yo te busco en donde estés, no sé muy bien tu nombre, ni donde te veré...* (0:48). Siempre he pensado que canto horrible. Aquella vez, sin embargo, improvisando un patético bailecito *sexy* debo reconocer que mi voz estuvo a la altura –claro que estar a la altura de Paulina no tiene mucho mérito–. Volvió el ruido desde el cajón. Sin dejar de cantar miré el fondo del maletero. *Yo quiero... quiero* (0:52). Usando el alicate de Garay como micrófono Vadier apareció de repente. Sacó medio cuerpo y se puso a gritar el coro: *Quiero que me quieras como soy, quiero que me quieras porque sí, un palacio en el espacio sólo para ti...* (1:04) Ataque de risa, Luis perdió el control del volante. La carcajada, intempestiva, me hizo doblarme hasta sentir dolor en las costillas. «Súbele, súbele, ¡qué de pinga!», dijo el aparecido. Luego, haciendo coreografías *vintage*, cantó: *Sueño que me sueñas en color; viviendo y desviviéndome por ti, para ti todo mi amor...* (1:10) Me miró a la cara y sostuvo mi mejilla con su palma. Con histrionismo dicharachero cerró el verso: *Todo mi amor* (1:14).

Cuando terminó la canción nos explicó que se despertó al sentir un golpe en la cabeza. Confundió el impacto de una lata de cerveza con el seco coñazo de un casete de Dylan.

La carretera

1

«Durante dos o tres horas caminamos en círculos —contó Vadier—. El castillo, al fondo, parecía un Ávila». Un señor mayor, algo renco, sirvió cachapas con queso y mantequilla. «Apestábamos —continuó—, teníamos como seis días sin bañarnos. Caminamos en fila india, este bicho delante —con un gesto labial señaló a Luis— Floyd en medio y yo de último. ¿Alguna vez has estado en Praga?». Mi rostro dijo *no*. Me daba vergüenza reconocer que no había estado en ninguna parte, que era una vulgar turista de Discovery o, peor aún, de Vale. El tetrapolar continuó su relato en aquel restaurante de carretera: «Es el lugar más tenebroso al que he ido en mi vida». Terminé de ahogar el ratón en un empalagoso jugo de parchita. El renco puso sobre la mesa una bandeja con cochino; pelotas de grasa color crema —Berol Prismacolor— goteaban gelatina. Luis lanzaba carcajadas ruidosas. Vadier era raro: flaco, muy flaco. Nunca conocí a una persona tan delgada. Vestía guayabera, bermudas y cocuizas. Su morral era un saco. Tenía la piel color terracota y el cabello textura baba. Hablaba de manera pausada. Sus palabras eran ilustradas con gestos de su mano derecha, parecía un *jedi* de los Valles del Tuy. «Vimos un túnel —dijo—, este carajo entró. Floyd y yo decidimos seguirlo. Leí una advertencia checa a la que no presté atención; en ella aparecía un muñequito atravesado por una línea roja. Luego, cuando busqué la palabra del anuncio en mi diccionario, pude saber que decía "Peligro". Entramos de lleno en la oscuridad –hizo una pausa, extendió su palma, sorbió su papelón con limón y continuó–. Nos vino de frente un tranvía. Vimos la luz a la distancia y no le paramos, el tranvía tocó la corneta y, en principio, no entendimos qué pasaba. Estos tipos me llevaban como cinco metros, pillé la vaina y me escondí detrás de un muro. El tranvía pasó muy cerca. Pensé que los panas habían pelado bolas –Luis masticaba risueño, tranquilo, parecía recordar sin disgusto–. Este carajo –dijo Vadier con altivez– está vivo de vaina. Floyd lo agarró por el cuello y lo metió detrás de un muro. De no ser por Floyd, este pendejo habría muerto pisado por un tranvía».

2

Estábamos en algún lugar entre Cojedes y Portuguesa. Era un parador de carretera caliente, de monte pardo y propaganda chavista. El sol era un sádico, mi espalda transpiraba caldo. Tenía mucho tufo, aliento a antibióticos y entre el ombligo y las rodillas –por delante y por detrás– me picaba todo. Vadier hablaba solo, Luis se reía con desgano. Contaron historias comunes, anécdotas de viajes y frustrados *performances*. Luis lo interpeló sobre su repentina aparición en el Fiorino. Vadier apenas recordaba haber acompañado a Mel a una licorería de pueblo, luego sintió un golpe en la cabeza y se despertó con una canción de Paulina Rubio. Es curioso, la relación de amistad más sólida que he mantenido en mi vida fue totalmente azarosa. Hablaron sobre Floyd. *¡Qué amorfo era Floyd!* Recordé, además, las noticias contadas por Titina y Nairobi: Floyd era un *outsider*, no pertenecía al grupo. El relato de Vadier me permitió saber que ellos habían hecho un viaje de mochileros por Europa. La ansiedad, estimulada por el olor de la mantequilla, motivó mi distracción. Sus voces, paulatinamente, se volvieron ruido. El horizonte montañoso lanzaba preguntas. La cercanía del fantasma, Lauren Blanc, inspiraba temores infantiles. ¿Cómo sería el rostro de mi abuelo? ¿Cómo sería su voz? Consideré pedirle a Luis que olvidara mi búsqueda, que siguiera de largo, que nos largáramos a Mérida a emborracharnos, a tirar, a no hacer nada, a conocer a Samuel Lauro pero que, por favor, no confrontáramos a esa figura que me provocaba, al mismo tiempo, curiosidad y miedo. Imaginar ese encuentro envolvía mi esófago en una fomentera.

«¿Y ustedes pa'dónde van?», preguntó el aparecido. «Mérida –respondió Luis mientras encendía un cigarro–. ¿Tú?». Vadier alzó los hombros. «Ni puta idea, se supone que iba a irme con Mel pa'Coro. ¡Mérida!», repitió pausadamente. Escribió el nombre de la ciudad en el aire. Luis pidió al renco una jarra de café. «¡Querales! –dijo Vadier–. En Mérida está la rata de Querales –completó–. Bicho, ¿les ladillaría mucho si me pego en ese viaje, si me empujan pa'Mérida? Me gustaría caerle a ese malandro en su casa». Silencio. Luis me miró con aires interrogativos. «¿Qué dices, *Eugenié*?», pronunció en simulacro de francés. *Por mí, de pinga*, me dije. Me incomodaba, en parte, la compañía. La perspectiva de estar sola con Luis me resultaba mucho más atractiva pero Vadier, en sus instantes de lucidez, era un carajo muy divertido. Vadier permanecía mirándonos con expresión de perdedor de *American Idol*. Esperaba, ansioso, una veredicto favorable. «Estaremos en Mérida mañana o pasado, todo depende –dijo Luis–. Yo estoy vuelto mierda. Esta noche nos quedaremos en Barinas. Mañana vamos a Altamira de Cáceres, un pueblo perdido del Páramo, y ahí veremos si pasamos la noche o seguimos de largo. ¿Le echas bola?». Nuevamente, alzó los hombros. «Por mí no se preocupen, yo puedo dormir en el Fiorino. No los ladillaré. Mi presencia –dijo levantando su mano derecha y haciendo un amago de hechizo– no perturbará su intimidad». Sucedió, entonces, un silencio largo. «¡Así que la rata de Querales está en Mérida!», dijo Luis quebrando la atmósfera de hielo seco. «Sí –respondió Vadier–. Tuvo que irse por un peo de su viejo, sabes que el viejo Querales trabajaba en PDVSA, el pendejo se metió en esa paja de Gente del Petróleo y peló bolas, perdió todos los reales; la vieja Querales le montó cachos y el güevón de Rafa tuvo que venirse pa'Mérida con la hermana y el *venao*». «Tengo tiempo que no veo a ese coño'e madre». «Yo también, creo que la última vez que lo vi fue cuando Mel se cogió a María Lionza». «'Na güevonada». Carcajada frugal. «Okey –dije acomodándome en el asiento para evitar que el destornillador de estría emparedado en el cuero me destrozara la espalda–, no escuché nada. No me cuenten. No quiero saber».

3

El Fiorino volvió a la carretera. Luis rescató el casete de Dylan. Dos curvas después del restaurante Vadier inició el relato. Describió una rumba, una curda, un peregrinaje por bares de la Solano y la Casanova. «A golpe de cuatro y media nos quedamos sin real. Estábamos Rafa Querales, Mel y yo. Cuando íbamos a cruzar pa'Bello Monte nos encontramos con Floyd. El carajo se había robado dos coronas de una funeraria, traía un poco'e flores guindadas del cuerpo. Mel tenía una caleta de ron y la compartimos con el pana —Vadier interrumpía su historia con conatos de carcajada—. "Floyd, pana, pa'dónde vas", le preguntamos. El bicho nos dijo que iba a ir a hacerle una ofrenda a María Lionza. Decidimos acompañarlo y, a las cinco y media de la mañana, cruzamos la autopista». Luis interrumpió el relato con el fin de precisar algunas circunstancias sociológicas. Me contó que, en esos días, el monumento a la diosa se había fracturado. Recordaba, claramente, los andamios amorfos en medio de la autopista. «Cuando estos carajos se lanzaron a hacer su ofrenda, María Lionza estaba partida por la mitad», dijo Luis. Vadier continuó: «Floyd dejó sus coronas, dijo una oración y se fue corriendo hacia los lados de la UCV; nosotros nos quedamos ahí. Mel y Querales se montaron en el andamio. Rafa quedó a la altura del culo de la danta. Se abrazó al animal y se puso a decir indecencias. Mel se encaramó encima de la diosa, se acostó sobre ella y empezó a darle besitos. "Mari, te quiero. Mari, quiero hacerte el amor", le decía. Y así, con estas ratas haciendo un trío con la santa de Sorte, amaneció». Bob Dylan comenzó a cantar «I Want You».

5

Y, de nuevo, «Visions of Johanna». Protesté. Vadier se había quedado dormido. «Coño, Luis, qué ladilla, vamos a escuchar otra vaina. No soporto más a este pana». «Princesa, por favor». «No me digas princesa, sabes que me arrecha». Busqué el iPod. Indiferente a su berrinche, coloqué las cornetas sobre el tapete. «Hagamos algo, Luis, a partir de ahora por cada tema de Dylan escucharemos una canción mía, ¿te parece? Es más, cada vez que pongas "Visions of Johanna" yo pondré mi canción favorita». «¿Y cuál es tu canción favorita?», preguntó relajado, con la convicción de que no tendría respuesta. *¡Qué se yo!*, me dije, *cualquier cosa, cualquier balada*. No sabía qué decir. La verdad, a pesar de mis gustos eclécticos, no tenía grandes preferencias. «"Peter Pan" de El Canto del Loco», dije por decir algo, por haber leído el título, segundos atrás, en el listado del iPod. «¡El Canto del Loco! –repitió irónico–. Coño, Eugenia, cómo te puedes tomar en serio a un carajo que se hace llamar El Canto del Loco». «No es él, son ellos. Es un grupo». «Peor. Eso tiene que ser una mierda sí y porque sí». «Es de pinga, sus letras son buenas». «¡Sus letras son buenas!», me imitó, quise golpearlo. «Sí –agregó con petulancia–, me imagino que son grandes poetas. El Canto del Loco debe ser el movimiento *beat* del siglo XXI; seguramente son los dadaístas del nuevo milenio». «Ya, cállate. No te soporto». Sus pretensiones de persona culta, a pesar de su talante ofensivo, lograban seducirme. «"Visions of Johanna" sí es una buena letra. ¿Sabes de qué trata?». No le respondí, perdí la mirada en la guantera, en la imagen de la Rosa Mística. «Es la historia de Louise –agregó él–. ¿Sabes que significa Johanna?». Lo miré con desinterés. «A ver, Luis, ilústrame, explícamelo todo». Ignoró mi sarcasmo. «*Gehenna* es el nombre hebreo del infierno. Louise es una tipa de pinga, normal, que le pasan vainas en su vida, va a observando el mundo y, recurrentemente, tiene visiones del infierno. Escucha con atención –tradujo, entonces, algunos fragmentos de la pieza–: *se jacta de su miseria, le gusta vivir al límite* –dejó sonar la canción y luego agregó–, *las visiones de Johanna son lo único que queda*. Es poesía, princesa... Es demasiado arrecho. ¿Has leído a Kerouac?». «No, Luis, no he leído a Kerouac ni sé quién coño es Kerouac». «Dicen que Dylan se inspiró en Kerouac para el título, en algunas novelas como *Visions of Cody* o *Visions of Gerard*. Dylan es un monstruo, en sus letras te encuentras a Shakespeare, a Elliot. Claro, seguramente tus locos son igual de arrechos». «¡Púdrete!», le dije con una mueca. Intempestivamente, pulsó el botón de *eject* y me invitó a encender el iPod. «Hagamos algo Eugenia, escuchemos a tus locos. Quiero que pongas esa mierda de "Peter Pan" y me expliques su poética». «No me jodas, Luis». «Hablo en serio. Pon a los locos. Quiero saber qué tienes que decir, qué dicen, qué hacen. A esos carajos, en veinte años, nadie los recordará. Dylan, en cambió, es inmortal».

Minutos después: Música > Artistas> El Canto del Loco> *Personas* (10 canciones)> «Peter Pan». 6 de 10. Guitarra acústica, calma, azul, bajo. Puede que no haya sido mi canción favorita pero, indudablemente, me gustaba mucho: *Un día llega a mí la calma, mi Peter Pan hoy amenaza, aquí hay poco que hacer* (0:20). Luis se rio en voz baja. *Me siento como en otra plaza, en la de estar solito en casa, será culpa de tu piel* (0:30). Luis: «¡Dios!». *Será que me habré hecho mayor, que algo nuevo ha tocado este botón, para que Peter se largue* (0:40). Luis: «¡Mi madre!». *Y tal vez viva ahora mejor más a gusto y más tranquilo en mi interior. Que Campanilla te cuide y te guarde* (0:52). Abrió la boca formando un círculo perfecto. Tapó el agujero con su palma y muy bajito dijo: «Qué horror». *A veces gritas desde el cielo queriendo destrozar mi calma; vas persiguiendo como un trueno para darme ese relámpago azul; ahora me gritas desde el cielo; pero te encuentras con mi alma; conmigo ya no intentes nada; parece que el amor me calma... me calma* (1:17). «Ya, por favor —dijo—. No puedo más, quita esa mierda».

«Coño, qué de pinga, El Canto del Loco», gritó la voz soporífera de Vadier; sin embargo, el bulto humano acuclillado en la esquina del maletero permaneció impasible. «A ver, princesa, entonces, dame tu lectura poética, explícame de qué trata el tema». «Cállate». «Princesa, es en serio, dime qué piensas». *¿Qué piensas?*, me dije, no sé, yo no pienso, no sé pensar. «Cállate la boca, Luis Tévez». No sabía qué decir. Siguió presionando y preguntando hasta que me obstiné. Tenía la impresión de que decía cualquier cosa: «La canción habla del paso del tiempo. Habla de lo que supone crecer. Dice que crecer es una mierda». «Filosofía pura y dura», dijo con expresión sardónica. «Muérete. Es algo convencional, Luis, demasiado mundano para ti —nunca antes había usado la palabra mundano—, y esa es, justamente, la poesía. Es una canción para gente normal, no para intensos como tú. Tú podrás escuchar tu Dylan arrechísimo, profundo, místico, qué se yo qué mierda, pero a mí ese pendejo no me dice nada. Estos carajos hablan del paso del tiempo, de lo terrible y de pinga que supone ser un carajito, de querer ser grande y, al mismo tiempo, no querer serlo. Un peo que un tipo superdotado como tú no entendería nunca». Una sarta de aplausos interrumpió mi *speech*. Vadier sacó la cabeza desde el maletero y me preguntó si tenía algo de Juanes. Luis frenó de golpe. Tráfico, mucho tráfico. Las curvas de Portuguesa saturadas de carros parecían un hormiguero.

6

«¡Qué *güevo!*», dijo Luis al observar la tranca. Intentó encender el ventilador/aire acondicionado y el capó hizo un estruendo. Un olor a albóndigas, acompañado de pelusas, impregnó el Fiorino.

«¡*Güevo*, *güevo*! –repitió Vadier–. Es curioso –dijo–, en Venezuela el *güevo* es una expresión equívoca». Su rostro había perdido la lozanía del almuerzo; parecía ausente, retraído, perdido en realidades alternativas. Sus ojos estaban empapados de lagañas, un moco barroco le colgaba desde la nariz. El asco me invitó a enfocar mi atención en las fachadas de las ventas de chivo. «El *güevo* con g, es diferente al huevo con h –continuó. Luis encendió un cigarro. Estábamos parados en la carretera. Cornetazos e insultos se escuchaban a la distancia–. Venezuela singularizó una cuestión plural –expuso el alienado–. El *güevo* aparece como referente genital por un proceso analógico –*Maldito enfermo*, me dije, *de qué hablas*. Bob Dylan cantaba más de lo mismo–. Claro –continuó Vadier–, los españoles describen los testículos como huevos. Hay cierto parecido entre las bolas y los huevos. Desde tiempos inmemoriales, ibéricos y otros latinos utilizan los huevos en ese sentido pero, en Venezuela, la situación es extraña – Vadier hablaba solo, Luis me lanzaba miradas lúdicas e impacientes–. Acá *los* se convirtieron en *el*. Éste es el único país del mundo en el que el *güevo* es el pene y no las bolas y, además, tiene distintas aplicaciones en el lenguaje común».

Los conductores de los carros vecinos se bajaban y hacían hipótesis sobre el retraso. En sentido contrario no aparecía ningún carro. «Está el *güevo* sustantivo que tiene distintos significados: uno de ellos el *güevo* como ladilla. Es el caso de Luis; Luis se da cuenta de que hay cola y, de repente, dice: "Qué *güevo*", que traduce como qué ladilla o qué fastidio o qué pereza. Al mismo tiempo, *güevo* puede usarse como referente de excelencia: Ese carajo es un *güevo*, quiere decir que tal tipo es arrecho. Entre los tontos útiles o personajes ejemplares del costumbrismo criollo me quedo con Perensejo. Perensejo me simpatiza más que Fulano, demasiado popular para mi gusto, Zutano, el eterno suplente, y Mengano. Perensejo me parece el más original —no paraba de hablar, parecía un radio—. Si tú dices que Perensejo es un *güevo*, estás afirmando, entonces, que es un tipo arrecho. El superlativo, sin embargo, lo complica todo, ya que si dices que Perensejo es un *güevón*, estás reconociendo que es un idiota. ¿Me explicó? —Luis se puso las manos en la cabeza—. Es raro, Luis. ¿No te parece? Es un sinsentido: se supone que el superlativo debería maximizar al sustantivo. Si ser un *güevo* implica ser arrecho, entonces ser *güevón* debería implicar ser más arrecho pero no, ser un *güevón* es lo mismo que ser un bolsa, es su contrario. Está, por otro lado, el participio: la *güevonada*, esto resulta más curioso aún —Luis se reía solo, se tapaba la cara y parecía mentar la madre al vacío—. Supongamos que esta cola se debe a un accidente. Avanzamos, pasamos la curva y vemos un carro metido debajo de una gandola. Vemos sangre, brazos, cabezas y demás. Lo natural sería decir: "¡Una *güevonada*!". Este participio implica asombro, impresión, es algo *hardcore*. Puedes decir, simplemente, "'*Na güevonada*" o "*Güevonada de coñazo*" pero en ambos casos estamos dando cuenta de algo que nos impresionó. Pero el mismo participio, por otro lado, implica nimiedad, superficialidad, desinterés. Si Eugenia, por ejemplo, dice que tal cosa es importante Luis podría decir que se trata de una *güevonada*, de algo simple. Eso es una *güevonada*, y aquí nuevamente se da un contraste lingüístico muy extraño. ¿No les parece? —el tráfico, poco a poco, avanzó. Los conductores distraídos regresaron a sus carros. Un Zehfir se recalentó y tuvo que orillarse—. Hay más equívocos con respecto al *güevo* —no pude evitar reírme. La lección de Vadier era demasiado graciosa, su expresión solemne, además, hacía simpática la ponencia–. Si se dice que Peresenjo es un *cabeza'e güevo*, estamos diciendo que es un idiota. Si somos objetivos, descriptivos, tendríamos que interpretar físicamente que la cabeza del *güevo* no es otra que el glande. Glande, en este caso, es sinónimo de pendejo. Si Perensejo es un *cabeza'e güevo*, entonces su idiotez no puede ser puesta en duda pero si, en cambio, decimos que Peresenjo es un *güevo pelao* entonces estamos diciendo que Perensejo es arrechísimo y, pregunto, ¿qué diferencia hay entre un *güevo pelao* y la cabeza del *güevo*?. ¿Un *güevo pelao* no estaría dejando el glande a la vista? ¿No hablamos de lo mismo? ¿Por qué, entonces...».

«Ya cállate, coño, deja de hablar tanta paja», gritó Luis. «Son sólo inquietudes, Luis, no te arreches. ¿Tú qué piensas, Eugenia?». «Creo que eres un filósofo –le dije riéndome y abriendo una bolsa de Tosticos que encontré en mi cartera–. Nunca lo había visto de esa manera, tienes razón». «El lenguaje es muy engañoso», agregó. El tráfico avanzó. Al pasar la curva vimos la alcabala. Diez PM, disfrazados de guerra, custodiaban un rancho y tenían una línea de conos naranja atravesando la autopista. Luis soltó una maldición. Una banda de caucho servía de improvisado policía acostado. Dos chimpancés se acercaron hasta el Fiorino. «Párese a la derecha, ciudadano», dijo el menos simiesco. Tras preguntar algunas menudencias nos pidieron que nos bajáramos del vehículo.

Barinas

1

Los ojos del oficial se pusieron como dos huevos fritos –huevo con h–; el orzuelo le tapó la pupila. «Encalétala, encalétala», dijo nervioso el segundo orangután entregándole a Luis una bolsa de Farmacias Saas. La botella fue disfrazada por el plástico. «Circule ciudadano, circule», ordenó la PM tras el arreglo amistoso. El asalto al cuartel del tío Germán nos salvó de un incómodo presidio.

Vadier había perdido su cédula; además, su ropa apestaba a marihuana. Los policías pidieron documentos imposibles: permisos de permisos, autorizaciones de autorizaciones avaladas por ministerios falsos. Vadier contó que le habían robado la cartera en una licorería de San Carlos pero los gendarmes, inexpresivos, amenazaron con retenerlo. Luis se volvió gago, torpe. El simio azulado sugirió que nuestro conflicto, innecesario por demás, podría resolverse a través de algún acuerdo mercantil. No lo pensé mucho, caminé hasta el maletero y metí la mano debajo del asiento. Los gorilas se asustaron. Uno de ellos, incluso, me apuntó con un revólver. El golpe del sol sobre la botella los enceguecío. La Etiqueta Azul, como virgen de Betania o aparición de José Gregorio, los tomó por sorpresa. Minutos después guardaron el pago en la patrulla, nos dieron consejos de camino y, dándonos la bendición, nos dejaron ir.

2

Barinas, como todos los pueblos calientes de Venezuela, era horroroso. La ciudad estaba empapelada de propaganda electoral anacrónica. Bajo un semáforo malo pude leer la consigna *Pa'lante* y la foto, en fondo verde, de un gordito llamado Oswaldo Álvarez Paz. Las calles arenosas estaban repletas de basura. Las alcantarillas eran fuentes en las que el lugar de las diosas desnudas era ocupado por grupos de mendigos que escupían agua sucia. Un bombero PDV nos recomendó un motel hacia los lados de Barinitas. Las avenidas sufrían el trauma de viejos aguaceros. Afiches de Chávez forraban paredes, santamarías y muros rotos. *Maldita revolución*, citaba un grafiti naranja a la entrada de un hospital abandonado. La calle principal, sin anuncio previo, se volvió carretera. Bandas de perros minusválidos corrían por las curvas buscando restos de alimentos. Los niñitos del camino, incentivados por sus madres, se negaban a compartir sus hallazgos con la famélica fauna. He visto lugares feos en el mundo pero, pocas veces, he visto algo más *disgusting* que aquella Barinas periférica.

Conseguimos una habitación barata que incluía TV por cable, VHS y agua caliente. Vadier permaneció en el Fiorino, pidió prestado mi iPod y, entusiasta, estuvo escuchando el último disco de Melendi. El cuarto era un pentágono minúsculo. Luis se lanzó sobre la cama, encendió el televisor; en primerísimo primer plano tropezó con una porno interracial. «¡*Cool!*», dijo. El baño era una colonia *funghi*. Además, no tenía puerta. La ducha, un tubo ocre que salía de una baldosa rota, estaba protegida por un plástico que alguna vez fue transparente; la transparencia tenía pegados pelos espirales, circulares y tiesos. El desagüe estaba tapado por una pastilla de jabón azul. Mis entrañas cantaron alabanzas ante la aparición de la poceta –sin tapa, con huellas de óxido, pero poceta al fin–. Mi barriga estaba hinchada y caliente. Desde hacía un par de horas, más o menos, goticas de ácido ardiente ponían a prueba la capacidad de mis esfínteres. La necesidad me hizo percibir aquel estercolero como una especie de Meliá Barinitas. «Luis, vete», grité. «¡Qué pasó, princesa!», me dijo sin quitar la vista de la pantalla. Pude ver, de reojo, a tres negras cachapeando sobre una mesa de *pool*. «Quiero que te vayas, sal un momento» Tardó en reaccionar. «No sé –reiteré–, vete con Vadier a comprar pan o algo. Necesito bañarme y quiero cagar. Si estás aquí no puedo hacerlo. Lárgate». «No le pares, por mí no te preocupes», mencionó acomodándose sobre el colchón chirriante. El desprecio vivaz de mis palabras le hizo desistir. «Está bien, princesa. Iré a caminar un rato. Volveré en treinta minutos». «Cuarenta y cinco». «Está bien, volveré en cuarenta y cinco». Cuando cerró la puerta, corrí. Nunca he entendido cómo el cuerpo es capaz de generar tanta podredumbre. Siempre he pensado que si Dios es responsable de la mierda, aquello de la imagen y semejanza plantea algunas preguntas sobre las que nadie ha ofrecido respuestas convincentes.

3

«Samuel Lauro inventó el sabotaje lírico –contó Vadier–. Aquel foro fue un punto de encuentro para desadaptados y apátridas. Luis estaba en Bélgica; Mel, el *jodío* errante, hacía un año sabático por los arrabales romanos. De alguna forma, Samuel nos permitió seguir en contacto. Fue un hallazgo, una excusa, una manera de hacer cosas. Después, como siempre, todo se fue a la mierda». Estábamos en un abasto de carretera del que nos había hablado la señora Maigualida —masa humana de 180 kilos, propietaria del motel—.

«¡Báñate!», ordené a Luis cuando regresó al cuarto. Arrugó el rostro. «Hueles a mierda, hueles a cañería», le dije. Saltó en son de protesta, hizo un berrinche, dijo que no solía bañarse cuando estaba de vacaciones. Tomé una pastillita de jabón sin marca y se la puse en las manos. «Si no te bañas, dormirás con Vadier en el Fiorino». Tardó en responder. Tomó su Jansport y, tras pasar el marco sin puerta, comenzó a desnudarse. Dudé: el morbo por la contemplación de su cuerpo se enfrentaba, en conjunto, al pudor pedagógico-católico y el tufo. Se quitó la franela y la lanzó al suelo. Una cicatriz amorfa, en forma de estrella, reposaba sobre su hombro. Recordé el rumor escolar en la voz estridente de Natalia: a Luis, alguna vez, le habían pegado un tiro.

La memoria de Natalia sugirió obligatorias diligencias. Al salir del cuarto llamé a Caracas. «Hola, mamá, todo bien, todo chévere, chao. Amén», respondí a su gélida bendición. Tenía cuatro mensajes de Natalia, tres de texto y uno de voz. Su retórica melodramática me dio a entender que había ocurrido una tragicomedia. Hablé con ella minutos después: Gonzalo se partió la frente. Fue necesario hacerle doce puntos. Ebrio, llamando la atención de unas amigas del Mater, se había lanzado un clavado falso. Confundió lo llano con lo hondo y se rompió la cabeza. La piscina se llenó de sangre. «Marica, fue horrible —dijo Natalia—. La vaina fue como a las tres; lo tuvieron en un dispensario de Chichiriviche hasta que amaneció, luego lo transfirieron al hospital y allí le cosieron la frente. Le recomendaron reposo, pero mis viejos quieren irse pa'Caracas hoy mismo. Deberías estar acá», dijo con afán moralizante. «No me jodas, Natalia». Tranqué. Caminé en círculos por el estacionamiento del motel. Gemidos falsos, de porno, atravesaban las puertas de madera. Encontré a Vadier conversando con una señora gorda. Sonreía, parecía normal; no daba la impresión de que fuera a convertirse en hombre lobo ni a exponer teorías lingüísticas sobre el origen de los humores humanos. Claridad y oscuridad se disputaban los colores del cielo. «¡Eugenia!, vamos a comprar algo de comer —me dijo—. Les prepararé una ensalada». En medio de un *round* de risa, la gorda nos dio las coordenadas del abasto.

«El problema de Luis es que él cree que es arrechísimo —dijo Vadier mientras bordeábamos un sendero de aceras viejas—. No le creas nada. Él se las da de una vaina porque escucha esas güevonadas de Dylan, los Rolling Stones y Janis Joplin. Si Paulina Rubio se llamara Pauline Blondie, ese güevón diría que la tipa es de pinga. Ese bicho ha sido así desde carajito, igualito al viejo Armando: *mojoneao* y *snob*. Una vez, en séptimo, Mel lo jodió como nadie ha sabido joderlo. Siempre que alguien le recuerda esa historia el bicho se arrecha. La rata de Mel le dijo que tenía entradas para el concierto de Bob Marley. "Sí, sí, qué de pinga", le respondió Luis. "Yo voy a ir con mi viejo"». La historia terminó. La expresión de Vadier sugería que el desenlace era gracioso. Alcé los hombros sin entender la dinámica del chiste.

Llegamos al abasto. El lugar tenía el nombre de un santo. El estereotipo del portugués criollo custodiaba el salón. El olor de los abastos es indefinible: es una especie de colonia Ajax; de atún

Mistolín; de mortadela con Pato Purific. Aquella quincalla barinesa no escapaba al habitual sopor madeirense. Vadier agarró una bolsita y empezó a guardar matas raras: *¿Perejil, célery, espinaca?*, me pregunté. *Ni idea*. Tomaba los tomates, los palpaba, los olía e, indeciso, volvía a colocarlos en hediondos guacales. Pidió medio kilo de papas y dos cebollas. «Prepararé ensalada césar, capresa y una romana. ¿Te parece?», preguntó. «Yo no como mucho monte pero me da igual». «¡Maestro!, ¿tendrás pollo?». El portugués, entonces, puso sobre la madera un pellejo asqueroso. «¿Titina y Luis? –respondió. Aproveché su horario de esplendor para hacer algunas preguntas–. Que yo sepa, no. Ellos sólo son panas. Titina y Luis se conocen desde carajitos». «¿Sabes por qué pelearon?», pregunté. «¿Pelearon? No sabía que se habían peleado. No le pares, esos bichos se caen a coñazos cada quince días». «No sé, Vadier –le dije–. Creo que la cagué. A lo mejor esa chama piensa que yo ando con Luis, que le estoy soplando el bistec». El portugués ofreció salchichón y chorizo. Vadier pidió cien gramos por cabeza. «No creo, Eugenia. Titina no se arrecharía por eso. ¡Maestro!, ¿será que tiene algún vinito encaletado por ahí?». El portugués hurgó en un *freezer* del año treinta y encontró una cosa horrible llamada Piccolino. Vadier pidió dos vasitos plásticos. Aquel vino sabía a Tang de tamarindo. El amable portugués nos invitó a sentarnos en una mesita. La noche tapó el cielo. Tras embuchar un segundo trago, Vadier me contó que, probablemente, Titina se había arrechado con Luis por su empeño de querer entrevistarse con Samuel Lauro.

«Samuel Lauro inventó el sabotaje lírico», me dijo. Supe que Samuel Lauro había sido el creador de una web, un *blog* o una red social integrada por venezolanos –la mayoría– en el exilio. «Era una joda —contó—; visitar esa página era bien de pinga porque podías encontrar todo tipo de mamarrachada. Al principio, nadie pensó que todo aquello pudiera tomarse en serio». «¿Y qué hacían?», pregunté. «¡Güevonadas! —respondió—. En el *¿Quiénes somos?* había varias propuestas: un carajo que vive en Barcelona, por ejemplo, proponía dinamitar toda esta mierda. Tenía un mapa arrechísimo en PDF que mostraba el mar Caribe hasta Brasil y Colombia. Venezuela era pura agua. La gente escribía comentarios y debatía la vaina en el foro, era un vacilón. —Tercer trago de Piccolino—. Estaban, también, los neorrealistas: unos carajos que proponían retomar el antiguo título de Capitanía General y reintegrarnos a España como colonia. Se recogieron firmas, se escribieron himnos, se publicaron manifiestos, pero lo más de pinga del foro fueron, sin duda, los actos de terrorismo. Samuel abrió un tema de discusión llamado *Terrorismo poético*. Todo consistía en plantear pequeños actos de sabotaje que le jodieran la vida al chavismo. ¿Sabes quién es William Lara?». «Ni puta idea», respondí. El portugués comenzó a apagar las luces de aquel abasto *deli*. «Un carajo que fue ministro, diputado, alguna mierda. Un día ese güevón estaba almorzando en el Maute Grill. Alguien lo pilló y pasó el dato. El más guerrero de los terroristas poéticos siempre fue *Pelolindo*. No sé si, en ese tiempo, ya Luis había regresado de Bélgica, creo que no. *Pelolindo* se fue con Mel pa'l restaurante. Se escondieron un rato en el estacionamiento y cuando pillaron que el bicho estaba pidiendo la cuenta, le metieron un peo líquido en la camioneta. El diputado tuvo que irse en taxi. Le hicieron fotos y las pegaron en la página, fue un vacilón. ¡Güevonadas así, Eugenia, puras mariqueras! A Aristóbulo, un día, le pincharon un caucho y le robaron el frontal;

a Iris Varela, en una marcha del PSUV, le echaron alquitrán en el pelo. El foro, con más de ciento veinte carajos inscritos, se fue llenando de ideas locas. De ahí salió lo de rayarle el carro a Fernando Carrillo o escupirle la pizza a Nicolás Maduro pero, entre una vaina y otra, la cosa degeneró. Todo se fue poniendo más *heavy*. Samuel era el administrador de la página, se hacía presentar como un tipo arrechísimo, se vendía como un poeta *liberator*, porque esa es otra, esta rata escribía poesía de protesta, coplas *performance*. Algunas eran buenas; recuerdo una vaina que se titulaba *Fuerte Tiuna o los campos de mierda*. La gente mandaba sus güevonadas a la página y se hacían comentarios. Al principio, te repito, todo era muy de pinga. Alguien, no recuerdo quién, propuso que se organizara el primer encuentro de terroristas líricos y así fue cómo conocimos a Lauro. El carajo tiene como treinta años, doce de ellos estudiando Psicología en la ULA, está en sexto semestre, supuestamente, y mata tigres sacando fotocopias e inyectándole tinta a cartuchos HP. Te puedo garantizar, Eugenia, que Samuel Lauro es un pobre güevón. La vaina fue que el bicho hizo acólitos —al principio, no entendí muy bien qué quiso decir con la palabra *acólito*—; hay carajos que creen que él es un dios, el pajúo de *Pelolindo*, por ejemplo. A Titina le da arrechera que Luis le siga la pista a este imbécil. Como te decía, de un tiempo para acá han pasado vainas más *heavy*. Ha habido coñazos, hay amenazas, hay bombas molotov, hay capuchas. Alguien nos contó que Samuel Lauro, en realidad, es un activista famoso; un tirapiedras que está *metío* en más de un peo y, al final, por supuesto, joden a los güevones. Ya hay dos o tres pendejos, carajos de la edad nuestra, que se han visto en problemas con los militares por las vainas de Samuel. ¿Sabes quién es Vanesa Davies?», negué con el rostro. El portugués llanero, con suma cortesía, nos pidió que nos retiráramos. Dijo, además, que los alrededores del abasto, en ausencia del sol, eran muy peligrosos. Agarramos las bolsas y salimos. Vadier continuó su relato: «Es una periodista loca del 8, una chavista *pure*. Samuel averiguó el correo electrónico de esta caraja y puso a dos bolsas a mandarle vainas porno y telegramas indecentes. La intimidaron, la amenazaron, le dijeron puta. Hace como un mes explotó el peazo. Como estos chamos son menores de edad jodieron a sus viejos. No sé cómo rastrearon las conexiones. A las tres de la mañana les cayó en la casa el CICPC. Los acusaron de instigación a delinquir, agavillamiento y no sé qué otra verga. Esos panas ya se jodieron».

La carretera rural se pobló de espectros. Nuestra breve caminata fue custodiada por múltiples malandros. *¡Maldita sea si me violan y me matan en este pueblo de mierda!* Mi compañero de andanzas estaba tranquilo. Su sonrisa perenne, en medio del barullo, me brindó una extraña sensación de seguridad. Vadier habló de Praga, habló de sus años en el colegio, habló de Daniel. Contó que, efectivamente, había hecho el ridículo en casa de la familia Suárez el día del grado de mi hermano. Semanas después de su impertinente pregunta llamó a la señora Lidia para pedirle disculpas. «Por cierto, ¿tienes monte? —me preguntó tras un recodo inmundo; negué—. Tendré que conseguir para la noche. Uno de estos malandros debe tener alguna caleta, si no le pediré a la señora Maigualida». «¿Y quién es la señora Maigualida?». «La dueña del motel, la gorda». «¿Cómo la conociste?». «No sé, ella estaba viendo televisión, pasé por ahí y nos pusimos a conversar. A mí me gusta la gente, no soy un antisocial como Luis». «Yo no diría que Luis odia a la gente. Me parece, más bien, que le tiene miedo a las personas». «Sí, es cierto, él padece una especie de humanofobia». «¿Entonces ustedes se fueron de mochileros a Europa?», pregunté. El Motel, en el camino de regreso, parecía más lejano. La silueta fluorescente que anunciaba promociones de *jacuzzi* y VHS podía apreciarse a la distancia. «No —dijo Vadier—. Luis se fue sólo con Floyd. Yo me encontré con ellos allá. Yo estaba en París. Cuando me enteré de que ellos irían a Viena y a Praga, agarré un tren». Recordé las historias sobre Floyd. «¡Qué amorfo es Floyd! —dije en voz alta—. ¿De dónde salió Floyd?». Vadier insinuó una risa grotesca que devino en tos. «Lo de Floyd es para cagarse de la risa, no te lo creerás». «Dime». Avanzamos un trecho montuno. Vadier parecía repasar palabras y anécdotas. «¿Te gustan las telenovelas?», preguntó. «No —respondí—, no mucho. Lo último que vi, hace muchos años, fue una vaina que llamaban *Mi prima Ciela*». «Lo de Floyd es de novela mexicana de Venevisión, es argumento de unitario». «¿Uni qué?». «Nada, es algo demasiado *freak*». «Cuéntame ya, coño». Llegamos al portón. Vadier colocó sus manos sobre mis hombros: «Luis y Floyd son hermanos».

«Cuando estábamos en octavo, el profesor de inglés nos mandó a hacer un trabajo en video. Estábamos Titi, Luis y yo. Recuerdo que íbamos a hacer una especie de noticiero. Mi cámara estaba jodida; cuando la saqué del bolso me di cuenta de que tenía el lente roto. La cámara de Luis era una mierda noventera, no tenía salida USB por lo que editar la vaina iba a ser un peo. Luis nos dijo que su viejo tenía una cámara en la fábrica. Llamó a Armando, la pidió prestada y decidimos ir a buscarla. Me acuerdo clarito de esa vaina, fuimos en taxi. Llegamos a Los Ruices y el mamarracho de Garay nos entregó un maletín. "Luisito, esto te lo mandó tu papá" –contó Vadier imitando al *guachimán*, lo hacía igualito–. Coño, la vaina fue *heavy*. Yo me puse a echarle un ojo a la cámara y me di cuenta de que adentro tenía un disco. El CD tenía un nombre escrito con marcador indeleble: Marco. *¡Qué güevonada será esta!*, me dije. No joda, cuando le di *play* y pegué el ojo al visor me encontré al viejo Armando cambiándole los pañales a un carajito. Más adelante papá Tévez aparecía cayéndose a latas con una albina, una bicha blanca leche. Luego paseaba un coche por la Plaza Altamira y le hacía arrumacos al recién nacido. Otro albino, más grande, jugaba con él. Fue la primera vez que vi a Floyd». Entramos al motel. Acompañé a Vadier a la conserjería. La señora Maigualida estaba viendo *Jesús de Nazareth*. Como si fuéramos vecinos de años nos invitó a pasar y, con mucho cariño, nos ofreció tequeños. Vadier le pidió un favor. Explicó que quería preparar unas ensaladas, por lo que necesitaba calentar un poco de agua y disponer de algunos utensilios. La gorda fue espléndida, dijo que su cocina de gas y sus perolas estaban a la orden. Seis o siete carajitos corrían por el pasillo. «El viejo Armando tenía un segundo frente. Estaba empatado con esa caraja desde hacía mucho tiempo y ya tenía dos hijos. Floyd, que por cierto no se llama Floyd, era el primero. Creo que Floyd se llama José o Juan o Ramón o Pablo, no estoy seguro». «¿Y por qué le dicen Floyd?». «Qué se yo, vainas de loco». Vadier se puso a lavar la lechuga. Me pidió, por favor, que picara trozos pequeños de pan. La señora Maigualida nos brindó cerveza caliente. «Ahora, Vadier, ese carajo Floyd es un anormal –dije– es un tipo muy raro». «Sí, es verdad, el pana tiene un toque; lo tenían en una escuela de educación especial, el bicho está loquito pero es de pinga, con Luis es leal». «¿Y qué pasó?

¿Cómo se conocieron?». «Luis se enteró con aquel video de que tenía dos hermanos –Vadier picaba la lechuga en trozos pequeños y luego lo mezclaba con queso parmesano de bolsita–. Habló con el viejo Armando y le preguntó que qué güevonada era esa; a Armando no le quedó otra que presentarlos. No sé cómo pasó pero, de repente, Luis comenzó a salir con su hermano y se hicieron panas. Hicieron un curso de fotografía en la escuela Roberto Mata y, poco a poco, Floyd comenzó a integrarse a nuestro grupo. Creo que la señora Aurora sabía todo este peo pero se hacía la loca. Después se fueron a Europa y, bueno, Floyd se caló todo el peo de Bélgica». La pechuga de pollo flotaba dentro de una olla. «¿Qué pasó en Bélgica?», pregunté. Vadier me miró con displicencia. Pidió una bolsa para la basura y miró su reloj de bolsillo. «Es tarde, Eugenia, ya esta rata debe haberse bañado. Vete pa'l cuarto, espérenme allá. En veinte minutos les llevaré la cena». «¿Qué pasó en Bélgica?», reiteré. Él pareció concentrarse en el aderezo. «Eso es mejor que se lo preguntes a él. Hay vainas sobre las que es preferible no hablar paja. Al final, Luis es mi pana». La señora Maigualida nos regaló tres latas de refresco.

4

Aquella madrugada me enamoré de Luis Tévez. La palabra amor, hasta ese momento, me parecía tan empalagosa como arrabalera –vocabulario de bachata–. Los monólogos de Jorge, por lo general, abusaban de ella. Solía ser muy prudente con la oferta y la demanda de mi afecto. Luis –la verdad– me gustaba, me daba *queso*; me impresionaba, además, con sus saberes diletantes. La conversación que tuvimos aquella madrugada alteró mis sistemas. Cuando, días después, le conté a Vadier lo que me pasaba me dijo que él había sentido algo parecido la tarde que, por primera vez, se inyectó ácido. En vano traté de precisar la configuración de mi asfixia, de mi dolor grato, de mis suspiros espontáneos. Siempre pensé que suspirar era una figura retórica explotada por las comiquitas o los libros de autoayuda de Eugenia. Asimilé a disgusto –en la cama, en el asiento del Fiorino o en restaurantes de carretera– que la contemplación de mi amigo me inflaba el pecho de aire caliente, de ganas, de sueños, de *parasiempres* y demás pendejadas por las que, habitualmente, había manifestado un profundo desprecio. El desengaño existencial del cual me gusta presumir colapsó en un motel de carretera. Nunca antes me habían seducido con palabras.

Vadier preparó distintas ensaladas. La resaca nos obligó a brindar con agua. Comentamos argumentos de series gringas, contamos anécdotas chistosas y, si mal no recuerdo, especulamos sobre el origen de los terremotos. La llamada Capresa tenía buen sabor. Mi alimentación, como ya he insinuado, no estaba habituada a la comida sana, mucho menos al consumo de hortalizas y vegetales verdes. La ensalada César con pollo, plato del que había renegado a lo largo de mi adolescencia, también cautivó mi paladar arisco. La cena, más allá del condimento *hambre*, resultó buena.

Luis se bañó y se afeitó. Cuando, minutos antes de cenar, pedí intimidad para utilizar el baño sin puerta pude ver, sobre el tanque de la poceta, un neceser negro con lociones y perfumes caros. La contemplación de aquel kit me hizo sentir vergüenza por mi desodorante chimbo. Mi inevitable olor a jabón de tiradero se convirtió en complejo. Aquella noche Luis tenía una franela blanca con la imagen gastada de un político viejo que, según me contó, se llamaba Jaime Lusinchi. La palabra *Sí*, en caracteres gigantes, estaba escrita en su espalda. Tenía un *short* largo de tonos amarillos y unas cholas Timberland. Sus piernas, peludas y fuertes, sugerían comparaciones odiosas con el raquítico Jorge. Yo tenía un vestidito simple, azul pasteloso. Tras las ensaladas, él se sentó sobre la cama y encendió un cigarro. Vadier, burlándose de mi apodo monárquico, me pidió que permaneciera en la mesa. Me dijo, llamándome Su Alteza y haciendo una reverencia, que él se encargaría de las labores de limpieza. Luis fumaba y me miraba fijamente a los ojos. La quietud de su rostro me intimidó. No me gusta que me miren, no lo soporto. Luis me hacía sentir como una niñita tetrapléjica en una academia de salsa casino. Vadier hablaba solo; contaba historias tremendistas sobre Querales, Mel y los inadaptados de siempre. Improvisando fortaleza decidí confrontarlo. Levanté los ojos y lo vi. «Okey, okey, pillé la vaina —dijo Vadier— sé que estorbo. Me voy, me voy. Cualquier vaina estaré en el Fiorino». El afable cocinero salió y cerró la puerta.

Jorge, en su momento, dio el primer paso: tras un sugerente día de playa, se acercó y me besó en la boca. Luego, torpemente —haciéndome daño sin querer—, metió su mano temblorosa entre mi pantalón y mi camisa. Si bien la práctica, poco a poco, me convirtió en la directora de orquesta, había sido él quien había tomado la iniciativa. Luis, por su parte, sólo fumaba y me miraba; no decía nada, no se movía, no se acercaba. Su pose impasible de modelo de Arcadio me paralizaba por completo. El deseo, entre el humo y el silencio, amenazaba con formar aneurismas. Transcurrió —lento, como echándose aire— el infeliz del tiempo. Cuando el cigarro terminó de consumirse Luis lanzó la colilla en una lata de Coca-Cola, se puso las manos detrás del cuello y se acostó. «Es tarde, princesa, deberíamos dormir». Me levanté de la mesa y me serví un vaso de agua. Pude ver que se colocó boca abajo y se tapó la cabeza con la almohada. Maldije su serenidad, su estrategia dilatoria. Todos mis temores de mujercita neurótica afloraron con estruendo: *¿Será que no le gusto? ¿Será que le parezco fea? ¿Estará enamorado de Titina?* El aturdimiento me obligó a confrontarlo. Agarré una silla destartalada y la volteé, me senté —vulgarota— apoyando mis manos sobre el espaldar. «Luis». Él pareció despertar. «¿Qué pasó?», dijo atontado. «¿Yo te gusto?». Parpadeó con gesto incomprendido. Bostezó y se sentó. «¿Qué te pasa?», dijo con desgano. «Nada, quiero saber si te gusto. Tu actitud me confunde». «¿Cuál actitud?», preguntó incorporándose. «Tú —le dije—. No sé qué quieres conmigo, no sé qué hacemos en este tiradero». «Se supone que vinimos a encontrar a tu abuelo francés. Quieres irte de esta mierda de país, ¿no? Es mejor un motel de carretera que un estacionamiento de camioneros, ¿no te parece?». Cruzó las piernas sobre la cama y, tras golpear el cartón de cigarros contra la mesa de noche, sacó un Marlboro rojo. De ser la que hacía preguntas, intempestivamente, pasé a ser la interrogada. No sabía cómo responder, no sabía cuál podía ser la respuesta correcta. Lo más desagradable es que él parecía controlar la situación, parecía tener prevista cada una de mis reacciones. Me arreché, me sabía atractiva, interesante; sus continuos desplantes me hicieron ser más ruda. «¿Acaso eres gay?». «Perdón», dijo. «¿Que si eres marico, chico?», dije en dialecto balurdo. Se rio solo. «Qué pueblerina eres Eugenia; eres igual a todas las caraqueñas sifrinas. Crees que si estás sola con un hombre y éste no quiere contigo, entonces, inevitablemente el tipo es gay. Tienes una visión muy provinciana de las relaciones humanas». *Maldito.* Me sabía débil, me sabía vencida; aquel claustrofóbico cuarto me recordó la cancha de volibol del colegio. Sólo me había sentido tan humillada por mi profesora de Educación Física. Siguió fumando. «¿Qué es lo que quieres, Eugenia? ¿Tirar? Okey, por mí de pinga. Tiremos –quitó el edredón de la cama y dio dos palmadas sobre el colchón. Vente, pues. Arranca con un mamerto». «¡Coño, sí eres ordinario, no joda!». «No te arreches, princesa, tú eres la que me desea». *El coño'e su madre*, me dije. La rabia devino en inseguridad. En voz baja, sin tono férreo, agregué: «¿Y tú no me deseas, Luis? Responde a mi pregunta, no me hagas otras preguntas. ¿No te gusto?» Por momentos, me convertí en la madre naturaleza de lo cursi; el tiempo en que tardó en botar las colillas me imaginé que, rozagante, me diría: *Sí, sí, me gustas, eres la tipa más de pinga que he conocido en mi vida, te amo, bla, bla, bla.* Sabía, en el fondo, que no diría nada de eso. «¿Tú qué crees?», me dijo. «Te dije que no me hicieras preguntas. Responde sí o no. No debe ser tan complicado». Ese fue el único momento en el que, por décimas de segundos, pareció perder el control. Luego, tras instantes de reflexión silente, recuperó su aplomo: «Contigo todo es complicado, princesa». «Explícate», le dije. «Si no me gustaras no te habría invitado a almorzar en McDonald's; si no me gustaras nunca te habría llevado a mi casa ni habríamos ido a la rumba de Titina. Si no me gustaras no estarías acá. Yo no me meto en moteles de carretera con todo el mundo –volvió a reírse solo, agarró aire y continuó–. Créeme que si, en lugar de estar contigo, estuviera con tu amiga Natalia ya le habría puesto el culo como boca'e payaso y la muy perra no podría caminar por los calambres en los muslos». Sus *disgusting* metáforas, a pesar de estar referidas a mi mejor amiga, me causaron gracia. Por momentos, me imaginé a Natalia caminando como un vaquero feliz y radiante porque Luis Tévez le había destrozado la entrepierna. «Pero contigo es diferente», dijo. Dejó el cigarro sobre la lata, se levantó, caminó hasta el borde de la cama y se sentó frente a mí. Sus ojos me quedaron muy cerca. «Puede que Vadier tenga razón, princesa, al final todo es una cuestión de lenguaje». Me dio la impresión de que esperaba algún tipo de réplica pero no respondí. Lentamente, colocó sus manos sobre mis rodillas. «Es extraño, princesa, contigo me gustaría ir a caminar por el Sambil o a caernos a latas en un cine; me gustaría llevarte a ver las nutrias del Parque del Este o a comernos un *banana split* en la 4D. Contigo, más que tirar, me gustaría hacer el amor».

Salió de la habitación. «Ya vengo», dijo. Su confesión me dejó atolondrada. Pasé un par de minutos en blanco, repasando su *speech*, tratando de captar imprevistos e interpretar silencios. Regresó con una botella de Etiqueta Azul. Sirvió dos tragos y me ofreció el más ligero. «Hagamos algo, princesa, nos quedan, por lo menos, dos noches juntos, quizás tres, depende. Te prometo que la última noche que pasemos juntos haremos el amor. Por ahora, lo mejor es disfrutar de la tensión erótica. ¡Salud!». Chocó su vaso contra el mío. «¡Tensión erótica!», no perdía la tarada manía de hacerle eco. «Sí, tensión erótica, el queso, el deseo, el saber que puede pasar algo y la angustia porque no pasa nada. El saber que cuando me desvisto en el baño me estás observando desde la puerta. El calor en los dedos cuando me prendes los cigarros. El querer tocarte y no tocarte. El saber que estás y que no estás. La certeza del gusto y el morbo de la duda. Este tipo de tensión es muy de pinga. ¿No te parece?». «Estás loco, Luis Tévez. Eres un tipo muy raro», dije sin convicción, por decir cualquier cosa. No sabía cómo comportarme, no sabía si mirarlo, si tocarlo o darle un abrazo amistoso. La atmósfera propiciaba un erotismo distante. «Soy un maldito capitalista, princesa. Mi problema es que creo en la propiedad privada –*¡Aló!*, me dije. *¿Y éste de qué habla?*–. Créeme que si tiramos hoy o hubiéramos tirado ayer todo se habría ido a la mierda. Soy un celópata enfermo, lo sé. La posesión me convierte en una bestia. He hecho muchas estupideces, he sacrificado muchas amistades por un polvo, por un mal polvo, por un rato. No quiero cagarla contigo. Si hacemos que nuestra última noche sea especial –sus dedos se alzaron en el aire e improvisaron un antiséptico gesto de comillas– puede que tengamos tiempo para pensar, para ordenarlo todo. No tendríamos la presión de la convivencia. Podríamos vernos en el colegio pero yo entendería que tú estás en otra parte, que tienes otros intereses, que tienes novio; no tendría que despertarme mañana, verte a la cara y caer en cuenta de que todo esto ha sido pura paja». «Mi noviazgo con Jorge es una mierda, Luis. Si tengo que terminar, termino, no me importa». «¿Terminar para qué? ¿Terminarías con Jorge para empatarte conmigo? ¿Por qué harías eso? ¿Para que dentro de dos semanas o cuatro meses o, si nos va bien, un año te ladilles de mí? ¿Para que le digas algún día a otro carajo que tu noviazgo es una mierda? Puede que Jorge sea un güevón pero a lo mejor es un güevón noble». Se sirvió otro trago al que, pausadamente, dio un sorbo. Colocó el vaso sobre la mesa y se sentó frente a mí. Puso su mano sobre mi cabello. Sentí un estremecimiento. «No quiero cagarla contigo, princesa —la poética del instante, sin embargo, fue destruida por su vulgaridad inevitable—. ¿Y qué? ¿El pendejo de Jorge fue el que te voló la empacadura?». «Coño, Luis, verga, si eres... mamarracho». «'Ta bien, pues, —agregó. Nuevamente, tomó el vaso y engulló un trago—. ¿Perdiste tu virginidad con Jorgito?». «Sí, Luis, sí». «*Cool* —respondió—. ¿Hace cuanto?». «No sé, el año pasado. El año pasado por estos días». «La Semana Santa suele ser la época más perversa. Estoy convencido de que la mayoría de los hímenes venezolanos han sido desgarrados en carnaval o en Semana Santa», comentó. «A ti ni te pregunto —le dije—. Tú debes haber tirado con mil carajas. Eso, al menos, es lo que cuentan». «La gente habla mucha paja, tú lo sabes». «¿Cuántas? No te arreches, es sólo curiosidad». «No sé, no tengo idea, déjame ver —pareció enumerar en silencio, andar y desandar el tiempo—. Seis. ¡No! Mentira, siete. Aunque, consecuentemente, sólo con dos, con las otras fue una sola vez, de una de ellas ni siquiera me acuerdo el nombre». «¿Lo has hecho con Titina?», pregunté por morbo. «Sí —dijo alzando los hombros—, lo he hecho con Titina, ella es una de las consecuentes». «Pensé que sólo era tu amiga». «Y es mi amiga, es mi mejor amiga». «¿Y te coges a todas tus amigas?» «No, sólo a Titina. Es algo meramente físico, no hay conflicto afectivo. Tirar con Titina es como jugar dominó, ver televisión o ir al cine. Si estamos ladillados tiramos, cero peo. Los dos tripeamos, nadie se enamora y cada quien agarra por su lado. Es una relación sana». «¿Y las otras? ¿Y la otra consecuente?». «La otra nada, una historia que no existe. Entonces —dijo repentinamente—, ¿te parece si aguantamos nuestro queso común hasta la última noche?». Nos reímos juntos. Risa tranquila, ligera, cómplice, especial. «Está bien, Luis, aunque...

no sé —dije por molestarlo— puede que para el domingo tenga la regla». «¡Coño! ¡Las mujeres son un peo! Bueno, qué carajo, te tocará pegar las pastillas». «¿Qué pastillas?». «¿No tomas pastillas?». «No, yo no tomo ni Tachipirin». «¡*Cool*! ¿Y Jorgito qué, se forra o acaba afuera?» «Por lo general, escupe su porquería afuera». «¡Qué mierda! —dijo—. Acabar afuera es una estafa, es como tomar cerveza sin alcohol o café sin cafeína. Claro, todo depende de la parte del cuerpo en la que acabes». «Es asqueroso». «¿Qué cosa?». «Esa mierda, el semen, es caliente, parece una crema de auyama de sobre, tiene un olor horrible y la textura es sumamente desagradable. Si ese charco de mierda es el origen de la vida, entonces, entiendo que la humanidad sea un *bluff*». «Me gustan tus despotriques filosóficos». Se acercó y me besó en la boca. Un beso leve, sin saliva, sin lengua, apenas apoyó su rostro en mi rostro, palpó sus labios con mis labios y se retiró. «¿Tienes tu iPod? —preguntó—. Me dijiste que, entre la mierda, tenías algunas canciones buenas». «Déjame ver si está acá». Me acosté sobre la cama y busqué en mi cartera. Le di el aparato mientras, entre el revuelo de ropa y accesorios inútiles, trataba de encontrar las cornetas. «¡Qué basura es tu iPod! —dijo mientras revisaba la lista. Con su mano izquierda jugaba con mi cabello—. Tienes algunos temas de pinga, es verdad, pero casi todo es inservible. ¡Coño! ¡Qué de pinga! —gritó—. Pon esta vaina. —Encendí las cornetas y conecté el equipo—. Ven acá, Princesa, vamos a bailar». Música> Artista> R.E.M> «Losing my religion». Me tomó por la cintura y me invitó a la pista de cemento. Tras simular que rasgaba una guitarra, cantó a mi oído en un inglés muy engañoso: *Oh, life is bigger; it's bigger than you; and you are not me. The lengths that I will go to; the distance in your eyes. Oh no, I've said too much; I set it up...* (0:46). Por lo general, soy enemiga de abrazos y amapuches pero durante aquella danza *soft* logré olvidar todos mis prejuicios sobre el contacto. *Every whisper of every waking hour I'm choosing my confessions, trying to keep an eye on you, like a hurt lost and blinded fool, fool. Oh no, I've said too much. I set it up...* (2:02). «¿Qué le dirás mañana a tu abuelo, princesa? ¿Crees que lo encontremos?», me preguntó tras el coro. «No lo sé, me da miedo, Luis. Me provoca seguir de largo y olvidar para siempre el nombre de ese pueblo. Lo que quiero hacer es una estupidez. Encontrarlo o no, no cambiará nada. Algo me dice que nunca saldré de Caracas». *That's me in the corner. That's me in the spotlight, I'm losing my religion* (3:15). «¡Qué carajo! —dijo—, veámos qué pasa. Ya estamos acá». La canción terminó y permanecimos abrazados durante, aproximadamente, cinco minutos. Rememorar aquella escena trae sonidos de cocuyos, guacharacas, taras, grillos, saltamontes y demás animales inútiles que, desde entonces, recuerdo con cariño. «¡Acuéstate, princesa, es tarde». Me besó en la frente y salió a fumarse un cigarro. Usé como almohada su pecho, su mano derecha se apoyó en mi hombro. Me contó que, para burlar al insomnio, le gustaba contar ovejas degolladas. Contamos, alternativamente, hasta la doscientos veinticuatro.

Altamira de Cáceres

1

«Lauren Blanc desapareció –diría un misterioso remitente–. El viejo mandó el mundo a la mierda y se fue a conocer el infierno». Desperté con tortícolis. Luis no me habló en toda la mañana. El romanticismo se perdió. La luz del día deshizo nuestro pacto. Los comentarios cursi-invertebrados que los enamorados suelen hacer al despertar no tuvieron oportunidad de pronunciarse. Orinó con estruendo y no bajó la poceta. Salió de la habitación sin despedirse. Luego pasó más de una hora fumando sentado en el capó del Fiorino.

Amanecí con la nariz tapada y dolor de cabeza. Me levanté dando tumbos; caminé haciendo eses de tipografía gótica. Tropecé la mesa. Un vaso, con un pozo de *whisky* convertido en caldo, se estrelló contra el piso y se hizo añicos. La torpeza mañanera me hizo pisar un fragmento de cristal, lo que produjo un desproporcionado flujo de sangre. Me limpié el pie con el forro de la almohada. Tuve la impresión supersticiosa de que aquel sería un día atroz. Nunca imaginé, sin embargo, que un imprevisto mensajero, además de hacerme sentir como una basura, me contaría que mi abuelo Lauren encontró una puerta al infierno. Altamira de Cáceres todavía estaba a media hora de distancia.

Bob Dylan cantó a favor del reencuentro. El frío de montaña, en contraste con la alitosis llanera, también brindó su espaldarazo. Luis mantuvo la distancia y aunque —a conciencia— evitó tocarme, nuestra cercanía volvió a ser espontánea. La montaña apareció de repente. Los colores del mundo establecieron una tajante línea divisoria entre la cordillera y el desierto. El llano me aburre, no me interesa. En sus lagunas podrá haber garzas de siete colores, caimanes hormigueros, culebras tigre, vacas mariposas, cunaguaros amaestrados o bachacos de culo carmesí pero, más allá de esas inútiles bestias que sólo interesan a los productores de Discovery, reconozco que el llano venezolano me resulta insignificante. La montaña, a su manera, es más personal. El camino verde, por primera vez desde que salimos de Caracas, me hizo mirar la naturaleza sin ánimo de protesta.

Luis, tras curvas pronunciadas y caseríos deshabitados, hizo preguntas sobre mi familia. Quiso saber cosas de Alfonso, de su relación con Lauren, de su aislamiento en los Andes. Noté cierta frialdad en sus palabras pero, en contraste con su altanería de la mañana, me hablaba como si no hubiera pasado nada. «Lauren Blanc siempre fue un fantasma —le dije—. A lo mejor se retiró por vergüenza. Nadie en su sano juicio podría estar orgulloso de Alfonso».

«¿Alguna vez viste un programa llamado *Bienvenidos*?», pregunté. «Claro, por supuesto, con Miguel Ángel Landa». Ese nombre motivó una de las pocas sonrisas del día. «Creo que sí, un viejo flaco con cara de sádico». «Coño, Eugenia, Landa es toda una institución. Muchas de esas películas horribles que quemamos el otro día las salva Landa, él es lo único que sirve», mencionó retomando su retórica burlista. «En fin, lo que quería contarte: mi papá, durante muchos años, trabajó en el equipo de producción de *Bienvenidos*. A él le gustaba decir que era actor pero, la verdad, era una especie de luminito, o tramoyista, o llevaba los cables, o sacaba fotocopias o qué se yo qué mierda. En Venevisión, Alfonso sólo era un güevón más. Una o dos veces apareció en el programa». «¡Qué *cool!*», dijo Luis. «*Cool* una mierda. ¿Recuerdas cómo era *Bienvenidos?* Algunos chistes solían ocurrir en cafeterías o restaurantes. En ese tipo de *sketch*, por lo general, necesitaban extras; era necesario que algunos pendejos se sentaran en otras mesas para dar la impresión de que el lugar estaba lleno. Ahí, entonces, aparecía Alfonso. Ésas fueron las únicas apariciones de mi papá en televisión. Luego, cuando *Bienvenidos* cerró, Alfonso se dedicó al honorable oficio del extra —cuando utilicé la palabra *honorable*, por un proceso de mímesis, alcé mis manos y sugerí un gesto de comillas. Primera vez en mi vida que hacía eso—. Programa malo que salía, programa en el que aparecía mi papá. Y lo peor es que el cabrón lo grababa y nos hacía verlo en la casa los fines de semana. Es un pendejo, Luis. El bicho hacía ejercicios de respiración, se veía detrás de Landa o los protagonistas del chiste y en, más de una ocasión, cuando no le aparecía ni la camisa, nos comentó que la iluminación había perjudicado su perfil. Nos decía, además, que para el artista no había nada más constructivo que la autocrítica». El *soundtrack* de la carretera incorporó el sonido de un río. La vía era estrecha y accidentada. Aguaceros viejos habían debilitado los bordes. En algunos pedazos, por acuerdo visual, los conductores debían negociar quién pasaba primero para evitar despeñarse. El camino a Altamira era una pronunciada subida. «¿Y tu vieja qué? —preguntó Luis—, ¿qué le vio a semejante bolsa? No sé, no hablas mucho de ella». Bob Dylan: «Absolutely Sweet Marie». Vadier, ovillado en la esquina del maletero, roncaba con cíclicos estruendos.

«Eugenia es una infeliz –respondí observando una cascada remota–. Se conocieron a mediados de los ochenta. Ella hacía teatro en Las Palmas y, por lo que sé, estuvo metida en la fundación de una vaina que llaman La Casa del Artista. Pero Eugenia, de alguna forma, siempre supo que iba pelar bolas con el teatro. Ensayaba en las noches y, por las mañanas, sacaba Recursos Humanos en el IUTIRLA». «¿Qué coño es Recursos Humanos?». «Qué se yo, una carrera». «¿Y qué hace un carajo graduado en Recursos Humanos?». «Ni idea. Sólo sé que un *recursumanista* vive mejor que un teatrero. Los artistas, por lo general, son unos pelabolas. El hecho es que, en ese peo del teatro y la televisión, Eugenia conoció a mi viejo. No sé qué le habrá visto pero, aparentemente, se enamoró. Tres meses después estaba preñada de Daniel. Se casaron y fueron infelices para siempre. Mi mamá consiguió trabajo en Tamayo». «¿Qué es Tamayo?». «No estoy muy segura. Una compañía que importa curda, creo. Ella, después de que nació Dani, se dejó de la mariquera del teatro. A diferencia de Alfonso, Eugenia sentía mucha vergüenza por su pasado farandulero. Las pocas cosas que existían en VHS ella las borró. Para mi salud mental y la de Daniel destruyó todas las fotos y videos en los que aparecía haciendo el ridículo. ¿Alguna vez oíste hablar de una novela llamada *Abigaíl?*». «¿Ahí no actuaba el pendejo de Carrillo?». Comenzó a lloviznar. El frío, poco a poco, me golpeaba los huesos. «Creo que sí, no estoy segura. Mi mamá actuó en esa mierda». «¿De verdad? ¡Qué *cool!*», dijo sonriendo. «Bueno, digamos que apareció más que actuó. *Abigail,* según me contaron, era una vaina en un colegio. Era un salón de veinte carajas. Estaba la protagonista, las panas de la protagonistas y diez o doce tipas que aparecían de comparsa. En algunos episodios, para hacer relleno en una especie de patio de recreo, metían a cuatro o cinco carajas nulas. Mi mamá era una de esas nulas». Vadier se despertó. Sacó la cabeza como un perro y eructó. «¿Dónde está mi Maigualida?», dijo con las huellas de un gato mecánico marcadas en el cachete.

«¿Dónde coño está Vadier?», había preguntado Luis minutos antes de salir del motel. Entró al cuarto, vio sangre y vidrios rotos. No se inmutó, además, fue incapaz de preguntar por el estado de mi pie *bloody*. Tiró la puerta. *Maldito*, me dije. Tuve la clara impresión de que su discursito amoroso del día anterior, con el que me había hecho volar a la manera del más idiota Teletubbie, había sido un simple *performance*. Vadier no estaba en el cajón del Fiorino. Luis lo buscó por todos los recovecos de aquel tiradero. Bajé hasta el abasto en el que acababan de levantar la santamaría y le pregunté al portugués si había visto a mi amigo. El tetrapolar, aparentemente, había desaparecido. Luis, de pésimo humor, decidió abandonarlo en Barinas. Encendió el Fiorino y dejó las llaves de la habitación en la solitaria recepción. «Coño —dijo intempestivamente; por primera vez en el día me miró a los ojos—, ¿me contaste que ese carajo se hizo pana de una gorda o me lo inventé? —Afirmé en voz baja—. El coño'e su madre —respondió—. ¿Dónde vive la gorda? Ese carajo no puede ver a una gorda porque se vuelve loco. Tiene que estar ahí». La puerta de la conserjería estaba cerrada. Una ventanilla abierta, sin embargo, permitía mirar el interior de la casa. Luis me hizo la pata'e gallina y, usando como barra una frágil reja, traté de asomarme. El lugar estaba oscuro. Había mucho silencio. «¡Vadier! —susurró Luis—. ¡Rata, ya nos vamos!». Con un gesto de sus manos me invitó a participar en la convocatoria:

«Vadier —dije en murmullos—. ¡Vadier, es tarde, vámonos!». «Toca el timbre», dijo Luis. «Coño, es paja. La gorda Maigualida debe estar durmiendo, además, en esta casa viven como doce carajitos». «¡Coño'e la madre! —replicó—. ¡Vadier, marico, nos vamos!», gritó más fuerte. «Tócale corneta», sugerí como último recurso. Él me miró con expresión de desprecio: «Coño, Eugenia, ¿no te has dado cuenta?». «¿Qué?». «La corneta del Fiorino no funciona». Pasamos, más o menos, cinco minutos de espera y gritería. Repentinamente, la puerta se abrió. Vadier salió abrazado de una almohada. Sus ojos supuraban lagañas rojas. Entre su *short*, encaletada como pistola de malandro, pude ver una botella de Etiqueta. Caminó como un zombi hasta el Fiorino. «¡Qué pasó, ratas!», dijo. Avanzó en zigzag, abrió el maletero y se lanzó de cabeza. Su situación logró, al menos, que Luis recuperara la sonrisa.

Tras una curva arenosa vimos el primer letrero: Altamira de Cáceres, 500 metros. La flecha apuntaba a la derecha. El Fiorino tomó una pendiente. Los sonidos del agua, tras la armónica de Dylan, parecían acordes de canción popular. Seis horas más tarde me dirían que Lauren Blanc encontró una puerta al infierno.

2

La vejez es la evidencia del doble discurso de Dios. Lo que los años hacen con el cuerpo es un acto de pésimo gusto. El tiempo, a paso lento, insinúa manchas en la piel, canas, grietas; el espejo se convierte en un sádico. El insomnio despliega cuadros hiperrealistas en los que aparezco sorda, con la calva nervuda, los dientes falsos y la mirada perdida entre inoperables cataratas. La eutanasia por senilidad debería ser una alternativa humanitaria. Nunca me gustaron los viejos. No sabría vivir con la convicción de que un simple estornudo o un dolor en el pecho es un guiño cercano de la muerte. La inutilidad también me intimida. El día que alguien tenga que limpiarme el culo exigiré mi derecho a réplica. Toda mi vida ha sido una búsqueda de cosas que no han llegado, una recreación tremendista de lo que vendrá, de lo que queda por vivir. Sé que no soportaré el momento en el que lo que quiero se transforme en lo que quise; cuando lo que aspiro se confunda con lo que aspiré, cuando existir no sea más que un eterno reproche, una denuncia contra los sueños caducados. Tengo la convicción de que al final, cuando llegue el momento de hacer balance, estaré inconforme. Creo que lo más difícil de vivir es mantener el complicado empeño por ser feliz. La felicidad siempre ha sido un mito, algo que le sucede a los demás. La felicidad, exclusivamente, me sucedió en la carretera regional del centro, en Barinas, en Mérida e, incluso, a pesar del trago amargo, en el fantasmagórico pueblo de Altamira. Esa semana se salió del libreto. Cuando el Fiorino entró al pueblo de montaña en el que, supuestamente, vivía mi abuelo tuve una serie de reflexiones inútiles sobre la vejez.

Un anciano centenario, con una borrachera insostenible, dormía en un banco de plaza. Más allá de ese garabato geriátrico, que en vano intentaba levantarse, Altamira parecía ser un pueblo abandonado. Hasta el viento se cuidaba de no hacer ruido; las hojas se arrastraban en el vacío. «¿Dónde vive tu abuelo?», preguntó Luis. «Ni puta idea. Se supone que en la casa de Herminia». «¿Y cómo encontraremos la casa de Herminia?», alcé los hombros. «¿Quién es Herminia? –preguntó Vadier–. ¿Qué hacemos en este pueblito?». Luis estaba irascible. Me respondía –cuando respondía– con desgano y risas pedantes. Caminamos por cuadras estrechas. No era un pueblo feo. A diferencia de los caseríos que habíamos atravesado, Altamira tenía un encanto impreciso. Estaba limpio, no había alcantarillas hediondas tapadas por basura ni licorerías de esquina asediadas por miserables. El borracho de la plaza –quien, tras los quince minutos que anduvimos por las callejuelas, no había logrado levantarse– era una figura impertinente. Tampoco encontramos al habitual malandro que a, todo volumen, comparte vallenatos o salsa erótica con prójimos armados e intolerantes. Las paredes, blancas en su mayoría, tenían un desgaste ocre-humedad. También había casas azules, verde guanábana y amarillo pollito. No había afiches de políticos ni grafiteros ordinarios. El edificio más grande era una escuela cuyo nombre completo he olvidado pero que, de primero o segundo, tenía el apellido Larriba. «Esta mierda parece Forks, el pueblo de Crepúsculo, aquí deben vivir los primos pobres de los Cullen. Menos mal que es temprano. Si hubiéramos llegado más tarde seríamos merienda de vampiros –dijo Vadier. Caminamos en silencio–. Ya verán, en cualquier momento nos saldrá un fantasma. Si un carajito nos pide la cola cuando nos vayamos, no le paremos bola». «¿De qué coño estás hablando?», dijo Luis con reticencia. «Anótalo por ahí: nos iremos y un niñito nos va a pedir la cola hasta el próximo pueblo. El coño'e madre se dejará un zapato en el carro. A Eugenia se le partirá el corazón y querrá venir a traerle su mierda. Entonces, cuando preguntemos por él nos mandarán a una casa sombría, una vieja nos ofrecerá té y se pondrá a llorar, luego nos mostrará una foto blanco y negro en la que aparezca el mismo carajito. Se supone que el coño'e madre se murió atropellado por un camión hace como treinta años y nosotros, por pendejos, le dimos la cola». «Coño, Vadier, tú si hablas güevonadas».

«Entonces, Eugenia, tú dirás, ¿qué hacemos?», dijo Luis. Su expresión intimidaba, parecía obstinado; evitaba mis ojos. Sus palabras, una por una, parecían haber sido agarradas por las puntas y rebosadas en una paila de arrechera. «No sé, por mí nos vamos, qué carajo, siempre te dije que venir a este pueblo iba a ser una pérdida de tiempo». Me manoteó y se fue a fumar. Recordé su beso seco, su proclama amorosa, sus caricias en duermevela. *Maldito*, me dije. Durante quince minutos, atravesamos calles diminutas. Vadier se fue a dar una vuelta por la plaza. «Vámonos de esta mierda», le dije a Luis al regresar al Fiorino. «¿Y París?», preguntó. «París una mierda. Para ir a París tengo que hacer lo que hace la gente normal. Lauren siempre fue un chiste. Todo esto es una güevonada, es paja, es una mariquera». «¿Una mariquera? —dijo molesto—. ¡Qué bolas tienes tú! —intempestivamente, se convirtió en una furia—. ¡Y qué coño'e madre hago yo aquí contigo, por qué te empeñaste en que te trajera pa'esta mierda. Dime, ¿qué coño hacemos aquí? ¿Pa'qué viniste? ¿Qué querías, echar un polvo? Eres una puta de mierda...». Siguiendo el ejemplo tradicional y esperpéntico de las telenovelas criollas, le estampé una cachetada. Sin embargo, rompiendo con los esquemas preestablecidos, el galán no me besó por la fuerza. No sé por qué razón, segundos antes de golpearlo, extendí la palma. Cuando se volvió loco y empezó a insultarme cerré el puño. Sé que le di duro, el coñazo lo calló. Si le hubiera dado con el saco de nudillos en medio de la nariz —tal como había previsto en mi reacción inicial—, habrían tenido que sacarlo de Altamira en ambulancia. «¿Qué coño te pasa, güevón? Cállate la boca», le dije. No sé cómo logré improvisar carácter. Natalia siempre dijo que el grosor de mi voz podía poner nervioso al camionero más guapo. Mi simulacro de serenidad logró intimidarlo. «Vine a esta mierda porque tú quisiste, fuiste tú quien se empeñó en que te acompañara. ¿No te acuerdas? Me pediste que viniera contigo porque tú querías ir a darle el culo a Samuel Lauro. —Dijo, entonces, una serie de improperios del que sólo recuerdo, subordinada, la palabra puta—. Mira, Luis Tévez —inconscientemente, repetí la estrategia melodramática-nacional de utilizar nombres y apellidos en discusiones de pareja—, me vuelves a decir puta y te mato a coñazos», agarré el trancapalancas del Fiorino y le di dos coñazos al suelo, me volví un macho. «¡Muchachos, muchachos! —gritó Vadier; grito jovial, amiguero—. Creo que encontré la casa de Herminia. — Control - Alt - Supr. La rabia y la duda alternaron roles—. Vengan, vamos —dijo palpándome el hombro y diciendo en voz baja (muy baja)—: "No le pares, luego hablaré con él». Avanzamos media cuadra y Vadier señaló un amplio paredón al lado de la plaza. «Es ahí». No pude evitar reírme en su cara. «¿De qué hablas, Vadier? ¿Cómo que es ahí? ¿Qué hay ahí?». «No tengo idea —respondió—. ¿No buscan a una mujer llamada Herminia? —no tuve tiempo de contestar—. Lee», me dijo. Puso sus manos en mi rostro y orientó mi cara hacia un letrero que había en el segundo piso: *La casa de Herminia*. «¡Coño!», dije. Luego terminé de hacer la lectura: *La casa de Herminia, Bar-restaurante. Ambiente familiar.*

El lugar estaba abandonado. Una reja negra, en cobriza descomposición, mostraba unas mesas tapadas cubiertas de mosquitos y plástico. Decidimos bordear la casa. Luis regresó al Fiorino. La curiosidad por la compañera de Lauren quitó peso al malestar e, incluso, al dolor físico. La hostilidad de Luis me hizo daño, sus palabras dejaron sendas hemorragias. Traté de distraerme con la irreverente circunstancia de que la casa de Herminia fuese un restaurante macabro. La casa hacía esquina. La calle pequeña, perpendicular a la plaza, tenía un portón abierto a medias. Vadier y yo entramos a una especie de bodega. Era un lugar pequeño y polvoriento. Había chucherías montadas en anaqueles despoblados, una máquina de helados Efe y unos guacales con fruta madura. «Buenos días», dije en voz alta. Vadier, cuyas piernas empezaron a temblar, se colocó detrás de mí. «Como en esta mierda salga una caraja vestida de novia, me meo».

Apareció un hombre alto, flaco con lipa cervecera. «Buenos días –respondió con taimada cortesía–. ¿Qué desean?» tenía la voz seca, como asaltada por el carrasposo. El saludo, en la caja acústica de la bodega, hizo eco. No sabía qué decir, no pretendía contar a la primera persona con la que tropezaba en ese pueblo mi historia con Lauren. Nos miró con curiosidad, luego se colocó tras el mostrador y encendió un radio viejo. Vadier se acercó a la cava Efe y pidió un helado. El bodeguero le preguntó por el sabor de su preferencia. «Mantecado y chocolate, maestro», respondió Vadier. Carlos Varela – nombre del anfitrión– era un tipo muy raro. A primera vista no logré definirlo; su simpatía, aunque espontánea, parecía fingida. Era un hombre que se esforzaba por ser o parecer correcto y ese empeño por la decencia me provocaba cierta desconfianza. Tienen razón aquellos que, desde el lugar común, afirman que una persona se conoce por la mirada. Carlos Varela no tenía mirada; sus ojos eran transparentes; parecía una especie de robot, de *cyberg* andino. Ante la solicitud de mi amigo caminó hasta la cava llevando entre sus manos una paca de tinitas. Vadier, de repente, inició uno de sus retorcidos *speeches*: «Mira, Eugenia, como debe ser. La provincia sí sabe respetar el concepto de helado». Carlos Varela servía sin inmutarse. Aproveché el entreacto para pedir una tina de chocolate. «Acércate a la cava y dime qué ves», dijo Vadier. «Helado, Vadier. No hay más nada». «¿Qué helados ves?». Sólo había tres poncheras con masas tiesas y forradas de escarcha. «Mantecado, chocolate y fresa, Vadier». «Ahí está, eso lo es todo. Ésa es la esencia del helado. Sólo existen dos variantes que pueden complementar esta idea de helado: café y ron pasas. Lo demás es un ultraje, una parodia, un timo al consumidor —Carlos Varela reaccionó con gesto de *emoticon* confundido ante la explicación del filósofo—. Es la verdad, maestro —replicó Vadier asumiendo al bodeguero como un nuevo pupilo—. Si usted va a Caracas verá cómo se ha degradado el corpus de la heladería. No son tiempos de Batibati ni Pastelado ni Merengada. Si usted busca helados normales no los encontrará; encontrará pendejadas como *Stracciatella* que no es más que mantecado con chocolate o, en su defecto, *Fior di latte* que también es mantecado con chocolate pero con más mantecado que chocolate. ¿Y qué decir de la fresa? La fresa la han prostituido en mil sabores de nombres impronunciables con una estética del ridículo que, a todas luces, resulta inaceptable». «¡Vadier!», dije suplicante. «Es la verdad, Eugenia, no te arreches. La Efe debería recuperar el monopolio. Creo que deberían existir los Derechos Helados». Carlos Varela volvió al mostrador. «¿Vienen de Caracas?», preguntó con voz hueca. *¡Qué tipo* *tan raro!*, me dije. No sabía si confiar o desconfiar. No parecía ser una presencia amenazante pero sí despedía cierto tufo vil o indefiniblemente perverso. «Sí», respondí. «¿Y a dónde se dirigen?». Luis entró a la bodega. Su cara de niño arrecho permanecía activa. Ignoré su presencia. «Vamos a Mérida —dije torpemente—. Aunque, en realidad, buscamos a alguien aquí en Altamira, buscamos a la señora Herminia». Carlos Varela soltó el trapo que tenía en la mano y se alejó de la cava. «Herminia no se encuentra ahora, está en Santo Domingo con el grupo, llegará al final de la tarde», dijo. Parecía salivar con ansiedad. Sus ojos muertos me atravesaron la blusa. *¿Qué grupo?*, me pregunté. El ambiente estaba enrarecido. Carlos sacó la cuenta. Tenía los dedos largos y callosos. Con fuerza innecesaria golpeó las teclas de una calculadora destartalada. Supuse que era una bestia, sacar la cuenta por dos tinitas no debía requerir ningún tipo de agilidad aritmética. Vadier pagó los helados. La incertidumbre me llevó a formular mi siguiente comentario. «En realidad no busco a Herminia, busco a una persona que, supuestamente, vive con ella —Carlos Varela frunció el ceño. Luego, forzó una risa curiosa—. Busco a mi abuelo Lauren Blanc». «¿A quién?», respondió inmediatamente. «Lauren Blanc», repetí. El silencio picó y se extendió. «No conozco a esa persona, es la primera vez que escucho a ese nombre». «Tengo entendido que él vive en la casa de la señora Herminia. Ésta es su casa, ¿no?». «Sí, muchacha, lo es. Pero si en esta casa vive un hombre llamado Lauren Blanc debe de estar escondido en el sótano. He vivido acá durante los últimos quince años y te puedo garantizar que nunca he oído hablar de él».

«¿Y a ti qué coño te pasa?», le dije sin disgusto. Fumaba sobre una piedra de tiza. El agua caía frente a nosotros salpicando nuestros tobillos. No respondió. Su mirada, sin embargo, me hizo un guiño simpático. Tomó mi mano, la soltó; volvió a tomarla y, de nuevo, la soltó. Caminó hacia el monte. Estábamos, entonces, en un pintoresco pueblo llamado Calderas, un caserío remoto que se encontraba a quince minutos de Altamira. Carlos Valera, a pesar de mis prejuicios inclasificables, se había convertido en nuestro guía. El bodeguero insistió para que esperáramos a su esposa, Herminia. «Debe haber una explicación», dijo. Habló de no sé qué grupos y de convivencias cuyo motivo no entendí. «Altamira está solo —había dicho Carlos—. Muchas personas, aprovechando la temporada vacacional, prefieren ir a Santo Domingo o a Apartaderos para vender artesanías, comidas típicas y estafar a turistas incautos». Carlos tendría cuarenta y tantos años pero parecía ser más joven. Tenía el cabello ensortijado y poseía una nariz inmensa. Vadier, días más tarde, diría que Carlos Varela era un muerto viviente. Sin dar la razón a mi atrabiliario amigo debo reconocer que el guía-bodeguero tenía la piel muy fría, sus brazos no tenían pelo ni vello ni pelusa. Tampoco tenía muchas pestañas y sus cejas parecían una sombra de carboncillo. Lo curioso fue que si bien su comportamiento estimulaba nuestra reticencia, al mismo tiempo nos inspiró confianza. Carlos Varela contó que él acostumbraba coordinar *tours* agroturísticos en algunos *resorts* de la montaña. Ese día, tras un fuerte dolor de cabeza, había decidido quedarse en Altamira. Fue Herminia, según, la que se llevó al grupo. «Son viajes sencillos —comentó—. Recorremos las cascadas de Santo Domingo, algunas lagunas y, a veces, venimos hasta Calderas. A los caraqueños se les engaña fácilmente. Es un recorrido normal, simple. Si utilizas la palabra agroturismo o la fórmula turismo ecológico la gente cree que se trata de una ruta sofisticada o patrocinada por alguna ONG. Los caraqueños suelen ser muy crédulos». Supongo que ese tipo de argumentación desengañada complació a Luis y a Vadier. La verdad, no sé por qué razón decidimos seguirle la corriente y dejar que nos llevara a aquel inhóspito pueblo.

«¿Tienen algún plan para pasar la tarde?», había preguntado el bodeguero. No respondí. Vadier dijo que haría lo que nosotros quisiéramos. Luis se hizo el sordo. «Puedo llevarlos a conocer las cascadas de Calderas; es un paisaje muy bonito, vale la pena verlo». «Lo siento, Carlos, pero no tenemos real», mencioné arrugando el ceño. «No, no se preocupen. No lo haría por dinero. Debo reconocer que también tengo algo de curiosidad por la historia de tu abuelo, el inquilino». No repliqué. Preguntó si teníamos carro y nos dijo que podíamos comenzar recorriendo las orillas del río Santo Domingo. Su rostro sin forma esbozó algo parecido a una sonrisa.

Vadier se puso un *short* de colores y se lanzó, al menos, cinco clavados en el agua helada. Las cascadas de Calderas eran las más grandes de la zona. Luis manejó quince o veinte minutos por una carretera bucólica, casi virgen. Carlos, ejerciendo el rol de charlatán copiloto, explicó nombres de plantas e historias fundacionales andinas que en el momento me parecieron interesantes pero que, inmediatamente, olvidé. Al llegar a la caída de agua Luis se perdió por un sendero ascendente y se sentó en una piedra blanca. Tímidamente, me acerqué: «¿Y a ti qué coño te pasa?». «Nada, princesa, nada», respondió metiéndose al monte. Vadier, por su parte, improvisaba gritos de guerra antes de saltar y desaparecer en el fondo del pozo. Por un momento, perdí la esperanza. No hablaría. Di la espalda con la intención manifiesta de alejarme. «No debí decir nada de lo que dije ayer —dijo en voz alta. Me detuve—. La cagué, princesa. Ahora todo se jodió. Ya nada es lo mismo». «¿No debiste decir qué?», pregunté. «No debí decir que tú... ». «¿Por qué no?». Me coloqué frente a él. Tomé sus manos y lo vi a los ojos. Su cercanía me hizo olvidar todas las ofensas, los insultos y las malas caras. Recostó su cabeza en mi hombro. El amor es patético. Supe que, realmente, estaba enamorada de ese pendejo cuando, a pesar de los agravios de aquella mañana, tuve una inmensa sensación de paz al abrazarlo. «¿Qué te pasa?», le pregunté casi en susurros. Lo besé en la sien, cerca de la oreja. Él levantó la cabeza; puso sus dedos en mi cara. «Te vas a dar cuenta de que yo no valgo una mierda, eso es todo». Permanecimos al lado de la roca durante un tiempo impreciso. Parecíamos un afiche de película mala, de melodrama ochentero con Tom Cruise y alguna actriz nula que, mucho tiempo después, haría un papel de cachifa en *Lost* o en *Desperate Housewives*. «Voy a echarlo todo a perder, princesa. Siempre la cago». «¿Y por qué tienes que joder nada? Coño, Luis, ¿qué pasa? Deja la tragedia. ¡Qué güevonada es!». Busqué su boca con mi boca. Nuestros labios tropezaron pero los de él siguieron de largo. «Te darás cuenta de que soy un pendejo, ya verás». «Sé que eres un pendejo y no me importa. Cualquiera jura que yo soy arrechísima. ¡Cuál es el peo! Yo tampoco valgo una mierda. Vine a este pueblo fantasma a encontrar a un carajo que no existe. Mi vida es todo un despropósito, Luis, qué coño. ¿Por qué habría de importarme que no valgas una mierda? Además, ¿quién vale algo?». Levantó la cabeza e imprimió fuerza a su abrazo. Mi sensibilidad colapsó. No fue un maraqueo balurdo, *reggeatonero*. Lentamente, introdujo su mano abierta en mi cabello. Con pericia atrapó mi cuello; su aliento golpeó mis labios, nuestras narices rozaron sus puntas. Con Jorge —mi único amante— todo había sido físico, demasiado físico. Me gustaba besarlo con los ojos abiertos y, en silencio, burlarme de su cara de idiota. Con Jorge todas las cosas tenían forma y sabor; siempre sentí vértigo por la textura de sus dientes; por su saliva picante que me irritaba las comisuras. Mi noviazgo de colegio siempre estuvo revuelto en un morbo prefabricado. Nunca sentí con Jorge —ni habría de sentir más adelante— nada parecido a lo que pasó en la piedra blanca de Calderas. Mis ojos, sin conciencia alguna, permanecían cerrados. Todo mi cuerpo, latente, húmedo e ingrávido parecía disolverse en ácido. Sentí, en cámara lenta, cómo mordió mi labio inferior. La punta de su lengua tocó mi encía. Retiró su boca de mi boca y, en seco, besó mi frente. Permaneció la eternidad en mi cabeza —qué horrible es la palabra eternidad. Sin embargo, debo reconocer que aquel abrazo, aunque sólo haya durado tres minutos, me pareció interminable—. Cuando, días después, censuré el exceso fucsia de mi romance, Vadier me diría que no debía avergonzarme ya que, a fin de cuentas, la única cosa sensata que hacían las personas en el mundo era mantener el empeño por amarse. Su mano derecha estaba en mi cintura, sus dedos —sobre la tela delgada de mi franela— parecían una panela de hielo seco. El amor —ese día lo entendí— no es más que un profundo sentimiento de derrota. Siempre he sido muy yoísta: primero yo, segundo yo, tercero yo y así hasta el infinito. En Calderas tuve la convicción de que el amor no es más que el escandaloso fracaso del egoísmo. Resulta muy fácil hacer chistes sobre todo esto cuando la infección no nos afecta, cuando la enfermedad ataca a los demás. La gente feliz, en esos casos, nos parece idiota, ridícula; un diminutivo o una caricia en una plaza pública provoca nuestras peores invectivas. Durante muchos años fui una severa iconoclasta del cariño ajeno. Aquella semana, sin embargo, todo cambió. Luis Tévez me contagió una cepa de gripe A que, durante mucho tiempo, se empeñó en destruirme. «Perdóname por lo de esta mañana, no sé qué pasó, la cagué», dijo besando mis hombros. Nunca imaginé que me pediría perdón. Una disculpa era algo demasiado predecible. «Si me vuelves a decir puta, te mato», dije empeñada en sus labios. «Y harías bien», agregó. Al fin, nuestro beso profundo sucedió. Su lengua, de mutuo acuerdo, me llegó hasta la glotis; una lengua fina, tibia, de giros leves y constantes; sus labios me envolvieron con presión impermeable (en mis latas con Jorge, por lo general, la saliva me llegaba hasta los tobillos). Su cintura enhiesta hizo presión sobre mi vientre; mi pecho se infló y se acomodó sobre su pecho. Su mano izquierda, anclada en la cabeza, se despegó de mi pelo y a paso lento me atravesó la espalda. Lo más natural sería decir que abrió la palma y me puso la mano en el culo, pero también es necesario decir que existen muchas maneras de que te pongan la mano en el culo y aquella mano, particularmente, fue sublime. Creo que se me inflamó el tacto. Su lengua salió de mi boca y se instaló en mi nuca. Un sonido mecánico —una especie de clic— interrumpió nuestra parodia de cine de madrugada. «¿Les molestaría si soy espectador?», dijo una voz conocida que, de la manera más brusca, forzó el aterrizaje. Vadier sostenía, guindada de su cuello, una de las cámaras de Luis. Caí en cuenta de toda la cuestión física:

saliva, aliento a Tosticos, dientes, dolor de garganta. Al reírnos como tontos nuestras bocas chocaron. Vadier reiteró: «¿Les molesta si los observo? Me gusta ser espectador». «¡El coño de tu grandísima madre, Vadier!», dijo Luis con sorna amenazante. Caminé con incomodad, como bañada en un pegoste. Cuando Luis me soltó, tuve la impresión de que mi vientre se había convertido en un embalse. «No, no. Por mí no se preocupen, sigan, sigan», dijo el *voyeur*. Luis me tomó de la mano y anduvimos por caminerías empedradas. Vadier, como un perro, saltaba delante de nosotros exponiendo teorías insensatas sobre el origen del mundo. Seguimos el rastro del humo. Llegamos a una especie de cabaña cercana al último pozo. El señor Carlos había preparado choripanes. «¿Cuántos son?», dijo el enigmático anfitrión. Eran, aproximadamente, las cuatro de la tarde.

3

Herminia era una mujer joven; adulta pero joven. Esperaba tropezar con una persona mayor, algún esperpento de más de cien años. Si, efectivamente, mi abuelo habitaba en aquel pueblo, me había hecho la idea de que su lugar de residencia sería algo parecido a un ancianato. Herminia llegó en una camioneta Van repleta de gente: una gorda con cara de lesbiana, un matrimonio treintañero y dos o tres personas más entre las que recuerdo a una morenita de ojos saltones. Luis, Vadier y yo esperábamos en la plaza al lado del borracho durmiente. Cuando llegó la Van pude ver que Carlos Varela se entrevistó con su esposa. Ella arrugó el rostro tras el cuestionario, parecía confundida. Se acercó a paso lento y nos saludó con retórica docente. Me preguntó, directamente, cuál era el objeto de mi búsqueda. Una vez más repetí el nombre de mi abuelo, un nombre que no le dijo nada. Me miró detalladamente. De repente, lanzó una interjección. Su expresión insinuaba que había comprendido el acertijo. «¡Ah, claro. Tú eres la hija de Alfonsito, ¿no?», dijo. *Alfonsito*, me dije. Existen diminutivos ridículos pero el de mi papá, sin duda, se lleva todos los premios. Nos dio la espalda y le gritó a Carlos: «¡Ella es la hija de Alfonso!». El bodeguero asintió risueño. También parecía comprender. Vadier y Luis me hicieron preguntas con sus miradas. «Vamos, entren a la casa —dijo Herminia con una sonrisa impostada—. Pronto conocerás a Lauren», me dijo en voz baja, aparte. Parecía burlarse pero sin malicia, como si manejara información importante. Al entrar al caserón escuchamos ruiditos de cascadas, pajaritos y animales raros. Vadier me contó que la gorda con cara de lesbiana había puesto un CD de meditación. «Princesa —dijo Luis en voz baja—, ¿qué mariquera es esta? ¿Quién es esta gente?». «No lo sé», dije. «¡Eugenia! —gritó Herminia desde el pie de una escalera—. Acompáñame, tengo algo para ti». El grupo de la Van, en medio del patio interno, encendió varios palitos de incienso y se sentó haciendo un círculo.

Subimos al segundo piso. Entré a una habitación desvencijada, llena de polvillo e iluminada por un viejo candil. Herminia abrió una gaveta de cómoda vieja y me entregó un sobre que, con letra familiar, decía: *Para Eugenia Blanc.* Me palpó el hombro. «Tómate tu tiempo, te esperaré abajo», agregó. Salió del cuarto. Me quedé sola. Abrí el sobre con ansiedad paciente. Además de una carta escrita a mano encontré, comidos por la polilla, un pasaporte francés vencido en

1972 y un *carnet* de la École Normale Supeérieure del curso 67-68. Los documentos pertenecían a mi abuelo, Lauren Blanc. La foto, en blanco y negro, dejaba ver a un hombre parecido a Alfonso; una especie de Alfonso con hepatitis. En medio del cuarto había un chinchorro, me senté y leí. Desde las primeras líneas tuve la convicción de que aquellas palabras me volverían mierda.

4

Eugenia:

Tu abuelo tenía una tienda de electrodomésticos en Chacao. A finales de los setenta fundó una sociedad comercial con un hombre llamado Pedro quien, de un día para otro, desapareció llevándose hasta la caja chica. Tu abuelo tenía muy mal carácter. Mi comunicación con él era tan fluida como la nuestra. No sé en qué lugar del mundo se encuentra mi padre. La última vez que hablé con él estaba borracho. Me dijo que había encontrado una puerta al infierno, que mandaría al mundo a la mierda y que se iría a conocer al demonio.

Con esta carta, Eugenia, pretendo hacer lo que Lauren nunca hizo; quiero darte una explicación, quiero tratar de justificar lo injustificable o tratar de ganar, si no tu perdón, al menos tu comprensión sobre ciertos asuntos.

Herminia Díaz es una buena persona. Ella me ayudó a continuar cuando sentí que no podía más; cuando, definitivamente, había asimilado que mi existencia era inútil. Herminia tiene un grupo de trabajo que organiza convivencias y terapias. Sé que todo esto te parecerá una estupidez, una afición de personas que no saben vivir y que se reúnen a contarse sus miserias. Sé que piensas que soy un fracaso. La verdad, no te he dado argumentos para que pienses otra cosa. La poca estabilidad que tengo la alcancé gracias a estas personas que me escucharon, me apoyaron y me dieron una oportunidad. Y eso, Eugenia, es lo único que te pido: una oportunidad. Sólo te pido que termines de leer esta carta, que no la tires a la basura. Después de que has hecho este viaje tan largo hasta las hermosas calles de Altamira, déjame contarte algunas cosas. No te pido más.

Ha sido muy difícil ser tu padre. Tienes un carácter imponente e intimidatorio. Nunca supe hablarte. Tu mamá tampoco sabe hablarte y Daniel, por lo que sé, tampoco supo hacerlo. Siempre me incomodó tu afán de superioridad. Tu mirada, con frecuencia, nos dice a la cara a todos los que te conocemos que la manera como hemos afrontado el mundo es ridícula y superficial. A lo mejor tienes razón.

Tu mamá y yo hicimos lo posible por darles lo mejor. No funcionó, lo sé. No sabes lo difícil que fue hacer un esfuerzo por pagar tu colegio; ese esfuerzo destruyó nuestro matrimonio. Tu mamá producía dinero regularmente. Yo, en ese entonces, sólo reunía cantidades insignificantes para mal llegar a fin de mes. Tu mamá quería que ustedes tuvieran una buena educación, católica por demás. A mí me daba lo mismo, prefería inscribirlos en un colegio barato, cualquiera; un lugar en el que, simplemente, pasaran las mañanas. Tu mamá impuso su criterio. Casi toda tu educación primaria y la de tu hermano fue un esfuerzo económico de ella. Eugenia sacrificó muchas cosas que para mí eran innegociables. Eugenia dejó de soñar para darles una oportunidad; se adaptó al mundo real mientras yo seguí inventando historias en las que no creía nadie. Siempre procuramos que no les faltara nada, que tuvieran la ropa que quisieran, que no les faltara comida, que tuvieran el último celular, el último aparato de música. Eugenia y yo nos empeñamos en ustedes pero es evidente que, en algún momento, algo salió mal. Nunca estuvimos a la altura. Nunca te escuché, nunca escuché a tu hermano. A mis treinta y tantos años seguía pensando como un niño.

Al final, terminé siendo como Lauren. Y si algo juré en mi vida es que nunca sería como Lauren. Tu abuelo era un hombre muy egoísta. Sólo pensaba en sí mismo. Mi mamá y yo éramos un lastre en el que él descargaba sus frustraciones, su complejo de europeo de segunda. Lauren estudió Antropología en París pero nunca se graduo. Tenía ínfulas de sabio y erudito. Nunca tuve argumentos para refutarlo ni para poner en evidencia su pose de falso intelectual. Llegó a América en el año 1968. Supuestamente, recibió una beca para realizar estudios antropométricos en las olimpiadas mexicanas. Nunca regresó a Francia. No sé cómo ni cuándo llegó a Venezuela. Sé que tuvo problemas serios en algunas universidades. Aparentemente, plagió trabajos y ponencias. En Caracas tuvo suerte. Su apellido francés y sus credenciales caducadas de universidades europeas le abrieron las puertas en instituciones que, habitualmente, desprecian a los Pérez, los González, los López y a muchas personas que han realizado sus estudios en este país. Lauren era un hombre problemático. Su temperamento le hizo fracasar en la academia. Finalmente, tras un acuerdo raro, montó el negocio de electrodomésticos con el viejo Pedro, el único amigo que le recuerdo y quien, de un día para otro, lo estafó.

Lauren se fue. Lauren estuvo presente cuando me casé con Eugenia; luego, cuando Daniel tenía tres meses se apareció en la casa. La última vez que lo vi tenías un año y medio. Recuerdo que le mordiste un dedo. Algunas navidades llamaba borracho y acongojado, decía incoherencias, preguntaba por tu abuela —quien murió de diabetes en el ochenta y algo— y, antes de trancar, me insultaba por cualquier cosa. La última vez que hablamos fue cuando ocurrió lo de Daniel. Llamó desde el Perú. Estaba ebrio o drogado, no lo sé. Acababa de enterarse por un conocido que su nieto había muerto.

Ése fue el día que me dijo que mandaría el mundo a la mierda y se iría a conocer el infierno. Es lo que te puedo contar de él. No sé mucho más. Éste es el hombre cuyo apellido podrá salvarte. Créeme que si hubiera podido cambiar mi apellido francés por el de una persona que, sencillamente, se hubiera tomado la molestia de darme algo de afecto lo habría hecho sin conflicto. Pero otro apellido, en este momento, no podría hacer nada por nosotros. Si el apellido de Lauren puede servirte de algo, entonces que lo haga. Ése es uno de los motivos de esta carta, Eugenia. Déjame ayudarte. Déjame hacer algo por ti.

Sé que nunca podrás perdonarme por lo que ocurrió aquella tarde. Todos los días recuerdo lo que pasó. Mi conciencia se ha convertido en mi mayor desgracia. Nada más pensar que pude haberte hecho daño —más daño del que ya te he hecho— me genera unos cuadros de ansiedad que no me dejan dormir. De no ser por el grupo de Herminia, creo que no estaría contándote todo esto. Sólo puedo decir que aquel hombre no era yo. Estaba solo, desesperado y angustiado. ¿Alguna vez has sentido un ataque de desesperación? No es una justificación, insisto, sólo quiero contarte cómo me sentí y cómo me siento al respecto. Ni siquiera Dios podrá perdonar lo que hice, por lo que, me imagino, es probable que algún día vuelva a tropezarme con tu abuelo.

Me quedé pensando en lo que me comentaste sobre tu nacionalidad francesa. Creo que puedo ayudarte. Tramitarla desde acá será complicado pero podemos inventar algunas estrategias. Actualmente, trabajo con el gobierno. Estoy en el Ministerio de la Cultura, mi oficina está en la antigua sede del Ateneo. No estoy orgulloso de lo que hago pero es lo único que puedo hacer. Nunca fue tan fácil ganar dinero haciendo tan poco. Te propongo lo siguiente: busca en Internet algo que te interese, una carrera, una especialización, un curso. Puedo conseguirte sin conflicto alguna una beca de la Fundación

Ayacucho. Tendrías, en principio, un visado de estudiante y, estando en Francia, usando los documentos de Lauren y rastreando el apellido, puede que sea más fácil tramitar la nacionalidad. Tengo amigos en el Ministerio del Exterior. Te daré todas las facilidades para que hagas lo que quieres, para que te largues de este país enfermo. Piénsalo y hazme saber tu decisión. No sabes lo feliz que me sentí el día que me dejaste aquel mensaje, el día que nos vimos en El Rosal.

Ojalá fuera fácil contarte lo que ha sido mi vida. Ojalá no me juzgaras tanto. Tu mirada es muy cruel, siempre sentí que te burlabas de mí, que mi visión del mundo te parecía infantil y ridícula. Nunca te conté que el primer dinero que llevé a mi casa —en una de las prolongadas ausencias de Lauren— lo gané cantando en un local. Luego, un empresario me llevó a RCTV donde participé en varios concursos. Ahí conocí a tu mamá. Teníamos muchos sueños, Eugenia. Hoy, cuando la veo, cuando hablo con ella, me pregunto cómo fue posible que nos hubiéramos planteado hacer una vida en pareja. Me imagino que Eugenia se pregunta lo mismo. A veces pienso que soy su más hondo arrepentimiento. Te diría, incluso, que la frialdad que Eugenia proyecta sobre ti —y la que proyectó sobre Daniel— tiene que ver conmigo. Cuando Eugenia te ve, me ve a mí y eso, probablemente, refuerza su amargura.

Muchas personas nos engañaron y utilizaron. Al final, conseguí algo estable en Venevisión pero, para entonces, ya tu mamá tenía un buen trabajo. Ganaba el triple que yo. Rápidamente, se enamoró de otra persona. Yo, con treinta y tantos, seguía pensando que algún día sería famoso, que protagonizaría una novela, que ganaría un Meridiano de Oro o un Ronda —unos premios gafos que desaparecieron hace tiempo— o que popularizaría una canción en la radio. Tenía fe ciega en un talento que exageré y con el que me engañé durante mucho tiempo. Un talento en el que creyó mi mamá, y que, alguna vez, enamoró a Eugenia pero que el tiempo se encargó de poner en su sitio. Me convertí en la burla de todos mis compañeros de trabajo. Sin embargo, la burla que más me hizo daño fue la tuya. Un día, un supuesto empresario de Sonográfica me ofreció participar en un disco compilatorio. Yo tenía gripe, entonces. Lo único que se me ocurrió fue invitarlo a la casa a proyectarle un horrible video en el que aparecía participando en un concurso. Tu mamá, desde un principio, me dijo que esas personas estaban jugando conmigo. Sin embargo, yo les creí. Tuve que pagar para conseguir una entrevista con otro empresario fantasma. Fueron cuatro o cinco veces a la casa a ver la película. Tiempo después, alguien me contó que lo hacían para burlarse, que se reunían en un bar para hacer chistes, pero lo que más me dolió fue escucharte a ti y a Daniel diciendo que yo los avergonzaba. Dijiste que te daba pena que yo te llevara al colegio. Entré al cuarto y te vi a los ojos, ¿recuerdas? Daniel se puso nervioso y salió. Tú me miraste de arriba abajo y me preguntaste qué quería. Desde que eras una niña has tenido esa mirada severa e implacable.

Y sí, Eugenia, mi vida no ha sido gran cosa. Aposté por algo y perdí. Tuve una oportunidad y la dejé pasar. Tuve dos hijos maravillosos y nunca los conocí. Uno se me murió y la otra me odia. Ojalá nunca cometas los errores que yo cometí. Si lo necesitas, Herminia puede ayudarte. Sé que no hablarás con ella. Seguro te parece una persona ridícula que dirige un programa de ayuda para tontos. Milagros, una amiga suya, trabaja con adolescentes en Caracas. Sé que ella te puede resultar más útil que el doctorcito Fragachán al que, por más de trescientos mil bolívares, te lleva tu mamá cada quince días. ¿Alguna vez te preguntaste cuánto cuesta Fragachán o, por ejemplo, cuánto cuesta el curso propedeútico? ¿Sabes que tu mamá rechazó una oferta de trabajo en Bogotá porque pensaba que la mudanza le haría daño a Daniel, porque creía que lo mejor para ti era que continuaras con tus amigos de siempre? La vida es difícil Eugenia. Es fácil criticar y juzgar cuando no se hace ningún sacrificio. No seas tan dura con tu mamá. Sé que ella es una persona difícil pero te puedo garantizar que, alguna vez, fue una mujer encantadora, llena de vida e ilusión por ustedes, por nosotros, por nuestra profesión frustrada. Nosotros fracasamos. Yo fracasé. En este país, lo natural es perder. Por esa razón, hija, entiendo que quieras irte a probar suerte en otra parte. Vete, Eugenia. Tendrás todo mi apoyo. Me parece una decisión muy acertada. Este país se jodió, está acabado. Lárgate y trata de hacer tu vida en un lugar normal.

Te he contado mucho y tengo la impresión de que no te he dicho nada. Perdóname por engañarte así, por inventarme Altamira; sentí que era la única forma que tenía para poder llegar a ti. El viaje abre las puertas del corazón, leí alguna vez en un almanaque y, por esta razón, se me ocurrió aprovecharme de tu decisión de encontrar a tu abuelo para poder decirte algo. Sé que tu corazón, más que puertas, tiene rejas, candados, garitas y sistemas de vigilancia. Ojalá, de alguna forma, aunque haya sido sólo por un momento, me hayas permitido llegar a ti. No pasa un día en el que no te piense, no pasa un día en el que no me arrepienta por todo, no pasa un día en el que no tenga el deseo violento de volver a comenzar, de empezar mi vida en el momento en que una enfermera me puso en las manos a Daniel o cuando, tiempo más tarde, apareciste en una complicada cesárea. Sé que esto te parecerá ridículo y trillado pero debo decírtelo, yo lo sentí así: eras la niña más hermosa que había visto nunca; tenías unos ojos inmensos por los que sentí el más grande y honesto de todos los orgullos. Luego, Eugenia, no sé qué pasó. Todo se perdió. He tenido una vida de mierda. Te perdí, te hice daño, me fui y sólo aparecí una mala tarde para convertirme en una pesadilla. Si has llegado hasta acá, gracias por escucharme —por leerme—. No te he dicho todo lo que quería decirte pero, en cierta forma, me siento libre.

Toma una decisión sobre tu futuro y avísame. Te anexo a esta carta dos de los documentos de Lauren; fueron los únicos que encontré. Lamento que no hayas conocido a tu abuelo; espero que el encuentro conmigo no haya significado una decepción. Te deseo todas las bendiciones del mundo. Cuídate. Cuenta conmigo para lo que se te ocurra. En estos momentos sé que, al menos económicamente, puedo ayudarte. Sé que no te gustan las sensiblerías; espero que no me juzgues ni me critiques por decir abiertamente que te amo y que espero que algún día puedas mirarme a la cara sin sentir miedo, desprecio ni lástima.

Tu papá, A.

Mal de páramo

1

«Maneja tú, princesa, no me siento bien», dijo Luis. Abrió la maleta del Fiorino y se acostó. El cielo no era azul ni gris ni blanco; parecía un cielo con anemia. Vadier conversaba con Maigualida. Me dolía el cuello. Aquel sueño intranquilo agravó mi escoliosis. Dormí en posición fetal asumiendo que nacería con fórceps y preclampsia. La mañana trajo la metamorfosis, Luis decidió encerrarse en su cápsula: impenetrable, intratable, inmamable. Desperté empotrada en sus brazos, usando sus zapatos como almohada. Pasamos la noche en el Fiorino. La fuga de Altamira nos devolvió hacia los lados de Barinitas. La oscuridad, el faro roto y la niebla fueron argumentos a favor del retorno. Barinitas, a fin de cuentas, sólo estaba a veinticinco minutos del pueblo. En el camino, camioneros y borrachos pusieron a prueba los reflejos de Luis. Según me contó, la migraña le había explotado detrás del ojo derecho. Cuando llegamos al motel de Maigualida el portón estaba cerrado. Un ritmo de merengue, sin embargo —Elvis Crespo gritando «Píntame»—, nos invitó a entrar por la puerta lateral. La gorda nos recibió con cariño. Nos dijo que, lamentablemente, el motel se había llenado esa noche pero que podía abrirnos el portón para que estacionáramos el carro. Nos dio una cerveza a cada uno y nos invitó a entrar a su casa donde le picaban una torta a un extraño. La cabeza de Luis ardía; sus sienes titilaban. Con el sudor helado de las latas procuraba bajar la fiebre. Le dolía la luz en los ojos. «Maldita carretera», dijo. En mi cartera –probablemente vencidas–, encontré dos aspirinas. Se las di y se acostó. Vadier y yo estuvimos un rato en casa de la gorda. Ninguno de los dos mencionó nada sobre lo ocurrido en Altamira. Cuando regresamos al Fiorino encontramos a Luis en el asiento delantero escuchando «Visions of Johanna», se sostenía la cabeza con las dos manos y, con sus pulgares, improvisaba círculos en la frente. Aquella noche hablamos poco. No hubo chistes, no hubo clases magistrales sobre asuntos inútiles ni explicaciones plausibles sobre la fuga. Vadier se echó en el asiento del piloto. Luis y yo nos acostamos atrás. Dormí sin sueños: un fondo negro, intransitivo. De repente, la luz. Abrí los ojos con torpeza; el mundo no tenía foco ni forma. Mi cervical hizo un ruido seco; sentí dolor en la espalda. Mi mano derecha permanecía dormida. En mi tránsito al mundo, encontré los ojos de Luis. Traté, en vano, de tocar su cara con mi palma pero parecía tenerme fobia. *Maldito infeliz*. No sabía cómo confrontar sus mudanzas de carácter. Luis Tévez, afectivamente hablando, me había convertido en una malabarista de semáforo. Las palabras de Alfonso, además, ponían sal gruesa y alcohol en cada una de mis llagas. «¿Qué pasa?», pregunté en voz baja. Vadier se tiró un peo; se volteó sobre su lado derecho y se acuclilló en su puesto. «¿Qué hora es?». «No sé, tú sabrás», respondí mirándolo con cara de huelga, de tregua, de *basta ya*. Observó el reloj en su muñeca. Abrió el maletero con una patada y salió. Me hizo daño al levantarse; su cinturón arrastró mi cabello. Grité por el dolor físico. Cerró la puerta sin preguntarme cómo estaba ni qué había pasado. Estuvo, por lo menos, veinte minutos fuera del motel. Supuestamente bajó al abasto a comprar cigarros. «Maneja tú, princesa, no me siento bien», dijo al regresar. Abrió la puerta y despertó a Vadier que, en Dolby, roncaba abrazado al volante. El tetrapolar dio un salto y se acomodó en el asiento del copiloto.

¿Cómo se supone que iba a manejar la carretera trasandina? No me gusta manejar, creo que no sé hacerlo. Natalia siempre se burló de mi torpeza sincrónica y mi incapacidad para estacionarme. Siempre he pensado que un volante es una cosa animada y peligrosa. Yo, para entonces, sólo había manejado el Corolla de Eugenia. El Fiorino parecía ser mucho más complicado; las cuatro cuadras de Maracay en las que le volé el *stopper* a una Explorer, habían sido efecto de una situación desesperada. Me imaginé que nunca lograría mover aquel perol. La carretera tenía fama de ser peligrosa; sus barrancos estaban repletos de crucecitas que *taggeaban* a la gente en el vacío. «Tú no le pares bola –dijo Luis–. No es tan complicado». Bob Dylan dictó las coordenadas: «4th Time Around».

La montaña, como *bonus track*, incluyó frío. Fue Vadier, tras despabilarse, el primero en comentar nuestra escandalosa fuga de Altamira. «¡Coño, qué bolas, nunca fue mi intención joderle la rumba a esos panas –dijo con risa nerviosa–. ¿Qué coño iba a saber yo que esa gente era alcohólica?». El pedal quedaba lejos. Debía sentarme en la punta del asiento y abrazar la rueda. Durante las primeras curvas toda mi concentración estuvo afincada en la estrechez de la vía. Vadier expuso distintas hipótesis sobre el escándalo de Altamira pero, empeñada en no salirme del camino, no le presté atención.

2

La memoria, por sí sola, traía extraños fragmentos: leí la carta de Alfonso dos o tres veces. Volví al patio y me senté en una hamaca polvorienta. Herminia y su grupo hacían terapias ridículas: inflaban bombas, las colocaban a nivel del pecho y luego se abrazaban hasta hacerlas estallar a presión. Eso, supuestamente, era un ejercicio que fortalecía la confianza mutua. «¿Quién coño'e madre puede tomarse en serio semejante pendejada?», le pregunté a Luis cuando salimos al patio. Él no respondió. Frente a mí, apareció Vadier abrazándose con la gorda Milagros y haciendo explotar una bomba amarilla –Milagros, la especialista en adolescentes a quien Alfonso pretendía que le contara mi vida, no era otra que la gordita con cara de lesbiana–. *Lo peor que le puedes decir a un adolescente es, justamente, adolescente*, me dije. La carta de Alfonso sacó lo peor de mí. Estaba incómoda, bruta, vulnerable y apática. Herminia se acercó, brindó dulces sin azúcar y nos invitó a participar en los juegos didácticos. Dijo con sonrisa sensiblera que el siguiente ejercicio consistía en escribir nuestros defectos en un papelito para luego leerlos en voz alta. La idea era compartir las debilidades comunes con el fin de transformarlas en fortalezas. «¡Sácame de aquí, por favor!», le pedí a Luis tras sufrir un ataque de desesperación e intolerancia. «Es tarde, princesa, está oscuro –dijo tranquilo– El Fiorino tiene el faro jodido. Lanzarse así pa'Mérida es una locura. A menos que...». «Sí, dale, lo que sea, no importa». «A menos que regresemos a Barinitas», completó. Carlos Varela puso un CD de Enya. Los *scouts* nos invitaron a cerrar el círculo. Vadier, al fondo, se puso a hacer juegos de palmadas con la morenita de ojos saltones. *El coño'e su madre*, me dije al escucharlo: «A de amarillo, M de morado, O de oro, R de rosado, eso significa amor apasionado», cantaba el infeliz, lo más insólito era su risa honesta. «¿Quieren algo?», preguntó Herminia quien, de repente, se apareció a mi lado. Dijo, además, que habilitaría uno de los cuartos para que pasáramos la noche. Agradecí el gesto pero le expliqué que unos amigos nos esperaban en Barinitas. «¿Cómo estás?», me preguntó escudriñándome como si fuera una niña índigo. «Bien», respondí sin ganas, por mera cortesía. «¿Quieres hablar?». «No, gracias. No quiero hablar ahora». Permaneció a mi lado un rato, me contó que aquella casa había pertenecido a su familia durante muchos años. Herminia, su mamá, estaba internada en un hospital de Mérida por severos problemas de memoria. «Tu mamá también se llama como tú, ¿no? ¡Qué casualidad», me dijo. Maldije a Alfonso, maldije mi ingenuidad. Sonreí falsamente. Fingí un ataque de tos y le di la espalda. En el patio central, el grupo conversaba con aires de rumba *light*. Carlos Varela entregó papel y lápiz a cada uno de los participantes. Vadier, quien parecía conocerlos desde que era niño, se levantó tras contar un chiste y le pidió a Luis las llaves del Fiorino. Luis, bastante confundido por el entorno, las buscó en su bolsillo y se las lanzó. «¿Qué te pasa, princesa? ¿Qué decía esa carta?», preguntó contrariado. No tuve tiempo de responder. La fiesta terminó tres minutos más tarde cuando Vadier regresó al patio y puso sobre una mesa de vidrio una botella de Etiqueta Azul. «La rumba está bien buena —dijo—, pero esta partida está seca —preguntó, entonces, a Carlos Varela—: Muerto, ¿quieres misa?». Sobrevino un silencio de iglesia. La morena de ojos saltones se tapó la cara. Herminia salió corriendo y tapó la botella con una toalla. «¿Qué pasó?», preguntó Vadier. La mujer del matrimonio treintañero se puso a llorar y salió corriendo hacia uno de los cuartos. Carlos Varela se puso blanco. «Luis, por favor, sácame de aquí», supliqué arrastrándolo a la calle. Tuvimos que esperar a Vadier en el Fiorino durante, aproximadamente, quince minutos. Apareció ahogado por la risa. Tras el escándalo, su amiga morena le contó que aquella terapia estaba coordinada en conjunto con integrantes de Alcohólicos Anónimos. Se suponía que, tras aquel fin de semana en Altamira, ellos debían hacer un balance sobre los trescientos días que habían pasado sin tomar alcohol. Aquella Blue Label, sin nosotros saberlo, destruyó meses de terapia y psicoanálisis. Vadier nos contó que, al caer en cuenta del desastre, pidió disculpas. Herminia le dijo que no se preocupara pero, claramente, el mal estaba hecho. Todos los *scouts* se fueron a sus cuartos. El Fiorino arrancó bajo la noche. Cuando llegamos al desvío en el que se anunciaba la salida hacia Santo Domingo apareció un niñito pidiendo cola. Vadier dejó de reírse. Se persignó, le pidió a Luis que, por favor, siguiera de largo e hizo promesas imposibles ante la calcomanía de la Rosa Mística. Llegamos a Barinitas a la medianoche.

3

Luis se quedó dormido. Quitamos el casete de Dylan y Vadier, indistintamente, se paseó por mi iPod. Poco a poco, impuse mi ritmo al carro. La dirección temblaba, por lo que había que agarrar el volante con fuerza. El acelerador del Fiorino era una pieza artesanal. Había que pisar en el centro para evitar que el pie patinara sobre la plataforma. La pieza deforme, tras media hora de camino, me provocó un calambre. Mi pantorrilla ardía y el tobillo claqueaba cada vez que debía saltar del acelerador al freno. El dedo pulgar de mi mano derecha se volvió ampolla. Escuchando La Oreja de Van Gogh llegamos a Santo Domingo.

Vadier es el tipo de persona con el que se puede hablar de cualquier cosa, de lo más trivial a lo más profundo, de lo más alegre a lo más trágico; de lo filosófico a lo más ordinario. Nuestra amistad ocurrió durante ese viaje, se formó de repente y cuajó. Su cara, por lo general, aparece en mi memoria con un fondo de escritorio rural: picos lejanos, manchas de nieve, frailejones moribundos, niñitos de cachetes rosados. Mi amistad con Vadier siempre fue un libre fluir de la mala conciencia: un decir cualquier cosa, un diccionario de incoherencias, de humor selectivo y crueldades graciosas. Además, Vadier era un iPod humano; se sabía todas las canciones al caletre, en español o inglés; era un perito farandulero, un cronista *vogue*. Hay canciones que nos recuerdan a ciertas personas. La música puede ser una máscara o un casco con el que algunos posan en el álbum fotográfico del tiempo. Sé, por ejemplo, que Bob Dylan escribió «Visions of Johanna» para Luis. Es así en mi universo y, a fin de cuentas, es el único que me importa. Vadier, por su parte, es un *random*. Un *collage* aleatorio de baladas, pop, *fusion*, etc. La carretera trasandina nos hizo apropiarnos de un repertorio que ha desaparecido, que la velocidad del siglo ha condenado al ostracismo. Luis tenía razón. Aquellos grupos, mis grupos, son patrimonio del olvido. Dylan, en cambio, tiene distintos santuarios. Vadier cantó temas de Juanes, Alejandro Sanz y Álex Ubago. No tenía un estilo propio, imitaba los gañotes de los intérpretes exagerando sus carencias. Recuerdo que entre curvas y brisas cantamos a dúo «Te lo agradezco, pero no»; fue divertido; fue su *track* 1, nuestra pieza más comercial. Sus dedos rodaban por el iPod mientras gritaba cosas como «¡Qué vaina tan arrecha, Eugenia!», «¡Qué de pinga!». Luego pulsaba *play*, sacaba la cabeza por la ventana y, como una Heidi con problemas de identidad sexual, le cantaba a la montaña. Luis dormía en el maletero. Sonaron muchos temas. Escuchamos, dos o tres veces, mi *track*: «Peter Pan» de El Canto del Loco. Vadier no se la sabía muy bien y sólo repetía el final de los coros. Hacía frío. Subir las ventanas del Fiorino no era fácil ya que había que hacerlo a presión. De todo aquel concierto *road* recuerdo una canción en particular. Vadier, palpando el iPod, comentó: «The Fray. ¡Uf, Eugenia, esto es un palo!». El tablero de corcho se convirtió en piano. Improvisó los acordes iniciales. Fue, incluso, afinado en su *performance*. No imitó al cantante, parecía recitar para sí: *Step one you say we need to talk. He walks you say sit down it's just a talk, he smiles politely back at you* (0:20). El retrovisor me mostraba un pie de Luis apoyado en la ventana rota. *You stare politely right on through, some sort of window to your right. As he goes left and you stay right. Between the lines of fear and blame, and you begin to wonder why you came* (0:40). Bajó la voz, parecía susurrar. Volví a mirar el retrovisor y me perdí en el tobillo de Luis. *Where did I go wrong, I lost a friend, somewhere along in the bitterness, and I would have stayed up with you all night. Had I known how to save a life* (0:56). El pianito cursi y la canción *algorosa* me hicieron reflexionar sobre mi historia personal. La carta de Alfonso, como la correa del papá borracho que nunca tuve, me dejaba huellas en la espalda. Cada palabra de mi viejo era un ladrillo, un arma blanca.

Mi relación con Luis, por otro lado, se había convertido en un juego de azar cuyas reglas desconocía y en el que, por lo general, no me acompañaba la suerte. Me sabía perdida en el espacio, débil. Sentí pesar por su inseguridad, por su confianza vacilante. Quise hablar con Vadier; sin embargo, parecía inspirado: *Where did I go wrong, I lost a friend, somewhere along in the bitterness, and I would have stayed up with you all night. Had I known how to save a life* (1:51). Nunca me ha gustado compartir las desgracias. La canción terminó y Vadier me dijo que ese tema, esa serie en particular —la canción pertenecía al *score* de *Grey's Anatomy*— le recordaba a una persona. Daba la impresión de que no quería profundizar en el asunto. Cada quien protagonizaba su propia tragedia.

Con Vadier, por fortuna, era fácil distraerse. Hablamos de asuntos mundanos y ordinarios. No sé cómo, por un rebote de la plática, apareció la gorda Maigualida. Le pregunté si, efectivamente, había tenido algo con ella. «No —gritó incómodo—. Es sólo una persona que quería hablar, una amiga. Las mujeres siempre piensan que uno lo único que quiere es cogérselas. —No respondí. Él continuó su ponencia—. La gente, en la mayoría de los casos, preferiría tener alguien con quien hablar antes que un güevo o unas tetas que chuparse, ¿no te parece?». «Puede ser, no sé». iPod. Artista> Melendi> *Curiosa la cara de tu padre*>«Un violinista en tu tejado». «Yo creo que la cuestión sexual se exagera —dijo—. Se supone que el ser humano ha estado tirando desde hace, por lo menos, treinta siglos. Ahora pareciera que es una vaina nueva, arrechísima, un invento de la publicidad. ¡Una mierda, Eugenia! —levantó el dedo índice de su mano derecha como si estuviera dictando cátedra—. La humanidad se ha mamado infinitos güevos y se ha chupado infinitas cucharas». Me reí de su aforismo. «Parece una frase de almanaque, de esas que dijo algún carajo arrecho», dije. «¿Einstein?». «Sí, ése o Newton o Da Vinci o qué se yo qué pendejo». «Creo que mis amigos, este bolsa incluido —dijo señalando a Luis—, te han dicho que soy tetrapolar. A estos carajos les gusta hablar paja. No soy tetrapolar un coño. Yo sólo pierdo la cabeza en ocasiones por andar mezclando vainas. Lo que sí podría decirte es que soy tetrasexual. Yo le hago *swing* a todo, le meto mano a lo que venga». «¿Tetrasexual, de qué coño hablas?». «Mujeres, hombres, BDSM y objetos inanimados. Cualquier vaina es buena». «¡Qué *nasty*!». «Es verdad, me gusta todo, cada modalidad tiene su encanto». «¿Has estado con tipos?», le pregunté con asquito y curiosidad. «Sí, dos o tres veces. ¡Arrechísimo!». «¿Pero también te gustan las carajas?». «Sí, algunas, no todas». «¿Y qué te gusta más?». «Me gustan por igual. A veces las carajas y a veces los tipos, depende de la ladilla, depende del día, depende de lo que me pique, si me pican las bolas las tipas y se mi pica el culo, entonces, los tipos. La mariquera puede resultar fascinante».*Y no lo entiendo, fue tan efímero, el caminar de tu dedo en mi espalda dibujando un corazón y pido al cielo que sepa comprender, esos ataques de celos que me entran si yo no te vuelvo a ver* (0:50). «A ver, explícame», le dije riéndome. «Al principio, dar el culo es arrecho. Uno piensa que esa vaina no es pa'eso. Duele una bola pero, de repente, todo cambia, el dolor pasa a ser placer; la vaina es arrechísima. ¿Sabes por qué?». «No, Vadier, no tengo idea». *Le pido a la luna que alumbre tu vida, la mía hace ya tiempo que yace fundida, por lo que me cuesta querer sólo a ratos, mejor no te quiero, será más barato, cansado de ser el triste violinista que está en tu tejado* (1:09). «Porque los hombres tenemos un clítoris interior. Un órgano que genera un placer que las mujeres nunca podrán imaginar: la próstata». «Verga, qué grotesco eres; coño'e tu madre». «Es verdad, ¿por qué crees tú que hay tanto marico en el mundo? El golpe fuerte –seco o húmedo– contra la próstata es algo especial; se te voltean los ojos y te cagas de la risa, la vaina te hace recordar el día que naciste». «¡Ya, *enough!*». «¿Tú no has dado el culo, Eugenia?». «No, Vadier, no. No he dado el culo». Una ranchera verde viajaba delante de nosotros a diez kilómetros por ahora. El sendero era estrecho y llovía. Imposible pasarla. «Algunas mujeres se tripean la vaina. Con un buen lubricante es de pinga pero, créeme, hay diferencias significativas entre el culo de un hombre y el culo de una mujer y, bueno, el sado es otro peo». «Vadier, por favor, no me interesa conocer tus historias *bondage*, esa parte puedes obviarla. Tus experiencias gay ya fueron suficientemente desagradables». «Y, bueno, por último: objetos inanimados. Es de pinga meterse vainas o cogerse muñecas inflables». «¡Coño'e la madre!», comenté resignada ante su prontuario. Melendi, por su parte, gritaba cómo crecían los enanos de su circo. «¡Debe ser que tú no te metes vainas!». «No, Vadier, te lo juro, no me meto vainas, nunca me he metido nada». «¿Pero sí te masturbas?». «De bolas que me masturbo, todo el mundo se masturba, pero entre tocar y meter hay pequeñas diferencias». «Mientes, lo sé». «Ajá, sí, está bien, si tú lo dices». «Mel me contó que te compraste un Muffin Mucker». «¿Un qué?». «Un vibrador Jelly de 19x4, con vibración y rotación. Te pillé, di la verdad», denunció. «Esa mierda se la quedó Natalia, ni siquiera la vi». «No te creo. En fin, allá tú con tu conciencia». «Hay mucha mierda en mi conciencia, Vadier, pero, créeme que no hay aparatos, ni güevos de plástico, ni pepinos, ni bates, ni vainas raras». «¡Tú te lo pierdes! —me dijo—. Deberías experimentarlo, es muy de pinga». Reincidía, finalmente, el coro de Melendi: *Mientras rebusco en tu basura nos van creciendo los enanos, de este circo que un día montamos pero que no quepa duda, muy pronto estaré liberado, porque el tiempo todo lo cura, porque un clavo saca otro clavo, siempre desafinado...* (3:27). «¡Coño, quiten esa mierda¡ ¡Qué basura!», gritó Luis desde el cajón. Asomó la cabeza preguntando por Dylan. Sus ojos estaban rojos y llenos de lagañas. Llegamos a un pueblo llamado Apartaderos.

4

Todo sucedió muy de prisa. El camión hizo cambió de luces. Sus ojos me miraban como diciendo adiós; un adiós infantil, de manos pequeñas que ensayan despedidas. Concierto de cornetas y frenazos. La taza de chocolate caliente temblaba entre mis dedos. Vadier regresó a la mesa. Tenía sangre en el labio. Dijo que todo estaba bien, que Luis se había quedado dormido en el Fiorino. La memoria es un juego violento en el que, en ocasiones, el silencio hace ruido. Mi cabeza era una vecindad, una junta de condominio. Traté de llevar la taza a mis labios pero el temblor inutilizó mi esfuerzo. «No es la primera vez que pasa —dijo Vadier—. Tenemos que hablar de Bélgica».

Tras aquel episodio, el dolor de cabeza fue brutal. Un martillo invisible hundía clavos de punta roma sobre mi sien izquierda; luego una cacha ficticia hacía presión sobre mi frente para retirarlos y, nuevamente, volverlos a clavar. Mis valores, supongo —las transaminasas, la presión, las plaquetas, etc.—, se alteraron aquella tarde; todo aquello que sirve para algo redujo su productividad. Apartaderos, probablemente, me provocó un cáncer del que, a falta de tomografías y síntomas visibles, aún no me han dado noticia. En ningún momento pensé que podría ocurrir lo que ocurrió. Aunque era una situación en cierto modo predecible, no la esperaba, no así. La decisión de Luis me tomó por sorpresa. Creo que paramos por hambre, no lo recuerdo. Él estaba irascible. Antes de orillar el carro al frente de una tienda cuya fachada ostentaba ruanas, toallas, platicos de arcilla, cerámicas y recuerditos maricones —así los llamaba Vadier—, ordenó poner el casete de Dylan. Luego nos dijo que Melendi era un delicuente que merecía ser juzgado por crímenes de guerra y que La Oreja de Van Gogh era una banda de vendedores de humo. «¿Qué pasó en Bélgica?», pregunté. Vadier pidió un con leche grande. Encendió un cigarro. Un gordito virolo nos llamó la atención y, tratándonos de usted, nos dijo que estaba prohibido fumar. Nos bajamos del carro. Vadier se compró una ruana marrón con cuadritos color pastel. Luis se perdió entre una multitud de ancianos turistas quienes, probablemente —en su mayoría— disfrutaban de sus últimas vacaciones. Vadier, intuyendo mi preocupación, me dijo que lo dejara solo: «Ya se le pasará, no le hagas caso». El amor me hacía frágil; aquel juego de ensayo y error me provocaba un profundo desgaste. Traté de ignorar su altivez pero, inevitablemente, estaba alienada. «¿Conociste a Lisette?». «¿A quién?». «Lisette —replicó Vadier— la primera novia de Luis». «No, ni idea». «Creo que Lisette está en Houston con su familia o en Atlanta, no sé». Vadier parecía hablar para sí mismo. No era el Vadier habitual: burlón, fanfarrón, teórico; parecía un hombre débil, un muchacho gafo. Tenía los lentes en las manos; su pelo tenía restos de hojas y agua de charco. «Vadier, ¿qué pasó en Bélgica?».

Luis estaba sentado en una baranda de madera contemplando a boca abierta la promiscuidad de la montaña. «Y, ahora, carajito, ¿qué coño te pasa?», le pregunté. Enrollé su cuello entre mis manos. Hizo un movimiento arisco pero no opuso resistencia. «No puedo seguir en esta mariquera de aguantar tus pendejadas de día y caerte a latas de noche. Dime lo que te pasa. ¿Cuál es el peo?». No respondió. Botó el humo con muecas, como tratando de hacer figuras. «Ya te lo he dicho, princesa, yo no valgo una mierda. Más temprano que tarde te darás cuenta».

«El viejo Armando internó a Luis en una especie de locódromo. Luis estuvo, aproximadamente, siete meses hospitalizado. Había tenido dos intentos de suicidio y, además, era adicto a una vaina que llaman Tegretol, algo así. Se tomaba esa mierda como si fuera kolita».

«Princesa, no me pares bola. Mi peo no es contigo. No quiero cagarla; no quiero hacerte daño. Lo mejor que puedes hacer es olvidarte de mí; yo no soy el tipo. Seguramente Jorgito es más arrecho». Se salió de mi abrazo. «Hace frío, ¿no?», comentó. Sus ojos no decían nada; parecía no estar ahí. Tenía el rostro de un espectro sobre el cual hacían chistes otros espectros; un fantasma tonto, disfrazado con sábanas blancas.

«¿Recuerdas lo que te conté sobre Praga, la historia del tranvía? —afirmé en silencio—. Aquello no fue un accidente. Estoy convencido de que Luis tenía la clara intención de clavarse contra esa mierda. Yo estaba agüevoneado y no me di cuenta. Floyd, por fortuna, pilló la vaina. Cuando los psiquiatras le dieron de alta dijeron que estaba bien. Algunos doctores, incluso —supuestas eminencias europeas con apellidos latinos—, redactaron un informe en el que decían que el cerebro del pana estaba repotenciado. Y, la verdad, yo lo vi bien. Él y Floyd se quedaron algunas semanas en Europa. Ahí nos encontramos. No volvió a mencionar a Lisette, pero, cuando ocurrió lo del tranvía pensé que, en el sanatorio belga, le dejaron alguna tuerca afuera».

Él insistía en su letra de bolero, en su retórica desangrada. «Algún día te vas a dar cuenta de que soy un inútil, me vas a mandar pa'l coño y me vas a agarrar arrechera. Si dejamos que las cosas se compliquen, al final todo será peor». «Ya, cállate. Si sigues diciendo tantas pendejadas me voy a arrechar contigo ahora. Deja la mariquera».

«Lisette fue la excusa. Luis se volvió loco. Ella era una caraja normal, una tipa equis, bonita, sin tetas y sin culo. Luis se obsesionó. La caraja lo mandó pa'l coño y el bicho no tuvo mejor idea que pegarse un tiro. Fue la primera vez que Floyd le salvó la vida. Luis tenía la pistola en la cabeza. Floyd lo encontró con el hierro en la cara, discutieron. Se mentaron la madre y se cayeron a coñazos. Al final, la pistola se disparó. La bala que Luis pretendía meterse en la cabeza se le quedó en el hombro. No sé si has visto la cicatriz que le dejó ese plomazo».

«¿Por qué me pediste que viniera contigo? ¿Acaso no te imaginaste que esto iba a pasar?», dije. «¿Qué es esto?», respondió subrayando y como burlándose de la palabra *esto*. «Tú sabes a qué me refiero». «Vinimos a ver tu abuelito que no existe —dijo con sarcasmo—. Ya, deja el melodrama. No te pongas melcochosa —me empujó con torpeza. Claramente, buscaba pelea—. ¡Esto! —repitió—, ¿qué coño es esto? Aquí no hay nada, tú y yo somos panas. Te acompañé a buscar a tu abuelo y se supone que tú me acompañarías a Mérida donde debo resolver algo. No hay más. Eso que llamas *esto*, te lo inventaste, así que no me jodas». «¿Qué debes resolver en Mérida?», pregunté impasible. Jorge nunca me habría hablado en ese tono, nunca se lo habría permitido. Luis inutilizaba mis defensas; su actitud me hacía sentir un vacío indescriptible e hiriente. Sus palabras –mezcladas con las de Alfonso– me hicieron un tajo en la garganta. No respondió. Alzó los hombros con desdén. Todo se revolvió; no pude contener la náusea y con la voz chillona estallé: «¿Vas a ir a mamarle el güevo a Samuel Lauro, rolietranco'e pendejo?». «Lo que yo haga con Samuel no es peo tuyo. Y bájame la manito; pareces una histérica». Nunca nadie ha logrado tener tanto talento para sacarme la piedra. Nos insultamos, disparamos a la cabeza, mis palabras –dentadas, en su mayoría– portaban veneno sin elixir. Le dije de todo. Él respondió con invectivas elaboradas cuyo significado no entendí. «Tienes razón, eres un pobre güevón», le dije finalmente. Describió, entonces, mi insoportable sifrinería, mi talante egoísta, mi humor impostado, mi doble cara. Traté de respirar a ritmo lento, procuré retomar el control de la situación y, sin alzar la voz, me fui alejando paso a paso. «Luis, dejémoslo así, ¿quieres? Ya, qué carajo. Hablemos en otro momento». Regresé a la calle. De repente, al volver en mí, me encontré inmersa en el lote de viejos que integraban el *tour Segunda oportunidad.* Una viejita chueca, abrazada de una andadera, me pidió que le hiciera una foto al lado de una iglesia de piedra. Vadier, amablemente, conversaba con algunos turistas. Quise correr, quise gritar, quise desnudarme en público, pero no hice nada. Una anciana decrépita me miró con desprecio y, por un momento, tuve la impresión de que me había echado mal de ojo.

«La señora Aurora vive en un mundo paralelo. Lo de la pistola, por ejemplo, nunca sucedió. Luisito sólo tuvo un accidente por culpa del bastardo albino —la expresión bastardo albino la encomilló—. La señora Aurora se inventó que Luis fue a Bélgica a sacar el bachillerato europeo que, a todas luces, era mucho mejor que estas escuelas provincianas. Ella decía que las depresiones de Luis sólo eran malestares pasajeros, catarros, caprichos que podrían arreglarse con un juego de Wii o de Playstation. Cuando se tomó las tres cajas de Rivotril fue la misma vaina. Luisito se confundió, le dolía la cabeza y se tomó dos Parsel. Todo fue un accidente. Por ahí vinieron los peos con Armando. Armando es un loco, un cretino, un carajo que tiene como cuarenta y pico de años y cree que tiene diecisiete. Para Luis es un tipo arrechísimo, un ejemplo, un carajo modélico. ¡Una mierda, Eugenia! Armando Tévez no es más que un cocainómano mal pegao con real. Armando, al menos, ha reconocido que Luis tiene un peo. Ubicó el locódromo en Bélgica, no me preguntes cómo, y le pagó un tratamiento arrechísimo. Pagó, además, la estadía de Floyd. Ahora el viejo está exiliado en Costa Rica porque le grabaron una conversación telefónica en la que, supuestamente, conspiraba contra el gobierno. Hace como cinco meses que le dictaron el auto de detención».

Además de la ruana, Vadier se compró guantes y un gorro. Exhalaba humo blanco tratando de burlar el frío. Luis apareció de repente. Hizo chistes sobre el atuendo de Vadier y se puso a jugar con una bola de cristal que, al voltearla, simulaba estar rellena de copos de nieve. Los viejitos del geriátrico, poco a poco, se montaban en su autobús de Aeroexpresos Ejecutivos. Y, entonces, ocurrió. Las palabras, los gestos, los pensamientos, los sonidos: todo se revuelve en la migraña. «¿Quién se anota con un chocolate caliente?», preguntó Vadier. Al otro lado de la vía había una cafetería con un letrero gigante. «¡Plomo!», dijo Luis. La carretera, sinuosa, estaba despoblada. Di un primer paso hacia la calle. Mis pensamientos sentían el peso neto de la melancolía. Escuché murmullos, risas de Vadier. Sabía que estaban detrás de mí, que me seguían la pista. «Si me pisan no pasa una mierda, ¿verdad?», escuché su voz entrecortada. Pensé que sería un chiste. Seguí de largo con las manos en los bolsillos; el frío me congelaba los nudillos. Llegué a la acera. Tardé en darme cuenta de que ninguno de los dos estaba a mi lado. «Muévete güevón», gritó Vadier. Pude ver a Vadier a dos metros de mí, él estaba, más o menos, a tres metros de Luis quien permanecía clavado en el canal de subida. «No, ustedes sigan, no le paren. Total, da lo mismo si uno está o no está. Ya les dije que mi vida no vale una mierda». *Ji, ji, ji, ja, ja, ja*, me reí en silencio. *Está jodiendo*, me dije. La silueta de un autobús apareció en la curva. «Vente, pues», dije en voz baja. La expresión desencajada de Vadier me hizo entender que aquello no era un simulacro. «¡Muévete ya, mamagüevo!», le gritó. La realidad adoptó el registro de la cámara lenta. Por el otro canal, al fondo, apareció una Vitara. Los ojos de Luis buscaron mi rostro. Parecía flotar sobre el concreto. Lentamente, se puso en cuclillas. «Aquí me quedo —dijo—. Váyanse». *Maldita sea*. ¿Qué pensar? ¿Qué hacer? Una guaya invisible me amarró los tobillos. Me convertí en piedra, en mujer de sal —recordé una clase de religión en la que contaron una historia sobre una mujer de sal—. Las pesadillas, en algún punto, se vuelven demasiado inverosímiles. Hay un momento de los malos sueños en el que se reflexiona y se entiende que las circunstancias absurdas que nos provocan pánico son de naturaleza fantástica. Cuando escuché la corneta de la Vitara pensé que mi pesadilla había llegado a su fin. El autobús, en el canal contrario, hizo cambio de luces. Los frenos aullaron. Traté de gritar. No logré decir nada, mis labios estaban cosidos, en modo *mute*. Luis no se movía. Vadier lo injuriaba y le gritaba cosas. El viento frío me amarró las muñecas. En fracciones de segundos logré construir un cuadro visceralista: Luis hecho pedazos, su cabeza rodando hasta mis tobillos; su sangre coloreando la niebla. De repente, su cara tomó la forma de la cara de Daniel. Lo había encontrado en su cuarto, doblado sobre sus rodillas; con la boca llena de espumarajos. La mirada ausente era la misma: ahí estaba otra vez la puta de la muerte. Logré balbucear su nombre. Traté de moverme pero el pánico tiró el ancla. La Vitara se abrió con dificultad y pasó a su lado. Vadier dio un salto. «El coño'e tu madre, loco'e mierda», gritó una voz de varón. Cerré los ojos. Vadier no estaba. El registro *slow* pasó al *forward*. Los vi abrazados en la cuneta. El autobús pasó por la carretera haciendo estallar un cornetín de fanfarria. En aquellos dos segundos pensé las cosas más irracionales que he logrado articular en toda mi vida. Como un actor mediocre ante un parlamento complicado, una y mil veces repetía la escena: simplemente, decidimos cruzar. Miré a los lados por prudencia espontánea. No venía ningún carro. Avancé, luego el desastre. *Rewind*: simplemente, decidimos cruzar. Miré a los lados por prudencia espontánea. No venía nadie. Debí esperarlo, debí saber que no estaba bien, debí tomar su mano y hacerle saber que, más allá de su mortificación, podía contar conmigo; podía hacerle saber que no estaba solo. La silueta lejana de dos luchadores gritándose cosas en la cuneta me hizo volver al mundo; sin embargo, no podía moverme. Censuré mi estatismo, mis manos en los bolsillos, mi cobardía paralizada. Luis le pegó a Vadier en la cara; como en *Counter Strike* saltaron gotas de sangre. Vadier, torpemente, alzó la rodilla y, alcanzándolo en el estómago, le sacó el aire. Los viejitos del *tour*, paulatinamente, abandonaron su mole ejecutiva y asistieron a la coñaza. «¡Ya!», grité. *Rewind:* simplemente, decidimos cruzar. Miré a los lados por prudencia espontánea. No venía nadie. Apareció el autobús. Apareció —en sentido contrario— la Vitara. «Muévete, pajúo», gritó Vadier. Antes de que pasara la camioneta, Vadier logró agarrarlo por el cuello y lanzarlo a la cuneta. Tuve la impresión, en el momento del salto, de que la Vitara le rozó los tobillos. En el aire bailaron, a ritmo de pachanga, dos pares de zapatos. Repentinamente, Luis se calmó. Alzó el puño. Logré mover las rodillas, la rótula sonó. No tenía aire ni sangre ni fuerza ni palabras, era como una porfiada de papel maché. Me miró a la cara. La gente murmuró lo habitual. Vadier, limpiándose el labio, permanecía en el piso. Luis lo soltó y desapareció por una calle pequeña.

«Luis estuvo medicado por un tiempo. Llegó muy cambiado de Europa, no era el mismo, estaba amargado, furioso, con una arrechera inmensa hacia todo. Luego, la señora Aurora no tuvo mejor idea que obligarlo a repetir el quinto año en el colegio. Ya Armando estaba fuera del país. Luis se volvió hermético, antipático. Sólo hablaba con Titina. Ella era la única capaz de llegar a él, de hablarle sin que se arrechara. Luego, poco a poco, la cosa se fue normalizando. Volvió a ser el mismo tipo encantador, el mismo carajo —se acabó el chocolate. Tenía sed y pedí una Coca-Cola—. Titina tiene una teoría», comentó Vadier. No entendí. Tuve la impresión de que me había perdido parte del cuento–. «¿Teoría sobre qué?», pregunté confusa. «Sobre Luis, sobre su cambio repentino –hizo una pausa larga–. ¡Tú! –dijo–. Titina cree que Luis volvió a ser un tipo de pinga el día que te conoció, el día que, a su pesar, la señora Aurora lo inscribió en el curso propedéutico. Titi cree, y yo también, que lo mejor que le pudo pasar a ese carajo fue conocerte. Te puedo garantizar que, hace cuatro meses, ese coño'e madre era un maldito infeliz. Hace tres meses hacía esas mariqueras de pinchar cauchos, escupir pizzas o rayar capós con el güevón de *Pelolindo,* pero cuando tú apareciste todo cambio. Titina cree que Luis está demasiado *empepao* y ella lo conoce muy bien. Deja que te cuente algo, Eugenia: Luis regresó a Venezuela a mediados de diciembre. El día de año nuevo le contó a Titi una vaina burda de loca; le dijo que daría un golpe arrechísimo, que debía entrevistarse con Samuel Lauro para organizar no sé qué mariquera. Luis cuadró la reunión con Samuel a principios de enero, quedaron en verse en carnavales o Semana Santa –pidió otro café–. Titina estaba convencida de que si Luis se reunía con Samuel iba a meterse en problemas, de que iba a pasar algo grave pero, de repente, ustedes se conocieron y las cosas cambiaron. Así que no pienses que Titi está arrecha contigo, al contrario. Todos los que conocemos bien a Luis sabemos que tú eres la única razón por la que ese pana ha vuelto a ser una persona relativamente normal. Sólo tú puedes ayudarlo, los demás somos comparsa».

Última noche

1

Música> Artistas> Maná> *Amar es combatir* (13 canciones)> «Bendita tu luz». Las curvas peligrosas atravesaban picos con nombres de animales. El frío se metía por la nariz; me dolía la garganta. Me hizo daño la guitarra. Siempre me hieren las guitarras. «¡Qué mierda tan cursi, no joda!», dijo Luis desde el cajón. «Cállate la boca, es arrechísima, es de pinga; Juan Luis Guerra es lo máximo», replicó Vadier. La tensión de Apartaderos había desaparecido. «Me niego a escuchar a un merenguero metido a evangélico. Mucho menos con estos pendejos de Maná, no soporto a ese grupito de ecologistas». La conversación baldía quitó presión al entorno y, al mismo tiempo, construyó el tabú: en Apartaderos no pasó nada. Ninguno de nosotros mencionó una sola palabra sobre lo ocurrido en la carretera. Las imágenes *rough* de aquel pueblo parecían haber sido registradas en una realidad alternativa. «Si el güevón de Bono siembra un árbol y da un concierto en un país nulo de África, entonces es un tipo arrechísimo, pero si lo hace Fher, como es mexicano y no irlandés, entonces es un pendejo *snob* que se las quiere dar de una vaina», denunció Vadier. «Coño, Vadier, no puedes comparar a Maná con U2, es una blasfemia». «A mí Maná me parece más arrecho; además, Bono me cae mal, ése sí que es un falso ecologista». Risas histéricas. Luis estaba hundido en el cajón, mal afeitado, con espinillas y ojeras. El miedo había desaparecido de su cara; estaba mucho más calmado. «¿Se acuerdan de *Vampi?*», preguntó. «¿Qué coño nos vamos a estar acordando de *Vampi?*, esa mierda fue en los noventa y pocos, tendríamos de tres a cinco años, ya vas a decir tú que viste Vampi, tú si eres arrecho». «¿Qué coño es *Vampi?*», pregunté. Nadie respondió. «Algunos capítulos están en Youtube –mencionó Luis. Volvió a reírse–. Nada. Me estaba imaginando que si la canción de *Vampi*, en vez de ser la porquería esa «De los pies a la cabeza», fuera «Sunday, Bloody Sunday», habría sido un palo». Vadier compartió su hilaridad. Fueron todo el camino recreando situaciones absurdas entre Maná y U2: duetos en MTV entre Bono y Fher; Álex y Larry Mullen intercambiando baquetas; Bono envuelto en una bandera de México y Fher en una de Irlanda. Uno decía algo y el otro idiota se reía a carcajadas. «¿Te imaginas a Bono cantando *Rayando el sol?*». Vadier imitaba al líder de U2: «*Scratching the sun*... *Oh, Eh, Oh. Desperation.* Coño, tú lo dirás en joda pero The Edge se luciría con el *intro* de "Déjame entrar"». «Ustedes sí hablan güevonadas», les dije aburrida. No entendía nada. No sabía quién era quién. Mi cabeza estaba empeñada en la memoria reciente, en las palabras de Alfonso y en la imagen de Luis hecho pedazos. *Gloria divina, diste suerte del buen tino, de encontrarte justo ahí, en medio del camino. Gloria al cielo de encontrarte ahora, llevarte mi soledad y coincidir en mi destino, en el mismo destino* (3:02). «¿Vieron? Ese dominicano sobrevalorado es un maldito evangélico. ¡Qué bolas! ¿Cómo pueden escuchar esa mierda? No puede haber nada más empalagoso que un evangélico pendiente de un culo». Puso su mano en mi cuello, su dedo medio hizo círculos sobre mi nuca. Vadier gritaba el coro por la ventana.

Llegamos a la ciudad de Mérida al mediodía. Encontramos un hotel barato en el centro. Según contó el dispensario, tuvimos suerte: la única habitación disponible había sido reservada por una pareja que no llegó, que se mató en la carretera. *Maldita sea la suerte*, me dije. Al viejito sólo le faltó decirnos que encontramos la habitación *gracias a Dios*. No me gustó el lugar, olía a moho, a pizza de panadería —en bolsita— abandonada en un morral. Al lado del motel de Barinitas, es verdad, la nueva pieza parecía una *suite*. Tardé en caer en cuenta de que aquella sería nuestra última noche.

La piel desnuda sabe a yogur de dieta, sin gluten. Mi lengua, sin exagerar, paseó la punta por todo el cuerpo de Luis. Él tenía razón: tirar y hacer el amor no es lo mismo. Siempre me he preguntado por qué los hombres describen el sexo como polvo. Vadier, alguna vez, me explicó que la expresión echar un polvo tenía su origen en el Cristianismo. «Cuando un carajo dice que echará un polvo está afirmando su fe —algo así me contaría el anormal—, está recordando la ceremonia del origen: polvo eres y en polvo te convertirás, en este sentido, el polvo se refiere al taco'e leche y todos, Eugenia, incluso tú, hemos sido alguna vez un taco'e leche». Sé que eludo mi responsabilidad con digresiones; no me gusta dar detalles sobre mi propia intimidad ni sobre mis sentimientos buenos. No sé por qué razón todo acto de amor me parece falso. La bondad, incluso, me resulta sospechosa. No sé si Luis le habría contado a sus amigos que me cogió, que me echó un polvo o, complaciendo la vulgaridad del *Maestro*, que me dio hasta por las orejas. Yo a ese carajo lo amé; hice con él lo que no había hecho con nadie y lo que nunca he vuelto a hacer, no así. En Mérida, por primera vez, estuve con otra persona en una cama.

Mi intimidad con Jorge había sido una farsa; acostumbraba pensar en otras cosas mientras él, imitando los saltos de un perro, brincaba sobre mí. Cualquier tontería podía resultar interesante: exámenes, diligencias pendientes, regaños de Eugenia, capítulos de *Lost*. Muchas veces, en bochornosas tardes en el Montaña Suite, le puse otras caras: Jorge fue Leonardo di Caprio, Juanes, Leopoldo López —un alcalde nulo que me parecía *cute*— y otros. Con Luis fue diferente. Cuando, sin torpes asistencias, introdujo parte de su cuerpo dentro de mí sentí como si me partiera un rayo. La presión sobre mi pecho hizo que me colapsara un pulmón. Todas nuestras formas tenían el efecto del doble: cuatro pies, veinte dedos, cuatro rodillas, dos ombligos, dos narices. Su índice entró en mi boca y me acarició el paladar, sus uñas largas me rasguñaron los cachetes por dentro. La humedad de mi vientre fue desproporcionada; por un instante de racionalidad llegué a pensar que mis entrañas estaban hechas de mantequilla. ¡Pobre Jorge! Sé que lo he convertido en el referente opaco, en el antitodo. Jorgito, la verdad, debía tomarse su tiempo; le costaba encontrarme, se perdía, me hacía daño con sus dedos torpes. Mi piel, sin saber muy bien por qué, se acostumbró a estar seca e inapetente. Eso, hasta que encontré a Luis. No quiero contar detalles sobre lo que hicimos; la confesión erótica me incomoda, me hace sentir galla, emo, como una cachifa de novela que, en el último episodio, se entera de que es la hermana del magnate con el que ha estado tirando desde el segundo capítulo. Resumiré mi noche romántica con una sentencia coloquial. Sí, qué carajo: me dio hasta por las orejas, pero lo hizo con cuidado, con cariño y diciéndome al oído que encontrarse conmigo era lo mejor que le había pasado en la vida.

Aquella tarde no pude despedirme de Vadier. Cuando salí de la ducha, ninguno de los dos estaba allí. Luis me contó antes de llegar a Mérida que esperaba encontrarse con Samuel Lauro en no sé qué residencia. Para evitar tentar al demonio preferí no confrontarlo. Vadier, en vano, había tratado de comunicarse con Querales; dejó varios mensajes de voz, se quedó sin saldo y tuve que prestarle mi Nokia para que le enviara un par de mensajitos desde la carretera. Querales nunca respondió. Vadier, finalmente, decidió llegarse hasta su casa. Salí a dar una vuelta. Siempre había escuchado que en Mérida hacía frío pero, la verdad, la calle estaba caliente. No me impresionó el pico nevado, me pareció otro Ávila, otra montaña; en lugar del Humboldt y la ridícula bandera sólo había una sombra de nieve. En Venezuela hay demasiadas montañas y todas se parecen. «Menos mal que las montañas son vainas de la naturaleza y no de los hombres, mucho menos de los venezolanos», diría Vadier algún día. Me pegó el hambre y me comí dos perros en un carrito insalubre atendido por un maracucho. Cuando regresé al cuarto me dormí. Tuve sueños sin contenido, oscuros, sin anécdota. Desperté de noche. Luis no había regresado. Repasé las palabras de Vadier en Apartaderos. Los cambios temperamentales de Luis encerraron mi reflexión: su autoestima pírrica, su convicción de nulidad: se parece a Alfonso. Ese pensamiento me hizo sentir arcadas de vómito y diarrea. Para matar el tiempo, decidí examinar el basurero en el que se había convertido mi morral. Mi bolso era un pipote: papelitos de caramelos, bolsas de Tosticos, *vouchers*, cajitas de maquillaje, la carta de Alfonso. Al fondo, entre un papel de aluminio con restos de queso paisa, encontré el pasaporte de Lauren. El documento estaba lleno de sellos migratorios: Argentina, Bolivia, Perú, Jamaica. En defensa de mi salud mental, volví a guardarlo. No quería pensar en el fantasma de mi abuelo. Seguí manoseando el morral y encontré un pote de crema que, alguna vez, le robé a Natalia: Nivea body con Gingko y Vitamina E. La caminata bajo el sol me había empapado la espalda. Me provocó volver a ducharme. Regresé al baño, me tomé mi tiempo y me embadurné en crema. Cuando regresé a la habitación encontré a Luis sentado al borde de la cama. Tuve miedo de que retomara sus monólogos derrotistas; no deseaba verlo triste y, mucho menos, violento. Él me observó con curiosidad. Dos toallas blancas mal forraban mi cuerpo: una enrollaba mi cabello y la otra, por costumbre de casa, colgaba desde mis senos. «Quiero verte desnuda», dijo imperativo. Tenía una sonrisa tranquila; en sus ojos no había signos de melancolía. La solicitud me impresionó. No respondí. «Es nuestra última noche juntos, ¿no? Te dije que sería especial. Eres el culo más hermoso que he visto en la vida, Eugenia». La toalla, como la pantaleta del refranero popular, se me cayó. Caminé hasta la cama y me senté a su lado. Me acordé de las cosas de Natalia: «Marica, depílate; si te vas a coger a Luis Tévez depílate, a los carajos les encanta esa vaina», me había dicho por teléfono el día antes de salir. No le hice caso. Aquella noche, sin embargo, no pude dormir. A las tres de la mañana corrí a depilarme. «¡*Cool*! —dijo—. ¿Qué quieres hacer?», me preguntó. «Lo que tú quieras, no sé, me da igual». Luis ha sido el único hombre con el que, estando desnuda, me he sentido cómoda. No sentí nada parecido al pudor. No tuve la necesidad de taparme o de disfrazar los pezones con mis brazos. Sentí como si él siempre hubiera estado en mi cama. Encendió un cigarro, me dio un jalón, me besó con humo.

«Te diré lo que haremos». Puso su mano en mi hombro y me empujó con suavidad. La toalla enredada en mi cabeza se desatascó y se convirtió en almohada. «Bajaré a comprar una botella de vino. Luego, subiré, me pegaré un baño y después, nos despediremos, ¿te parece?». «¿Tú, vas a ir comprar algo? –le pregunté con sorna–. ¿Hablarás con otras personas? ¿Interactuarás con otros seres humanos?». Le solté la carcajada en la cara. «El amor exige sacrificios, Eugenia; es así». Me callé. *La cagué, qué pendeja, qué lindo*, me dije. «Así que, ni modo, iré a comprar vino. Nunca olvidarás esta noche, carajita», dijo antes de salir. Tenía razón.

«Querales no estaba en su casa. Vadier sólo encontró a su hermana, la actriz porno», dijo Luis. «¿La hermana de Querales es actriz porno?», pregunté con curiosidad. «Bueno, no exactamente. Tiene una página web en la que pela las tetas y el culo. El hecho es que Querales llega mañana, está con unos panas en un pueblo del Táchira donde no hay señal. La hermana de Querales le vendió un polvo rancio a Vadier y ahora el coño'e madre está todo drogado en el estacionamiento del hotel dando de vueltas alrededor del Fiorino». «Coño», dije preocupada. Licorerías, abastos, quincallas y kioskos estaban cerrados. Luis caminó hasta una bomba cercana y compró dos bolsas de hielo. Cuando abrió la puerta de la habitación tenía en sus manos una botella de Blue Label. «Es la antepenúltima –dijo–. No pude conseguir el vino, tendremos que celebrar con *whisky*». Mientras Luis se bañaba serví dos tragos. Me asomé por el balcón y vi a Vadier dando vueltas como un tarado alrededor del Fiorino. Alzaba las rodillas hasta el pecho como si estuviera en una clase de premilitar. El estruendo del agua contra el suelo, repentinamente, cesó. El balcón estaba a cinco metros del baño —soy fatal calculando distancias, podrían ser dos o tres o cuatro, ni mucho ni tanto—. Luis salió desnudo y se detuvo frente a mí. Sufrí un síncope imaginario, respiré con torpeza. En treinta años, puedo decir que sé cómo es el cuerpo de un hombre; he visto muchos carajos desnudos, una decena —por lo menos— a esa distancia. Luis ha sido el único capaz de hacerme pensar en la belleza; los demás, pelúos más, pelúos menos, ostentaban su masculinidad, exclusivamente, en el fierro, en su virilidad babosa. Luis, por su parte, mostraba armonía de conjunto, de piel y mirada, de vello y bíceps, de sexo y cara. Caminó despacio hasta la cama. Tomó *whisky*. No estaba erecto; a medio camino, parecía dudar entre levantarse o dejarse caer. Los pipís —objetivamente— son feos, son una vaina grotesca. La desgracia de estar enamorada me incita a decir que el de Luis era especial, que era hermoso; idea que, por cierto, no refuto. Quien, sin duda, quedó muy mal parado en mi romance merideño fue el pobre Jorge. La cercanía con Luis, el estudio detallado de su anatomía, me hizo pensar que Jorge no tenía testículos, que sus bolitas eran las de un muñequito de McDonalds, de esos que regalan con la compra de una cajita feliz. El encuentro —el primero— duró por lo menos una hora. Hasta entonces, tenía la idea de que el sexo era una cuestión breve; de máximo quince minutos. Jorge, en ocasiones, pedía cosas a las que me negaba; el muy infeliz se excitaba con algunas vainas que, nada más imaginarlas, me daban mucho asco. Luis trascendió el asco. Hice cosas que nunca más he hecho, que no he hecho porque no me provoca, porque no siento la confianza, porque la piel no me lo pide o el paladar no se entusiasma. Tuve orgasmos en Alta Definición y otros en 3D. Explotó dentro, no me importaba nada —las enfermedades eran un mito y el posible embarazo, a fin de cuentas, me daba lo mismo—. Al final del juego se levantó, buscó mi iPod y puso en volumen muy bajo «Losing my religion».

«¿Crees en el destino?». Sí, lo acepto. Fui yo. Me puse cursi, me puse emo. No puedo evitarlo. No he perdido la mala costumbre de decir tonterías después de cada polvo. La paz de Mérida me hizo pensar que había un plan preconcebido, que nuestra existencia le importaba a alguien, que algún dios se había tomado la molestia de considerarnos, de tomarnos en cuenta. *La felicidad, probablemente, es asequible*, me dije. «No —respondió—. El destino es un cuento chino, no existe. Yo creo en la coincidencia». No me resultó extraño el hecho de que él tuviera una teoría particular. Sus dedos jugaban con mis labios —los de abajo—; mi boca se entretenía en su tetilla. La botella de *whisky*, medio llena o medio vacía, estaba a su lado. «Explícame tu teoría de la coincidencia, ¿de qué trata?». Besé su cuello, sus labios, su ojo derecho. «Creo que existe Dios, pero Dios es impotente, no puede hacerlo todo. Dios es de pinga y tiene buenas ideas, pero el ser humano se lo pone demasiado complicado. Entonces, a veces, pasan cosas que coinciden con el plan de Dios y eso es lo que llamamos coincidencia». «¡Aló! —dije levantando la cara—, no entendí nada, me perdí». «Es como la canción mala del evangélico», «¿Qué evangélico?». «Esa cosa horrible de Juan Luis Guerra con Maná, lo que escuchamos en el carro; me pareció que decía: bendita la coincidencia. A Dios, si es que es bueno, tiene que parecerle muy de pinga que tú y yo estemos aquí hoy. Si le da lo mismo lo que hemos hecho, entonces Dios es un pobre pendejo». «Hablas como los curas del colegio». «Muchas veces los curas tienen razón, lo que pasa es que no saben cómo decir las cosas. Un carajo que tenga que ocultarle al mundo que, en una madrugada calurosa, le provoca chuparse unas tetas o hacerse la paja tiene que tener una visión trastornada de la realidad». Bajó hasta mi pecho, mordió mis pezones, continuó en bajada y, haciendo círculos, me hundió la lengua en el ombligo. «Luis —aproveché la circunstancia, la confianza—. ¿Qué pasó en la carretera? ¿Qué coño fue eso? ¿Por qué?». Colocó su mirada a mi altura, sus ojos pasaron del ocre alegre al marrón triste —Berol Prismacolor, por supuesto—. Le dije que no tuviera miedo por mí, que no lo abandonaría nunca. Decía la verdad. Sé que la gente, muchas veces, dice estupideces así y, mentándose la madre, se separa a las dos semanas pero, en ese momento, procuré ser sincera. Las madres venezolanas, para regañar a sus hijos, utilizan con frecuencia la fábula del barranco: los niños sin carácter suelen imitar a sus amiguitos más osados, en ocasiones con problemáticas consecuencias. La madre, entonces, hace su pregunta filosófica: Si Fulanito se lanza por un barranco, ¿tú también te lanzarías? *Sí, no joda, cuál es el peo*, me dije. Si Luis Tévez se hubiera lanzado por un barranco, yo habría ido tras él. «A veces tengo miedo», dijo. «¿Qué te da miedo?». «No lo sé, todo. No puedo explicarlo. Es una especie de angustia y desesperación. No sé qué más decirte». «Casi me matas del susto —le di un lepe cariñoso—. Pensé que te harías pedazos». Me besó, alzó los hombros. «Perdón. No volveré a hacerte daño. ¿Qué haremos cuando regresemos a Caracas? —me preguntó—. ¿Volverás con Jorge?». «La verdad, nunca terminamos pero no te preocupes, Jorge no existe, es un fantasma». Se sentó en la cama y se tragó un *shot* de *whisky*. «¿Somos novios, Eugenia Blanc? ¡Qué de pinga! Yo nunca he tenido una novia formal. Bueno, sí, tuve una pero no cuenta». «No me gustaría ser una novia ladilla, celópata, sensiblera. No quiero que nos ladillemos el uno del otro». «Es inevitable, princesa, es un mal de la especie. El ser humano está condenado a embelesarse ante el otro y, a los dos días, ladillarse –hizo una pausa–. Aunque Dios nunca permitiría que me ladillara de ti», concluyó. «Ya deja de hablar de Dios, coño, me pones nerviosa. Me haces sentir que acabo de mamarle el güevo al padre Peñaloza». «Créeme que al viejo no le disgustaría». «¡Asco! Cállate». Se puso a imitar la voz retorcida del padre Peñaloza: «Blanc, agáchese. Cállese y siga mamando, Blanc». «Cállate, coño, qué *disgusting*». Le caí a almohadazos. «Hagamos cosas cursis», me dijo cargándome y colocándome sobre sus piernas cruzadas. «¿Cómo qué?», le pregunté. «No sé, hagamos promesas. La gente ridícula hace promesas que luego no cumple: que si hacer dietas o caminar arrodillado la cuadra de su casa o inscribirse en un curso de inglés. Has una promesa, princesa». «No sé, Luis, promete tú. Yo no tengo imaginación», mis piernas envolvieron su cintura. Sentí la presión en mis nalgas, la enhiesta humedad rozándome el muslo; abracé su cuello, apenas alcé la cintura y, suavemente, calcé su erección. «*So*, princesa, promete algo». Mis ojos tropezaron con la botella de *whisky*. «Okey –dije–, tengo algo pero es patético, no te burles». «Dale, dale, yo trataré de prometer algo mucho más pavoso, haré mi mejor esfuerzo». El calor interior me llegó hasta el páncreas, la cosquilla en el clítoris me provocó un mareo, veía doble. Segundos después, tras tres corrientazos, le pregunté: «¿Qué día es hoy?». «Ni idea –dijo–. ¿14 de abril?». «Puede ser. *Anyway*, ahí va: tú y yo nos encontraremos el 14 de abril del año 2020, iremos a un bar, nos tomaremos una botella de Etiqueta Azul y hablaremos sobre esto. Ésa es mi promesa». «¿Por qué el 2020?». «Porque, entonces, cumpliré treinta años, ya seré vieja. ¿Qué puede esperar uno de la vida cuando tiene treinta? Si a los treinta años no he hecho nada memorable me imagino que todo habrá acabado». «¡*Cool*!». «Mírame —le dije y agarré su cara—. No sé si la semana que viene vayamos a ser novios, si nos ladillemos el uno del otro, si nuestra relación resulte ser una mierda o si, después de julio, no volvamos a vernos. No sé qué nos pueda pasar, pero el año en el que cumpla treinta quiero recordar este momento y celebrarlo contigo cayéndome a *whisky*, ¿te parece?». «De pinga, ahí estaré, plomo. ¿Dónde nos veríamos, en París?». «No sé, en cualquier lugar del mundo. Ahora promete tu pendejada, te toca», le dije imaginando que se tomaría su tiempo, que expondría alguna idea elaborada y culta, algo que me costaría entender. Respondió inmediatamente; sentí gozo y terror: «Voy a casarme contigo, Eugenia. Quiero que seas mi esposa». «¡Coño!», repliqué. No me lo esperaba. «¿Qué pasa?, ¿no te gustaría?». «Sí, yo le hecho bolas, no tengo peo». «¿Pero?», preguntó acelerando el trote, golpeándome por dentro a ritmo creciente. «El matrimonio me parece una mierda, es un engaño». «Éste sería un matrimonio diferente. Estoy de acuerdo contigo, no sé por qué razón la gente se casa». «Por la misma razón que lo haríamos nosotros, por pendejos», logré afirmar entre gemidos inevitables, con los bronquios tapados. «Yo nunca te diría que nos casáramos en una iglesia o en un tribunal, eso no tiene chiste. Tampoco te exigiría que nos cepillemos los dientes en el mismo lavamanos o que tengas que orinar mientras yo me afeito. El matrimonio que te ofrezco sería a nuestra manera, informal, ilegal, quizás, pero especial; un compromiso entre tú y yo.

¿Le echas bola?». Bajó el trote, me empujó hacía sí y dejó de mover la cintura; el movimiento ocurrió dentro. «Okey, de pinga, casémonos ya», dije por decir algo. «*Cool*», respondió. Hizo, entonces, una acrobacia imprevista. Me alzó y me hizo caer de espaldas sobre la cama. Se apoyó en mis hombros y vació su simiente tras diez estocadas duras y brutales; se me fueron los ojos, los pies se deformaron, menté madres de placer. No llegué al tope pero, incuestionablemente, floté. Se levantó con ansiedad, se puso el pantalón y los zapatos. «¿Qué pasó?», pregunté al regresar a la Tierra. «Vístete —me dijo—, ponte algo. Iré a buscar a Vadier». «¿Vadier? ¿Qué se supone que...?». Me interrumpió: «Claro, necesitamos a alguien que se encargue: Vadier nos casará».

2

Vadier nos ordenó que nos pusiéramos de rodillas. Su rostro no tenía forma, parecía un mendigo; se babeaba y se reía con chistes imaginarios. Nos pidió que nos tomáramos de la mano y juntáramos las frentes; luego nos vació encima la botella de *whisky*: «Yo, representando al viejo Johnny Walker, los uno en matrimonio profano, *hardcore*, Marlboro, teta, Bon Bon Bum, culo, hombre araña, pene, Michael Jackson. Amén». Luego agarró una bolsa de Cheetos y la pisó: «*Mazel Tov* —algo así gritó—. Pueden caerse a latas», dijo con solemnidad. Me sentí como Fiona, la novia de Shrek. Aquello pudo ser el último capítulo, el final feliz, lo que nunca pasa. Ojalá, en ese momento, hubieran aparecido los créditos. Vadier saltó sobre la cama y se puso a dar vueltas sobre su propio eje. Luis caminó hasta la mesita donde estaba el iPod. «Sólo nos queda hacer el baile, princesa. ¿Me concedes una pieza?». «Sí, por supuesto», le dije riéndome. El pegoste de *whisky* me corría por la cara. Pensé que pondría «Losing my religion», de tanto escucharla y comentarla me había aprendido el título. No sé cómo esa canción llegó a mis carpetas. Luis parecía torpe, le costaba encontrar los botones. «No tengo a Bob Dylan en mi iPod, Luis. No encontrarás "Visions of Johanna"». Ignoró mis burlas. «Aquí está —comentó—; te dije que en este tipo de relación hay que hacer algunos sacrificios».

El coño'e su madre, me dije. Golpe bajo. Casi me hace llorar. Odio llorar, nunca lloro. Tampoco lloré aquella vez pero debo reconocer que mis párpados se inflamaron: la guitarra acústica me dio, por lo menos, cuatro bofetadas. Se acercó y me tomó entre sus brazos. En principio, improvisamos algo parecido a un vals aunque, la verdad, no sé muy bien cómo es un vals. *Un día llega a mí la calma, mi Peter Pan hoy amenaza, aquí hay poco que hacer. Me siento como en otra plaza, en la de estar solito en casa, será culpa de tu piel* (0:30). «*Reggeaton*», dijo. Entonces perreamos. Me tomó por la cintura y al ritmo lento de El Canto del Loco me maraqueó con indecencia. *Será que me habré hecho mayor, que algo nuevo ha tocado este botón para que Peter se largue y tal vez viva ahora mejor, más a gusto y más tranquilo en mi interior, que Campanilla te cuide y te guarde* (0:53). «Tango», dijo. Estilizó su espalda, alargó el brazo derecho, me puso la mano en el coxis y con un andar desaliñado me hizo caminar por el cuarto. Al llegar a la puerta del baño, cambiamos de posición, estiró su otro brazo, puso su pierna detrás de mi rodilla y me dio un pequeño empujón. Vadier se puso a saltar encima de la cama. Y los locos: A *veces gritas desde el cielo queriendo destrozar mi calma, vas persiguiendo como un trueno para darme ese relámpago azul, ahora me gritas desde el cielo pero te encuentras con mi alma, conmigo ya no intentes nada, parece que el amor me calma... me calma* (1:16). «*Ballet*», dijo. Mi carcajada fue horrible, me salió de lo más hondo del diafragma haciendo un ruido de gallina clueca. Juntó sus piernas, separó los pies, se alzó en puntillas, se puso las manos en la cabeza y se puso a dar vueltas como un trompo. La felicidad, sin ninguna duda, está en la estupidez. Muchas veces solemos infravalorar el significado del ridículo; debo reconocer que ver a Luis bailando *ballet* y, al mismo tiempo, a Vadier saltando sobre la cama de un motel es de las mejores cosas que me han pasado en la vida. No sólo fue gracioso, no sólo fue tonto. Nada me ha dado tanta paz como aquella payasada personal e intransferible. De alguna forma, la ridiculez es una forma de libertad. Vadier sacó una navaja de su bolsillo y le abrió el vientre a una almohada... *Si te llevas mi niñez, llévate la parte que me sobra a mí, si te marchas viviré, con las paz que necesito y tanto ansié* (1:40). El baile, durante la siguiente estrofa, fue normal; no improvisamos marchas eslavas ni merengues dominicanos. Vadier, convertido en una especie de Hellboy, corría por el cuarto lanzando plumas y gritando frases en inglés. *Mas un buen día junto a mí, parecía que quería quedarse aquí. No había manera de echarle. Si Peter no se quiere ir, la soledad después querrá vivir en mí. La vida tiene sus fases, sus fases* (2:05). Tras esa estrofa tuvo lugar el *ukelele*. Luego los tambores y la salsa. Luis era un mamarracho, un pésimo bailarín, imitaba los pasos con mucha torpeza. En uno de los coros improvisamos un paso doble. Luis me puso un dedo en la cabeza y luego se puso a dar vueltas zapateando y aplaudiendo. Vadier se montó en la cama y se puso a gritar «Osetia del sur, libre; Osetia del sur, libre». Hay un momento de *Peter Pan* en el que la voz del cantante se queda sola con el bajo. Desaparece la percusión y la previsible guitarra. El coro se repite casi *a capella. A veces gritas desde el cielo queriendo destrozar mi calma...* En ese momento, Luis dejó de hacer el ridículo. De repente, se detuvo. Sostuvo mi rostro entre sus manos, sus pulgares apretaron mis sienes. Me mostró sus ojos —los ojos reales— mientras El Canto del Loco contaba su historia sin sentido: *Cuando te marches creceré, recorriendo tantas partes que olvidé y mi tiempo ya lo ves, tengo paz y es el momento de crecer, si te marchas viviré con la paz que necesito y tanto ansié* (3:34). La distancia me permite ser honesta: en aquellos ojos, más que amor, había muchísima tristeza. Apenas nos movimos durante el resto del tema; al final bailamos una especie de bolero lento, muy lento. Me envolvió en sus brazos y no volvió a soltarme hasta que la canción terminó. Vadier se acostó sobre la cama. Rápidamente se quedó dormido. La última estrofa fue estática, de tacto, de miradas. *Espero que no vuelva más que se quede tranquilito como está que él ya tuvo bastante, fue un tiempo para no olvidar la zona mala quiere ahora descansar que Campanilla te cuide...* (4:07). Fue Luis quien, a mi oído —casi susurrando— terminó el verso. Supongo que se lo aprendió tras escucharlo miles de veces en el Páramo: *... y te guarde.* «Coño, princesa», dijo finalmente después de besarme la cabeza; pensé que diría que me amaba o cualquier otra cursilería justificada por las circunstancias. «¡Qué grupo tan malo! Tienes que reconocer que esa canción es una mierda».

Destino: París

1

Ocurrió en Caracas, dos días después del regreso: Luis Tévez voló veintidós pisos, cayó en la parte de atrás de una camioneta Pick-Up. Mi mamá me dejó en el colegio un poco más temprano de lo habitual. Se me había olvidado encender el celular. Fue Natalia quien me avisó. «¡Marica, ¿te enteraste?». «¿Qué, Naty?», pensé que contaría algún rumor pseudoerótico o un intrascendente chisme escolar. «Luis Tévez se mató»—. No reaccioné. Me quedé parada observando el morbo en sus ojos mientras comentaba detalles escabrosos. Le di la espalda. Decidí salir del colegio. Sólo quería caminar, tratar de resetearme, olvidarme del mundo. Atravesé las calles de Chacao buscando las salidas de emergencia del sueño. En alguna plaza repleta de viejitos se me fueron los tiempos; una señora me ayudó a sentarme y me brindó un refresco. Mis dientes claqueaban. A pesar del calor, sentí mucho frío. No tenía los celulares de Titina, Vadier o Mel. No quería hablar con nadie del colegio. Abandoné la plaza y seguí caminando, llegué al Rosal. Bajo el elevado de Las Mercedes dos malandritos me pidieron plata insinuando tener bajo sus franelas algún tipo de arma. Nunca he sentido tanto desprecio honesto por otros seres humanos como por aquellas plastas de mierda. Les pedí, por favor, que se retiraran; les dije que se ahogarían en El Guaire y que sus cuerpos serían un festín de perros callejeros y recogelatas si no se alejaban en menos de diez segundos. Por alguna razón que desconozco los asusté. Siguieron de largo mirándome como si estuviera loca. Natalia me avisó por mensaje de texto que el funeral sería en el Cementerio del Este.

Dejamos a Vadier en casa de Querales. Rafa, a quien sólo conocía de vista, era un legendario esperpento que había estudiado primaria en el colegio. Vadier y Querales se saludaron con un abrazo macho, eructaron y se dijeron sendas groserías. Querales entró a su casa dejándole la puerta abierta. Vadier se acercó al Fiorino y besó la mejilla de Luis. «No inventes güevonadas, papá, quédate tranquilo. Nos vemos en Caracas». No había resaca, ni ratón, ni tufo. No daba la impresión de que, la madrugada anterior, se hubiera transformado en una especie de sacerdote emplumado. «Su majestad —dijo mirándome a los ojos y haciendo una reverencia—. Cuídense». Se alejó del carro, se fue. El Fiorino, entonces, dio la vuelta en u. Antes de entrar a la casa de Querales, Vadier pegó un grito de fanfarria: «¡Tévez! ¡Téeevveeezzz!» Luis frenó. Durante el segundo grito Vadier se dio tres golpes en el pecho y sostuvo una botella de Etiqueta en su mano derecha. Luego desapareció detrás de la puerta. Luis deletreó una carcajada: Ja, ja, ja. «¿Qué pasó? —pregunté—. ¿Qué fue eso?». «Se está despidiendo como Francesco Quinn en *Platoon*». «¿Cómo quién?». «¿Nunca viste *Platoon*?». «No», respondí con honestidad. «¿Sabes quién es Charlie Sheen?» .«¿Ése no es el carajo de *Two And A Half Men*?». Aceleró. Tomó mi mano y dijo: «Coño, princesa, tu ignorancia es enciclopédica».

El féretro estaba cerrado. «Luis se volvió mierda», me contaría Vadier. El *Maestro* estaba desolado. También pude ver a Floyd sentado frente al ataúd con una mano palpando la madera. La señora Aurora no asistió al velorio. Alguien me dijo que la tenían dopada en una clínica. El colegio envió coronas de flores con mensajes prefabricados. Natalia, Claudia Gutiérrez y otras pendejas lloraban con frenesí, como si el muerto les doliera. Jorge me acompañó en silencio. No decía nada, sólo se paraba a mi lado a observarme con cara de conejo triste. A él, al igual que a Natalia, le extrañó mi familiaridad con los raros: con Mel Camacho, Claire, José Miguel y, en especial, con Titina. No me reclamó nada pero sí preguntó algunas impertinencias. Mi noviazgo con Jorge terminó durante un velorio. Debe ser la forma más patética de ponerle fin a una relación. Además, fui muy brusca, le dije cosas que no debí decir, palabras astilladas, con veneno rancio. Vadier fue el último en llegar. Estaba afeitado, limpio, con la camisa por dentro. Al principio no lo reconocí. «Su majestad», me dijo en voz baja. Todos los sentimientos reprimidos —mi tristeza muda, mi pesar amordazado, mi arrechera, mis preguntas— soltaron sus amarras. Lo abracé con desesperación efusiva y sobreactuada. Mi abrazo con Vadier —me enteré después— fue lo más comentado en el patio de recreo durante las semanas siguientes. No quería soltarlo, él era lo más cercano a Luis, lo más parecido, lo más íntimo, lo que teníamos en común. Cuando mis manos envolvieron su cuello perdí el control de mis rodillas. A tientas, pude usar sus hombros como palanca y, casi arrastrándome, llegué a sentarme. En las sillas de atrás unas idiotas de la B estaban contando chistes. Vadier, tras un silencio largo e intenso, me dio la primera versión: Luis estaba revelando algunas fotografías en el cuarto oscuro. Al parecer, usó un producto que no había utilizado antes. El pequeño cuarto se impregnó de un olor a sodio, potasio, cromo u otra sustancia nauseabunda. Según la señora

Aurora, Luis se mareó y perdió el sentido. Salió del cuarto, tropezó con la ventana y se cayó. Una de las idiotas de la B soltó una carcajada. Inmediatamente, dándose cuenta de su impertinencia, se tapó la boca. «¿Y tú qué crees? –le pregunté–. ¿Qué fue lo que pasó?». «No lo sé. La historia de la caída por intoxicación es muy familia Tévez; además, Luis dejó una carta». Continuó el escándalo en el asiento de atrás. No pude resistir. A la siguiente risita me volteé: «Malditas putas, cállense la boca, estamos en un cementerio. Vayan a ver porno, vayan a mamarse un güevo o a reírse de sus estupideces a otra parte. Esta mierda es un cementerio. Respeten, coño». Las tres pendejas me miraron con asco y se fueron. Alguien me contaría después que, con aquella invectiva, me mandé a matar. Me convertí en la enemiga pública de mi promoción del colegio. «Amén», dijo Vadier. «¿Qué decía la carta?», pregunté ignorando la interrupción. «Nadie sabe, era una carta personal». «¿Para quién era?». Vadier me tomó la mano. «Luis sólo le dejó una carta a Floyd».

En el camino de regreso dormí varias horas. Escuchamos Dylan, únicamente Dylan. «Visions of Johanna» sonó, por lo menos, doce veces. Me dolía el cuerpo, me dolía la mandíbula, me ardían las nalgas y me temblaban los muslos. Después de la celebración de nuestra boda con Johnny Walker tuvimos que llevar a Vadier hasta el Fiorino. La habitación era un asco, había plumas de ganso –o de oca, o de alcaraván, o de cóndor, o sintéticas– por todo el piso. Aquella madrugada tiramos nueve veces (en total fueron once). Como a las seis de la mañana Luis dijo que ya no podía más, que no le quedaba nada por dentro. Mérida fue una bestialidad, un exceso. Me desperté llegando a La Victoria. Luis tarareaba las canciones de Dylan moviendo la cabeza. Me le quedé viendo con cara de idiota, con la boca abierta, detallándolo, escudriñándole los poros. «Te amo», le dije de repente. Se me salió. *¡Qué* creepy*!*, me dije. Nunca había dicho algo así. Simplemente, sucedió, no pude evitarlo. Ni siquiera intenté censurarme; mi sistema inmunológico no opuso resistencia. Él no dijo nada. Tomó mi mano izquierda y besó mis nudillos.

Cuando llegamos a Caracas paramos en casa de Floyd. Yo estaba aburrida, quería echarme en mi cama y tratar de dormir, por lo menos, treinta y seis horas. Luis me explicó que, tras pasar por casa de Floyd, debía dejar el Fiorino en el estacionamiento de la fábrica. Regresaríamos a nuestras casas en taxi. «¡Qué ladilla ir a casa de Floyd! ¿No puedes ir mañana?». «No. Tiene que ser ahora». Floyd tardó en bajar. Yo me quedé en el Fiorino. Luis salió del carro y habló con él en la puerta del edificio. Estaba distraída, no les presté atención. Me dolía el vientre. Pensé que si, por accidente, llegaba a rasguñarme, en lugar de sangre me saldría semen. De repente, Luis me señaló. Floyd asintió. Parecía decirle *ella, mírala bien*. Floyd, con gesto confuso, le preguntó algo. Luis explicó un asunto que no supe interpretar. Floyd se me quedó viendo con sus ojos de animal enfermo. Luis le entregó dos de las tres cámaras que se había llevado al viaje —las más grandes—. Floyd se quedó parado como un bolsa mientras el Fiorino se alejaba. «Ahora, princesa —dijo Luis— nos vamos pa'la fábrica».

Una semana después de la muerte de Luis, Eugenia habló conmigo. Me dijo que mi papá había llamado a la casa, que quería decirme algo importante. Eugenia le dio permiso para que me visitara en el apartamento. Cuando Alfonso fue a la casa mi mamá salió, se inventó una impostergable diligencia. «Hola, Eugenia», me dijo el patiquín. Lo saludé con falsa cortesía. Comentó algunas trivialidades que no me llamaron la atención. Rápidamente me cansó, quería que se fuera. Según Eugenia, tenía la intención de decirme algo importante pero, tras los primeros quince minutos de reunión, no había dicho nada rescatable. Sólo balbuceó frases rosadas sobre la familia y me entregó una cajita de chocolates. «¿Qué querías, Alfonso? ¿Por qué viniste?», me ladillé. Decidí confrontarlo. Se sentó en un taburete de la cocina. «Supe que estuviste en Altamira. ¿Cómo te fue? ¿Te gustó mi sorpresa?». «Honestamente no, aunque debí imaginármelo. Es la típica cosa que tú harías». ¿Qué pretendía, que saliera corriendo a abrazarlo, a decirle que lo perdonaba, que olía gasolina cada mañana para recordarlo? *Dame tiempo, Alfonso, no me presiones, no me busques*, me dije. «Vine a entregarte unos formularios —dijo levantándose y sacando unos papeles de una carpeta de manila—. Son unas planillas de las becas de Fundayacucho. Revisa el material, ve si te interesa y hazme saber tu decisión. ¿Ya sabes que estudiarás?». «No, la verdad, no», decía la verdad. «¿Qué te gusta?». «Nada». «Te traje también un folleto en el que aparecen las ofertas universitarias en Europa: Madrid, Londres y París. Léelo con calma. Encontrarás más información en Internet». Ni siquiera le di las gracias. Hice un rudo gesto de desinterés y lo dejé hablando solo. Él permaneció en la butaca; parecía un muñeco de trapo, una maniquí, un pescado de plástico de esos que, colgados en las paredes de los bares, cantan canciones populares y mueven la cabeza. En aquella conversación logré precisar lo que sentía por mi papá: la más absoluta indiferencia. El olor a gasolina era demasiado fuerte.

El Fiorino se accidentó dos cuadras antes de llegar a la fábrica. Una nube de humo gris tapó el parabrisas. Luis se puso nervioso.

«Coño'e la madre —dije abriendo el capó—. Esta mierda se recalentó». «¿Qué?», me preguntó. «Se recalentó», repetí. «¿Y qué hay que hacer?». «No sé, creo que hay que echarle agua en una vaina que llaman el radiador». «¿Y eso dónde queda?». «No tengo idea, creo que es esa cosa —dije señalando la caja sobre la que Garay había dejado el alicate—. ¿Tenemos agua? —pregunté; él negó con su rostro—. ¿Cuánto falta para la fábrica?». «Como dos cuadras». Decidí revisar el maletero del Fiorino. Tenía la impresión de que, en algún momento, había visto a Vadier con una botellita de Minalba. «¿Nada?», me preguntó aterrado. «Nada». «Coño, qué hacemos. No puedo dejar el Fiorino acá, Garay se arrecharía, y es paja. Garay es pana». Un resplandor, empotrado en la esquina del cajón, me encegueció. Era la última botella de Etiqueta. «Vamos a echarle *whisky* a esa mierda», dije con seguridad. «¿Qué?». «Son sólo dos cuadras. ¿Qué es lo peor que puede pasar». «¡*Cool!*». Agarré la botella. El humo del motor seguía formando nubarrones sucios. «¿Dónde es la vaina? —preguntó Luis. Removí la tapita hirviente y apoyé la punta de vidrio—. Espera, espera —me dijo. Corrió hasta su asiento y volvió con la cámara digital—. Dale». Eché el *whisky*. Vacié la botella entre distintos clics. Luego, el Fiorino encendió. Hizo un ruido muy raro pero logramos llevarlo hasta el estacionamiento. «¡Que Garay resuelva ese peo!». Cuando Luis apagó el carro escuché, por última vez, los versos finales de «Visions of Johanna». Lanzamos la última botella de Etiqueta Azul en una papelera amarilla.

Me alejé mucho de Jorge y de Natalia. El colegio, entre abril y julio, se convirtió en una sala de torturas. No regresé al propedéutico ni a las inútiles terapias del doctor Fragachán. Por las tardes, me reunía con Titina en una panadería de Altamira a hablar de asuntos insignificantes. Coincidimos, alguna vez, en la Tecniciencias del Centro San Ignacio y desde entonces dimos continuidad a una amistad ligera, pachangosa y, tristemente, breve. Muy pocas veces hablábamos de Luis. Alquilábamos películas en Blockbuster y nos reuníamos con Vadier a perder el tiempo —Vadier decía que la vida, en el fondo, no era más que una permanente pérdida de tiempo—. Fueron días densos, un eterno bochorno. El grupo de impresentables de San Carlos se reunió en una rumba en casa de Nairobi. Fueron todos, incluso el llamado *Patriota* a quien había olvidado. El *Patriota* nos entregó un tríptico en el que se presentaba como representante estudiantil de no sé qué universidad, creo que era de la Católica. Mel, por su parte, nos contó que tenía la intención de crear una compañía llamada El Astillero Cyber-Café de la que no quiso dar detalles. Antes de la medianoche estábamos borrachos. No había ambiente, no había música, no había chistes ni *peomas*. La ausencia de Luis lo enrarecía todo. Cada personaje estaba aferrado a su propia melancolía. Vadier, Tititina y yo nos escapamos al balcón de la casa. «¿Vieron el periódico hoy?», preguntó Vadier algo *grogy*, estaba fumando un monte azul que Mel le había comprado a unos búlgaros. «Nunca leo periódico», dijo Titina. «¿No vieron Internet?». «Internet sólo sirve para ver porno —replicó ella—. ¿Qué pasó?». «Esta mañana, un carajo fue hasta la Asamblea Nacional y se inmoló». Titina soltó la risa. «¿Qué?». «No pasó nada. El bicho se mató él solo. Se puso nervioso y explotó antes de entrar al hemiciclo. Los diputados, más *cagaos* que pañal de carajito, estaban dando ruedas de prensa como locos, echándole el carro a todo el mundo. Hace como tres horas lo vi en Noticias24: parece que a Samuel Lauro lo metieron preso». Silencio, muecas. Miradas a los fondos de los vasos. «¿Crees que Luis de verdad quería hacer alguna pendejada como ésa?», preguntó Titina. «No lo sé. No tengo idea. Puede ser». «¿Qué habló Luis con Samuel cuando estuvieron en Mérida?», pregunté curiosa. Luis nunca me contó lo que pasó en aquella entrevista. Vadier y Titina se miraron con simpatía. «No le dijo nada —respondió Vadier—. Nunca se vieron. Luis me acompañó a casa de Querales. ¿Te acuerdas? Querales no estaba. Hablamos con su hermana, que es senda loca. Luego Luis se fue porque dijo que tenía que encontrarse con Lauro. Yo estaba muy ladillado y, entonces, lo seguí. Caminó hasta la residencia donde, supuestamente, trabajaba Samuel. El pendejo estaba arreglando una máquina fotocopiadora y viendo un concierto de Beyoncé por televisión. Luis se le quedó viendo un rato. Al final no entró, Eugenia. Asomó la cabeza, preguntó por el precio de un cartucho y se fue. Caminó por la ciudad y se fue a tirar contigo». Amanecimos hablando tonterías. Nairobi trató de amenizar la reunión proponiendo juegos de borrachos: un limón, medio limón; cultura chupística y la botellita. A golpe de cinco y media fui increpada por el *Patriota*: «Eugenia, tienes que participar en nuestro movimiento. El país te necesita, somos la nueva generación. Tú y yo tenemos que luchar». Lo miré de arriba abajo y me reí en su cara: «¿Luchar? No, güevón. Luchaba Hulk Hogan». Nunca he sabido quién demonios es Hulk Hogan.

Caminamos agarrados de la mano hasta la Rómulo Gallegos, nos besamos por las esquinas con desvergüenza. Luis llamó a uno de sus amigos taxistas. Tenía en su celular cuatro o cinco números de líneas privadas. El taxi tardó, aproximadamente, media hora. Media hora de besos, de lengua, de palabras babosas, de tacto chicloso. El recorrido hasta mi casa lo pasamos haciendo sebo. Se suponía que el mismo taxi, posteriormente, lo llevaría a él hasta su edificio. Llegamos rápido. La ciudad estaba desierta. No había tráfico. No quería bajarme, me costó abrir la puerta. Me despedí con un piquito. «Princesa –dijo mientras me alejaba–. Ven acá». Lucía incómodo, quería decirme algo pero parecía tener la lengua trabada. «Es sobre lo de princesa. Te dije que habían sido Titina y Nairobi quienes... bueno... la verdad.... No fueron ellas... yo... este... no sé... a mí... Fui...». «Ya entendí, Luis. Es todo un detalle. Chao, nos vemos el lunes». Le di un beso sencillo y me alejé del carro. «Eugenia –gritó, sus ojos mostraban la melancolía inevitable–. No olvides tu promesa. Yo ya cumplí». Subió la ventana. No volvimos a vernos.

2

Titina Barca se llamaba Cristina Bárcenas; su popular apodo databa de la escuela primaria. La gata de su abuela se llamaba Titina y, desde muy pequeña, se encariñó con el nombre. Supe su verdadera identidad cuando la visité en la Clínica Loira. Supuestamente, estaría hospitalizada en la habitación 1404. Tuve que subir catorce pisos por las escaleras porque los ascensores no funcionaban. El nombre de Titina no estaba escrito en el rótulo de ninguna puerta. Pregunté a las enfermeras y ninguna supo informarme. Ella, según me dijeron, no estaba allí. Bajando, en el piso doce, tropecé con un agobiado José Miguel quien respiraba con mucha dificultad. Le conté mi experiencia y se burló: «Coño, Eugenia. ¿Quién coño se puede llamar Titina? Nadie se llama Titina. Titi se llama Cristina, Cristina Bárcenas».

Cáncer. Maldito sea el cáncer. Regresó con fuerza y le chupó la vida en menos de tres meses. Días antes de mi acto de grado supe la noticia: Titina estaba tirando los penaltis —diría Vadier—, le quedaba poco. Natalia, desde Semana Santa, estaba molesta conmigo; en los últimos meses intimó con Claudia Gutiérrez y, lo peor, le habló mucha paja de mí a Jorge, le contó secretos y detalles de los cuales él no tenía por qué enterarse. Los amigos de Jorge también empezaron a tratarme con desprecio. Me gradué sola, sin mis amigos de siempre, sin compañeros y con fama de puta. Alfonso se apareció en el auditorio del colegio con un paltó amarillo y una cadena de oro reluciente. Me dio mucha vergüenza; sin embargo, lo saludé con cariño. Su esfuerzo por quererme, poco a poco, dejaba de parecerme falso. Decidí tomarle la palabra. «Necesito que me ayudes, Alfonso, sácame de aquí», le dije entre dientes, posando ante el fotógrafo oficial. El acto, en conjunto, fue un elogio al melodrama. El discurso de Gonzalo, nuestro delegado, fue lamentable. La profesora Susana, la madrina, leyó una cosa que no entendió nadie y que cerró con la trillada copla del caminante, el camino, el camino que no existe y el carajo que hace camino al andar. La ceremonia fue todo un despropósito. Jorge parecía un patiquín con su *flux* gris y su frente rota. Supe que tenía novia, se había empatado con la caraja del Cristo Rey con la que, hacía unos meses, había bailado *reggeaton* en una madrugada inolvidable. «Eugenia Blanc», dijo el moderador por el micrófono. Me levanté. Pude ver de reojo que Natalia no aplaudió. Su indiferencia me dolió; en el fondo la apreciaba, era mi amiga. Susurró algo al oído de Claudia Gutiérrez y soltó una risita burlesca. Avancé sola, en silencio. Los aplausos que me acompañaban eran gestos de cortesía de contados representantes. El zumbido del rumor me picaba en los oídos, me provocaba voltearme y mandarlos a todos, uno por uno, a comerse un plato de mierda. Cuando el cura me entregó el título, luego de saludar a una fila de profesores indeseables, escuché el aullido: «¡SU ALTEZA!». Sonaron, entonces, pitos, matracas, mentadas de madre, *nojodas* y trompetas desafinadas. «¡Eugeniaaaaaa, arrechísimooooo!», logré identificar el timbre grave de la negra Nairobi. Mi nombre fue —escandalosamente— coreado por un grupo de mamarrachos entre los que, luego, identifiqué a Mel, a Claire y a José Miguel. Mis amiguitos del colegio censuraron la bulla. Los curas pidieron silencio. Natalia me miró con una arrechera que no reconocí. El auditorio era una mancha miope: logré ver a Vadier de pie dándose golpes en el pecho, según recordé la explicación de Luis, como alguien que se había despedido de Charlie Sheen al final de *Platoon*. Tuve la impresión de que Luis estaba a su lado. Un golpe de *flash* me encegueció. Cuando regresé a mi asiento volví a sentir su presencia. Fue raro: una cercanía, un olor, algo impreciso. Sencillamente sentí que estaba ahí. Aunque sabía que aquel título era un papel inservible, me habría gustado compartirlo con él. Al final del acto, Vadier me contó que Titina estaba grave. Habían vuelto a hospitalizarla en la clínica Loira.

Mis últimos meses en Caracas los pasé respondiendo llamadas de Alfonso, sacando fotocopias de documentos, llenando formularios ministeriales y conversando con Titina; su casa y la clínica fueron mis lugares de recreo. Titina tenía ganas de vivir pero se había resignado a la derrota. No tenía derecho a réplica, el cuerpo se le estaba pudriendo. Su humor, sin embargo, no cambió; la inmediatez de la muerte no anestesió su simpatía. Titina fue un ejemplo que, con el paso de los años, me enseñó a confrontar el dolor físico. Antes solía quejarme por cualquier menstruación alevosa, por uñas encajadas o costras; estaba acostumbrada a sobrevalorar la acidez. La lenta desaparición de Titi me hizo saber que me quejaba por cosquillas; que el dolor real era otra cosa, algo indefinible e insoportable. En esos días de quimioterapia, de náuseas y temblores me contó muchas cosas, me habló de su familia, de sus primeros novios, de su inclasificable relación con Luis. «Nairobi no volverá a mi casa —me dijo una tarde en la que se había sentido fatal. No respondí—. Siempre pensé que la negra era mi mejor amiga. La amistad es un espejismo, Eugenia. La mayor parte de la gente, a la hora de la verdad, huye», dijo entre risas y gases. «¿Qué pasó?». «Nada, vino ayer, me vio y se puso a llorar. ¿Tan hecha mierda estoy?». «¿La verdad?», le pregunté con prudencia. «Sí, por favor». «Sí, Titi, qué carajo, estás espantosa». «¡Coño!». «Creo que es normal que la gente se impresione. Estás hecha una mierda». Pesaba treinta y ocho kilos, tenía el cabello gris —el poco que le quedaba— y tenía la cara repleta de manchas. Un medicamento le había provocado una reacción alérgica. «Igual, coño, da arrechera —dijo—, se supone que somos amigas. Me dijo que no soportaba verme así, que no quería verme sufrir y se fue pa'l carajo. Eso me parece cobardía; es pura paja». «José Miguel vino esta mañana», le dije. Sonrió afablemente, sin gases molestos. «El gordo es leal. No sé si te conté que José Miguel se me declaró hace como un año». «¿Ese mamarracho?». «Sí, chama, fue divertidísimo, el carajo no tuvo mejor idea que declararme su amor en un restaurante chino». «¡Coño'e su madre! ¡Qué patético!». «Es *cute*; el gordito es muy buena gente». «Coño, pero es demasiado feo y ordinario». «Sí, es un mamarracho pero me hace sentir muy bien cuando me visita. Al final, uno no se imagina quiénes estarán contigo y quiénes te botarán el culo». Silencio más o menos largo. «Por cierto, el gordo me trajo un poema». «¿Un poema o un *peoma?*», pregunté. «Una especie de híbrido, creo. Búscalo ahí». Trató de levantarse y sufrió dolor en el pecho. Comenzó a respirar con dificultad. «Tranquila, yo lo busco». «Maldita metástasis, ¡cómo duele esta mierda¡», dijo con frustración. Luego recuperó su voz de siempre. «Está ahí, en una hoja dentro de esa revista». Señaló una *Eme* vieja. Agarré el papelito. «Léelo en voz alta, te vas a cagar de la risa». Leí pausadamente, casi deletreando: *Aún veo tu rostro en el restaurante chino, en la pecera de pirañas que me comen el corazón / Aún leo tu nombre en el restaurant chino, en el menú de dibujitos mientras muero de soledad / Aún busco tus ojos en el restaurant chino y me los como con palitos a la espera de tu regreso al mundo.* «¡Qué lindo el gordo!», le dije. «Es el *peoma* más hermoso que me han escrito nunca». «¿Es verdad que ganaste un concurso de poesía erótica?», pregunté recordando historias viejas. Aquel premio era parte de su leyenda. «Eso sí fue todo un despropósito —me dijo—. Sí, gané el primer premio por una basura que escribí. Fue un concurso de poesía erótica que se inventó la Escuela de Letras de la UCAB, creo que lo dirigía un gordito de apellido italiano. El hecho es que abrieron el concurso y varios de nosotros participamos. Mel, que había estudiado dos años de Letras, me contó que ese gordito era un impresentable y que si quería ganar el premio lo único que tenía que hacer era escribir teta o culo o cuca de todas las formas posibles, y eso fue lo que hice. Escribí una vaina que se llamaba *El ano infinito* y otras cosas que titulé *La teta asesina*; *El pezón bipolar* y *Pelos de culo en mi almohada*; escribí pura mierda, pura vaina inservible pero, curiosamente, me dieron el primer premio. El día de la premiación un profesor de la Escuela de Educación leyó una vaina donde decía que yo proponía no sé qué búsqueda, que mi poesía aspiraba a lo eterno, a la belleza, pura paja. ¡Cuídate de los poetas, Eugenia!».

A finales de agosto, Titina empeoró. Una noche me pidió que me quedara con ella. Estábamos viendo un programa de concursos que fue interrumpido por una cadena presidencial. «¡Coño'e la madre. Qué desgracia!». Titina sudaba, tenía mucho dolor. No tenía fuerzas para disimular las quemaduras que le vaciaban el cuerpo. Agonizaba pero, por instantes, daba la impresión de que se hubiera recuperado; de que la hubiera visitado José Gregorio o la madre María de San José, pero aquella impresión resultó falsa. Desde el más allá no vino nadie. En uno de esos instantes de lucidez me pidió que hiciera *zapping*. Me puse a cambiar canales con el control del Direct TV y, en Fox, me encontré con *Los Simpsons*. «¿Qué harás por fin Eugenia? ¿Hablaste con tu viejo? ¿Te irás?», preguntó. «Creo que sí, estudiaré Diseño Gráfico en una academia de París». «¿Y esa vaina?» «No sé, se me ocurrió mientras llenaba un formulario en la embajada, puede ser divertido». «Prométeme algo», me dijo. «No me gusta hacer promesas, la última promesa que hice fue una mierda. No podré cumplirla». Silencio. «Mi promesa es muy sencilla, Eugenia», dijo con voz de cemento. Parecía masticarse el labio inferior. El párpado izquierdo le temblaba. «¿Te duele burda?», le pregunté. *Qué imbécil,* me dije. Qué difícil es cuidar enfermos sin decir impertinencias. «Sí —me dijo—. Entonces —reiteró, sonriendo o intentando sonreír—, ¿lo vas a hacer? ¿Me lo prometes?». «Sí, dime. De qué va el asunto». Miré el televisor: Homero le contaba a Moe un problema de trabajo; Bart llamó a la taberna e hizo un chiste que perdió la gracia con el doblaje. «Escucha, Eugenia –me dijo–: ¡Vive!». «Está bien, ¿qué es lo que debo prometer?». «Sólo eso: vive. A pesar de todo, vivir es de pinga. Te enrollas por muchas pendejadas, Eugenia. Te pido que vivas, no joda. Quiero que me prometas esa mierda». Besé su frente de hielo y asentí con un ruido triste, de lágrima rota. Luego tomé su mano y me senté a ver *Los Simpsons*. Inmediatamente, nos quedamos dormidas. Eran las diez de la noche, más o menos. Más tarde, la enfermera anotaría en su cuaderno que Cristina Bárcenas falleció a las once y treinta y cuatro minutos. El puto pito de la máquina, que había visto en tantas películas, no me despertó. En la vida real suena diferente.

3

Mi Luis imaginario también se apareció en Maiquetía. No había perdido la rara impresión de ser custodiada por una presencia que nunca me perdía de vista. Vadier me acompañó al aeropuerto. Tanto Eugenia como Alfonso pensaban que Vadier era mi novio pero nunca me dijeron nada. En medio del barullo, los militares, la cola para pagar el impuesto y montañas de maletas, me pareció ver a Luis apoyado en una baranda. Cuando presté atención sólo tropecé con hordas de carajitos y *flashes* lanzados por madres escandalosas. Eugenia se despidió con frialdad. *¡Qué poco afecto tengo por esta caraja!*, me dije. Es totalmente invisible. Nunca la conocí, nunca me conoció. Me trajo al mundo y, simultáneamente, nos desentendimos la una de la otra. Alfonso se puso a llorar; me abrazó, moqueó, me babeó. «Chao, papi, gracias», dije forzando la sonrisa. «Su alteza –dijo Vadier cuando llegó su turno—. Nos veremos pronto». Caminé hasta la puerta de inmigración. Antes de pasar el *bording pass* por el lector, espontáneamente, me volteé: «¡Vadier!», grité. Hallé en sus ojos la complicidad de siempre. Me di dos golpes en el pecho con el puño cerrado. Alzó los hombros pidiendo una explicación. «Nada —grité. Había mucha gente. Apenas nos escuchábamos—. Quería despedirme como Francesco Quinn en el final de *Platoon*». «¿Cómo quién?». «¿Charlie Sheen?», grité. «¿Y quién carajo es ese?».

La Guardia Nacional me humilló. Tuve que pasar por un escáner, desnudarme delante de una gorda, cantarle una estrofa del himno nacional a un pendejo, bajar a la pista del aeropuerto para que me revisaran el equipaje y responder el cuestionario salvaje de un gorila en celo. «¿Usted lleva droga, ciudadana?». *Sí, coño'e tu madre, llevo veinte kilos de heroína en el culo y tengo el estómago lleno de dediles de coca*, me provocó gritar. «No, no llevo nada», dije amablemente. El vuelo tuvo un retraso de tres horas. Los militares volvieron a revisar a todos los pasajeros antes de entrar al avión. Un gordo hediondo, empotrado en un uniforme sucio, me hizo el último interrogatorio. Cuando puse el primer pie en el avión juré que nunca regresaría a ese país de mierda. Fue la única promesa que cumplí.

Epílogo o
La teoría de las coincidencias

1

No contaré el resto de mi vida; es exageradamente aburrida y, además, no interesa. París, Londres, Madrid, todo ha sido parte de lo mismo; un errar intransitivo del que no he logrado sacar ningún provecho. Al mediodía del 14 de abril del año en el que cumplí treinta años un mensajero de DHL tocó el timbre de mi casa. Firmé el acuse de recibo y me entregaron un paquete. Era una caja mediana, pesada, cuyo remitente —desconocido para mí— era un tal: Pedro Pablo Lorena. El asunto, en negritas, aparecía subrayado en el centro de la caja: *Sobre Luis Tévez*. Busqué con la mirada un calendario de nevera. Lo único especial que tenía que ver con esa fecha era una entrevista de trabajo a la que decidí no asistir —el lugar era remoto y la persona con la que hablé por teléfono no me dio buena espina—. Leer el nombre de Luis Tévez sobre un paquete de remitente desconocido me descolocó. Aquel inesperado e imprevisible objeto dio un vuelco a mi rutina insalubre. Quise abrirlo pero no me atreví. Me tomé un Rivotril y salí a caminar, a dar vueltas por parques repletos de parejas morbosas y viejitos en andaderas. *¿Pedro Pablo Lorena?*, me pregunté. Nunca había escuchado ese nombre. Con el paso de los años, Luis Tévez se había convertido en un recuerdo borroso, ocasional y triste, en una afición de carajita que se perdió en el tiempo. Me acostumbré a vivir sin pensar en Venezuela, a ser francesa sin serlo, a ser una extranjera perpetua, una especie de alienígena que no tenía lugar en ninguna parte. Odio Francia, no soporto a los franceses. He tratado de vivir al margen, de encontrar un formato sencillo que me permita pasar por el mundo sin hacerme daño. Aquella tarde rara —la de aquel 14 de abril—, hice memoria de Luis. También hice memoria de mi único amigo, Vadier. Teníamos, aproximadamente, tres años sin vernos pero ambos sabíamos que la distancia era una cuestión insignificante. *Luis Tévez* —me dije— *era aquel muchacho del que estuve enamorada cuando era chama*. Recordé, incentivada por la muerte, el rostro pálido de mi hermano Daniel y el olor a naftalina de un cuarto en el que una amiga murió de cáncer. Recordé cuadros concretos: Vadier gritando canciones que olvidé, letras que se perdieron. Unos niñitos pasaron frente a mí montando bicicleta, uno de ellos se parecía a Luis, tenía cara de malo; agarraba puños de tierra y se los lanzaba a sus amiguitos mientras los insultaba. Recordé una canción que hablaba de Peter Pan —tenía años sin escucharla. Ni siquiera sabía quién la cantaba—. Así era Luis: un carajo que nunca creció, un recuerdo afrutado, empalagoso, muy *tutti*; algo que pudo ser, algo bueno. La melodía imaginada trajo el recuerdo de un cuarto de hotel y con él, la responsabilidad de una promesa. Había olvidado, por completo, aquella estúpida promesa. Miré el paquete colocado sobre mis rodillas y sentí mucha curiosidad. Regresé a la casa caminando rápido, trotando, corriendo. Abrí el sobre. Supe, entonces, quién era Pedro Pablo Lorena.

«Vengo a quedarme», me dijo Eugenia *mother* el año en el que cumplí veintisiete. Llegó un invierno. Estaba parada en el marco de la puerta y sostenía dos maletas viejas, sin rueditas ni manubrios.

«¿Perdón?», le pregunté. «Vengo a quedarme —repitió—. Quisiera rehacer mi vida». En ese tiempo yo vivía con una polaca de carácter agresivo y cambiante. Eugenia me contó una tragedia personal saturada de engaños, de profesores de Educación Física que jugaron con sus sentimientos, de falsos economistas, del hijo de puta de Beto. Me dijo que, con cincuenta y tantos, había caído en cuenta del vacío de su vida, de mi ausencia, dijo que me extrañaba y que tenía la intención de recuperar el tiempo. Me propuso que lo recuperáramos juntas y nos diéramos otra oportunidad. Para entonces yo tenía, aproximadamente, nueve años fuera de Venezuela. Sólo hablaba con Eugenia cada seis meses en fiestas tan empalagosas como inevitables. Tragando saliva gruesa —muy gruesa— le dije que no podía quedarse, que la recibiría por unos días pero que yo necesitaba mi propio espacio. La discusión fue infame, tétrica. Me echó en cara todos mis desplantes, mis defectos —los conocidos y algunos inéditos—. Me hizo responsable de su infelicidad y de la mayoría de sus carencias. Al final la invité a tomar cerveza, fuimos a un bar Guinness cercano a mi casa. Aquel día, un muchacho africano versionó piezas de The Platters y The Four Seasons que parecieron gustarle. Traté de explicarle la situación, de darle un resumen verosímil del mundo. Repentinamente, pareció entender, dijo que se quedaría conmigo quince días. Pensé, en principio, que sería la peor quincena de mi vida pero, la verdad, su compañía resultó agradable. El reproche inicial dio lugar al reencuentro, al reconocimiento mutuo. No éramos madre e hija, éramos dos mujeres diferentes compartiendo historias infelices. Eugenia podía ser una persona agradable; su gran fracaso fue la maternidad. Le mostré la ciudad, nos emborrachamos y, en alguna curda, nos pedimos disculpas honestas por el fracaso familiar. Una mañana, durante un ratón en el que me ayudó a limpiar mi rancho —la polaca se había ido de vacaciones a Varsovia—, sucedió algo curioso: «Eugenia, ¿quién es Luis Tévez?». La pregunta me reseteó. Me quedé con la aspiradora en la mano sin saber qué responder. «¿Por qué lo preguntas?». «Hace unos meses encontré tus cuadernos de bachillerato», me dijo. «¿Qué?». «Sí, hace como dos meses, cuando me mudé, encontré tus cuadernos. Iba a tirarlo todo a la basura pero, por accidente, me puse a leer las últimas páginas. Son cosas muy tuyas, Eugenia. A pesar de las groserías creo que escribes muy bonito. Hablas de Jorgito, de Natalia. Espero que no te moleste que las haya leído pero era la única forma que tenía de conocerte. También hablas de mí y hablas de tu papá. Lo que dices es muy fuerte». Silencio. Parecía un maniquí que sostenía una aspiradora. «Nombras mucho a un tal Luis Tévez, parece que hubiera sido una persona importante para ti. ¿Quién era, un noviecito?». Enchufé el aparato, quité algunos trastos de en medio, tiré unas revistas viejas a la papelera. «Nadie, Eugenia. Un amigo, un novio del colegio». Pasé la aspiradora con la cabeza revuelta. Eugenia *mother* fue al cuarto. Abrió su maleta y sacó una bolsa, revisó el contenido y me la entregó: eran mis cuadernos de Inglés, Psicología, Ciencias de la Tierra, etc.

Dentro de la caja había dos sobres y una carta: *Hola, Eugenia. Vadier Hernández me dio tu dirección. Probablemente no me recuerdes como Pedro. En aquella época, todos me llamaban Floyd. Alguna vez vi una película en la que Brad Pitt salía fumándose un pote de Kindy; su personaje se llamaba Floyd y, desde entonces, como buen adolescente atolondrado, decidí utilizar ese pseudónimo. Te escribo a petición de Luis. Se supone que debía hacerte llegar este paquete en esta fecha específica. Le pedí detalladamente a los incompetentes de DHL que entregaran el sobre, justamente, el 14 de abril de 2020, ni un día antes ni un día después. Te anexo a esta carta dos sobres cerrados. Ahí encontrarás algunas cosas que, según mi hermano, te pertenecen. Él me dijo que tú sabías muy bien lo que debías hacer en esta fecha. Cumplo, entonces, un favor viejo que tenía pendiente desde hacía muchos años y que, durante un tiempo —el tiempo que viviste en Venezuela— resultó agotador. Entregarte esto en este día era lo único que me quedaba por hacer, algo que le debía a Luis. Cuando él murió, me dejó —a despecho de la loca de su vieja— todas sus cámaras y equipos de revelado. Mi papá, Armando Tévez, se encargó de hacer cumplir la voluntad de mi hermano. Actualmente, soy fotógrafo. Vivo en Miami y trabajo para una revista de moda masculina. Me casé, me divorcié, tengo un hijo de dos años, que por fortuna se parece a su mamá, y nada más; ese es el resumen de mi vida que, seguramente, no te interesa. Supongo que debería pedirte disculpas por haber invadido tu espacio. Espero que estés bien, Eugenia. Pedro P. Lorena o, si lo prefieres, tu cuñado Floyd. (Luis me contó por escrito que ustedes se casaron. No lo entendí).*

Comenzó a llover. Los sobres eran pesados. Aquella tarde caminé por la ciudad haciendo múltiples circuitos de memoria. Una amiga del trabajo me contó por teléfono que se reunirían a emborracharse en algún bar del centro. Alegando visitas familiares, decliné la invitación. Eugenia *mother* se fue y nunca más volvió, se mudó a Argentina y se casó con un pizzero. Alfonso, enriquecido con el chavismo, cayó en desgracia con el nuevo gobierno. Creo, incluso, que lo metieron preso. Nos vimos en París hace años, antes de la caída de los militares. Finalmente, pude perdonar a mi papá; aprendí a soportar su olor a gasolina. La mediocridad, a fin de cuentas, no excluye el afecto. El cielo hizo ruido de tormenta. Las nubes taparon el horizonte y comenzaron a escupir agua. Apreté los sobres contra mi pecho, recordé la cara de mi amante de adolescencia y decidí confrontar al tiempo sentada en la barra del Guinness del barrio.

Siempre he sido una mujer solitaria. Me canso muy rápido de la gente; las personas me aburren. En los últimos años, me inventé la costumbre de tomarme una cerveza en el bar Guinness que estaba a dos cuadras de mi casa. Me gustaba el sitio porque solía estar poco poblado, sin turistas, y, además, había música en directo. Aquella tarde caí en cuenta de que Luis y Vadier habían sido los responsables de mi afecto por la música, de mi necesidad de las canciones. Sólo a través de la música lograba aislarme, inventarme un sentido, improvisar causas perdidas, patrocinar sueños imposibles y, por momentos, olvidar mi condición de infeliz. Me gustaba escuchar las letras mientras hacía figuras con el sudor de la cerveza sobre los portavasos. Me aficioné a Los Beatles, a Jacques Brel, a Andrés Calamaro y, con cierta prudencia, a Bob Dylan. A Luis —recordé aquella tarde— le gustaba mucho una canción, *no sé qué de Johanna*, me dije. Nunca me atreví a escucharla. Muchas veces, en centros comerciales, tuve en mi mano el CD de *Blonde on Blonde* pero, por lo general, tras sufrir ataques de vértigo, volvía a colocarlo en las estanterías. Los músicos del Guinness solían ser estudiantes universitarios; la mayoría eran cantantes de paso; el que más duró sólo estuvo tres meses. Me gustaba verlos rasgando la guitarra e imitando los quiebres de garganta de cantantes viejos y clásicos. Una vez tocaron «Knockin' on Heaven's Door», ese día me acordé de Luis. Los cantantes eran muy jóvenes y, por lo general, no tenían muchos temas de Dylan en su repertorio. Dos o tres canciones eran habituales: «Blowin' In The Wind», «Like A Rolling Stone» y algún otro comodín. Palpé, nuevamente, los sobres: dentro había algo duro, una masa movible, difícil de precisar. Evité la barra, preferí sentarme en una mesa lejana al lado de los baños. El gordito de los últimos meses, un canadiense que una y mil veces interpretaba «Hotel California», no estaba en la butaca de músicos. En su lugar, apareció un muchachito greñúo que aparentaba tener, por lo menos, dieciséis años. Tuve la impresión de que tocaría alguna estridencia insoportable, algo de moda. El mesonero me saludó con el cariño de siempre. Ordené, entonces, a pesar de mi risible presupuesto, una botella de Blue Label. «¿Qué celebramos?», preguntó confundido. «Nada, —dije risueña—. Es mi aniversario». Se retiró. Seguramente le comentó al *barman* que estaba loca. El muchacho de las greñas largas dio algunos lepes sobre el micrófono, luego pulsó algunas cuerdas de la guitarra. Coloqué los sobres en la mesa y con una tristeza indefinible hice un nuevo repaso por mi adolescencia. Me pregunté qué habría sido de Natalia, de Jorge, de mis compañeritos del colegio. Pensé en mi hermano y en mis viejos, en Eugenia *mother* inventándose la vida en Argentina y en el pendejo de Alfonso contando orgulloso que se abrió una cuenta en Andorra con todo el dinero que se robó de un ministerio y, posteriormente, lamentándose porque sólo a él lo metieron preso. *Pobre Alfonso*, me dije. *Lo más triste es saber que, si yo tuviera un hijo, podría hacerlo peor.* Un golpe seco anunció la llegada de la botella. Ahí estaba la Etiqueta, el mismo caminante ladeado, vestido de frac, que nos había acompañado a recorrer el Páramo; recordé mis bodas de Johnny Walker y sonreí sola —risa de travesura, de recuerdo alegre—. Tuve que pasarme la palma por el rostro para tratar de serenarme, para retomar la respiración natural. El músico se sentó en la butaca y apoyó la guitarra sobre su rodilla. Estaba nervioso. El mesonero me contó que era su primer día. Tuvo un momento de indecisión, volvió a colocar la guitarra en el suelo y levantó un morral. El mesonero abrió la botella y me sirvió el primer trago. *A la mierda, Luis*, me dije. *Veamos qué carajo te inventaste. Salud.* La torpeza del músico llamó mi atención, sacó un objeto del morral que no logré precisar, abrí los dos sobres y lancé el contenido sobre la mesa. *El coño'e su madre.* Me temblaron las manos. El muchacho sacó del morral una armónica, una de esas armónicas que parecen audífonos. Volvió a tomar la guitarra, se calzó el instrumento de viento y sopló. Recordé la teoría de las coincidencias.

Todas las fotografías estaban en blanco y negro. La primera imagen que logré ver era la de un perro parado frente a la estación del metro de Los Dos Caminos, pegando el hocico a una línea de mierda. Los primeros acordes me sacaron el aire. El sonido de la armónica me golpeó en la garganta con la misma fuerza que una brisa vieja. Había, por lo menos, cincuenta fotos desperdigadas sobre la mesa. Luis diría que Dios estaba de acuerdo: a esa hora, en ese momento, en ese lugar, mientras mis manos palpaban la imagen de una mujer arrodillada con las sandalias sucias, un desconocido *teenager* tuvo la ocurrencia de debutar en el Guinness de mi ciudad, justamente, con esa canción. *Ain't it just like the night to play tricks when you're tryin' to be so quiet? We sit here stranded, though we're all doin' our best to deny it* (0:30). *Maldito,* me dije. El temblor persistía. El inglés, por razones inevitables, se había convertido en una segunda lengua. Viví en Londres por más de tres años. El conocimiento del idioma dio un giro radical a todos los versos. Cuando, a mis diecisiete, escuché mil veces aquella melodía sólo logré precisar la voz amorfa de un gringo; la letra no era más que un ruido simpático, no me decía nada. Observando la imagen de una muchacha extraña —yo— sosteniendo un alicate y pintándole una paloma a la cámara inventé mi propia traducción de las Visiones de Johanna: *Y Louise te tienta a desafiar los puñados de lluvia; las luces parpadean en la casa de enfrente, en la habitación tosen los radiadores, la música country suena suavemente pero no hay nada, de veras, nada que apagar* (1:01). Platos sucios, restos de caraota y queso; la mamá de Luis está al lado de un mamarracho al que llamaban el *Maestro. Sólo Louise y su amante entrelazados y las visiones de Johanna asediando mi mente* (1:25). Un muñeco que representaba a algún director de cine mediocre arde bajo las llamas. Vadier, un Vadier muy niñito, lanza cajas de DVD a una hoguera. ¿Cómo se llamaba la morenita?, me pregunté. Nairobi, ésta es la negra Nairobi. *En el solar donde las damas juegan a la gallina ciega con un llavero, y las muchachas de la noche murmuran rumores sobre escapes en la línea D, podemos oír al vigilante nocturno encender su linterna preguntándose si es él o son ellas las locas* (2:04). Bolas criollas, una muchacha blanca, pálida y escuálida, aparece en posición de lanzamiento. ¡Claire! ¡La loca de Claire! Luis, al fondo, aplaude y se ríe. En la siguiente foto aparecemos saltando en medio del patio, celebrando el triunfo; un gordo frustrado se lamenta por la derrota. *Louise está bien, está cerca. Es delicada y se parece al espejo pero deja muy claro que Johanna no está aquí* (2:22). Me serví otro trago. A una de las fotos se le mojó el borde con el sudor del vaso. La negra Nairobi aparece abrazando una guitarra, una gordita se apoya en sus rodillas y Titina Barca recuesta su cabeza en mi hombro. *The ghost of electricity howls in the bones of her face...* (2:34). Tuve la impresión vivaz de que atravesaba una carretera montada en un Fiorino blanco, de que si volteaba el rostro vería a Vadier durmiendo en el cajón. *Donde estas visiones de Johanna ya ocupan mi lugar* (2:48). La gorda Maigualida, la que fue amiga/amante de Vadier, trata de tapar el lente de la cámara; se ríe; detrás de ella, dos niñitos juegan con pistolas de agua. *El niño extraviado se toma a sí mismo muy en serio, se jacta de su miseria, le gusta vivir al límite y cuando cita el nombre de ella narra un beso de adiós para mí* (3:26). Ensaladas verdes: césar, romana, capresa. Aquel día Vadier cocinó. En la siguiente foto, Luis está sentado sobre la cama con un plato en sus rodillas en el que da la impresión de que aparta pedazos de lechuga. *Hace falta descaro para ser tan inútil* (3:38). Con razón le gustaba tanto esta canción, me dije. El muchacho cantaba igualito a Dylan, parecía inspirado, mortificado por dejar una buena impresión en su primera noche. *Conversar con el muro cuando estoy en la entrada. ¿Cómo lo explico? Oh, es tan difícil seguir... y estas visiones de Johanna que me desvelan hasta el alba* (4:10). Altamira de Cáceres, una plaza pintoresca con un borracho, al fondo, dormido en un banco. Después *whisky* –dolor en el párpado–, una piedra blanca en un pueblo sin nombre. Luis y yo nos besamos, su boca me envuelve la cara, sus manos están en mis nalgas y nuestro abrazo es, perfectamente, simétrico. Mastiqué el hielo, todo dolía por dentro. La siguiente, Eugenia Blanc adolescente relee una carta sentada en una escalera. *Dentro de los museos el infinito va a juicio, unas voces repiten que al final así ha de ser la salvación* (4:38). Mérida, estoy dormida echada sobre la cama de la habitación donde, tiempo más tarde, se consumó mi matrimonio. No sé en qué momento hizo la foto, supongo que regresó temprano y no quiso despertarme.

En otra salgo apoyando la punta de una botella sobre el radiador de un Fiorino humeante. Parezco feliz. *Pero la Monalisa debía tener nostalgia de las carreteras, se ve por la forma en que sonríe...* (4:48). La última foto del primer sobre me secó la garganta, hubo, incluso, un ojo con baba, una especie de película fina que se extendió entre los párpados. Aquella era una imagen ampliada, más grande que el resto: ocurrió, si mal no recuerdo, en casa de Floyd. Yo estaba dormida en el hombro de Luis y él miraba por la ventana con la vista perdida en horizontes imposibles. *Pero estas visiones de Johanna hacen que todo parezca cruel* (5:30). Tomé otro trago fondo blanco. El segundo sobre contenía una secuencia de fotografías hechas por Floyd. Un papel amarillo, con bordes adhesivos, estaba colocado en la primera imagen: *Luis me pidió que no te perdiera de vista.* Fotos de fiesta, reuniones en casa de Nairobi. En la primera imagen Vadier, Titi y yo conversamos en un balcón. *El mendigo le habla a la condesa que finge preocuparse diciendo: «Nombra a alguien que no sea un parásito y saldré a rezar por él»* (5:59). Luego, imágenes de mi grado de bachiller, el director del colegio me entrega el título, el cura parece reprobar un escándalo. *Pero como Louise suele decir: «No te enteras de nada, ¿verdad?» y ella misma se prepara para él y la virgen sigue sin mostrarse*(6:16). Otra foto del grado, esta vez en el patio del colegio. Alfonso, con un horrible paltó amarillo se encuentra a mi lado, los dos miramos a otra cámara, tenemos la mirada en otra parte, da la impresión de que le susurro algo. Luego, Titina. *El violinista se pone en camino mientras da fe de que devolvió lo debido* (6:37). Toda una secuencia de la enfermedad de Titina. Ella lo sabía. Ella sabía que Luis había preparado todo esto –lo supe por su sonrisa–. Titina en la cama de la clínica. Imagen de la puerta: habitación 1404. Su pecho descubierto muestra cicatrices horribles en primer plano, luego descansa y, en la última imagen, parece tomar a regañadientes un jugo de lechoza. *Detrás del camión de pescado mientras mi conciencia estalla, las armónicas suenan en claves maestras y lluvia* (6:54). La última foto: el aeropuerto. Hay mucha gente, la imagen movida sugiere que me doy golpes en el pecho. Vadier aparece al fondo como si estuviera haciendo una pregunta. *Y estas visiones de Johanna son lo único que queda* (7:06). Una y otra vez escudriñé las fotos, mi vista se perdió en cada cuadro, en cada pixelado. El *greñúo* hizo un solo de guitarra. No sé por qué, intempestivamente, recordé la extraña decisión de mi abuelo Lauren de irse a conocer el inframundo. *No hace falta ir tan lejos*, me dije, *el infierno es la memoria*. Me sequé el ojo derecho, apenas empapado. Guardé las fotografías dentro de los sobres. La canción llegaba a su fin. Me serví un trago de Etiqueta recordando otra promesa caduca: *No es fácil, Titi. No es nada fácil*, le dije al vaso. El *teenager* sopló la armónica y repitió el último verso: *and these visions of Johanna are now all that remain* (7:10).

Blue Label / Etiqueta Azul

Bonus track

1

Cuando, a sugerencia de Vadier, intenté poner en orden todas estas ideas, impresiones, memorias, malas memorias, mentiras blancas y conscientes olvidos tuve que hacer un gran esfuerzo. El empeño por recordar mi adolescencia me hizo pasar un fin de semana en cama con cuarenta de fiebre. Exploré a fondo los acertijos gramaticales de mi bachillerato, edité las más humillantes ignorancias y, con ayuda de Internet, rastreé los contenidos del viejo cancionero que mi sensibilidad había desterrado. "Peter Pan" *lo cantaba El Canto del loco, ¡qué bolas!, qué raro es el tiempo*, me dije. Terminé de ordenar todas estas estupideces y arriba, en la parte superior de la primera página, escribí: *a Luis Tévez y Cristina Bárcenas*; luego, apreté "Control -G" y, siguiendo el ejemplo de Dios al terminar su mundo, descansé.

Otros títulos de esta colección:

Barbie / Círculo croata — Slavko Zupcic

Breviario galante — Roberto Echeto

Con la urbe al cuello — Karl Krispin

Cuando éramos jóvenes — Francisco Díaz Klaassen

Experimento a un perfecto extraño — José Urriola

Florencio y los pajaritos de Angelina su mujer — Francisco Massiani

La fama, o es venérea, o no es fama — Armando Luigi Castañeda

La huella del bisonte — Héctor Torres

Papyrus — Osdany Morales

Según pasan los años — Israel Centeno

Novedades:

El azar y los héroes — Diego Fonseca

Hermano ciervo — Juan Pablo Roncone

Nostalgia de escuchar tu risa loca — Carlos Wynter Melo

www. sudaquia.net

Made in the USA
Monee, IL
13 December 2023